ROSSANA CONDOLEO

GONDRA

Autrice

Rossana Condoleo è una scrittrice internazionale multigenere. Ha tradotto oltre settanta tra Film e Telefilm per il cinema e la televisione italiana, e frequentato un corso di sceneggiatura con un premio Oscar.

Pubblicazioni: Gondra, If you want you can fly, Porosità, Glücklich trotz Scheidung, Happy Divorce.

Nata in Calabria e cresciuta a Roma, vive in Germania insieme alla figlia adolescente. Ama natura, psicologia positiva e coaching, informazione (attualità, scienza, innovazione), astrologia, web design, preparare cose buone in cucina, cinema e documentari.

Recentemente ha ottenuto la certificazione in Gestione delle Risorse Umane. Il suo grande sogno è andare ad abitare in campagna, vicino al mare, con gatto, cane, dieci galline, due capre (possibilmente anche una mucca) e coltivare l'orto.

www.rossanacondoleo.com

ROSSANA CONDOLEO

GONDRA

ROMANZO

Questo romanzo è un'opera della fantasia.
Nomi, personaggi, luoghi e avvenimenti sono invenzioni dell'autrice ed hanno lo scopo di conferire veridicità alla narrazione.
Ogni riferimento o analogia a fatti o persone viventi e scomparse è puramente casuale.

ISDN 9783947120857

www.rossanacondoleo.com

1. CAPITOLO

Il venerdì sera è sacro ai Romani, come a tutti gli abitanti delle metropoli. Chiusi cinque giorni di alzatacce e stress, si aprono *alla grande* le porte del weekend. D'estate, concerti e festival all'aperto, villaggi multimediali e mercati animano parchi e strade cittadine. L'afa e la stanchezza di giornate lavorative allungate dal traffico del rientro, cedono il passo alla voglia di uscire e fare movida.

È proprio un venerdì di luglio, le 21:00, e Gondra è sola a casa. Coccolata da luci soffuse e sdraiata sul divano rosa cipria, segue un film sul grande schermo della sua Smart TV. La coppia di protagonisti, dopo quasi due ore di peripezie, riesce finalmente a suggellare il proprio amore davanti all'altare: lei, radiosa, si fa strizzare la vita da un abito nuziale in tulle e pizzo bianco... lui, zelante, è impacchettato in un frac... un classico americano anni '50.

Si sorprende a commuoversi per una storia e personaggi fittizi, vecchi quanto il cucco, e recupera il telecomando. Meno male che nessuno la osserva!

Una donna che supera i trent'anni può improvvisamente diventare sensibile ad argomenti come il matrimonio ed il generare figli. Alcune, già da bambine, non sognano altro che di indossare l'abito bianco, trascorrendo ore intere a travestirsi da sposa o a cambiare pannolini ai bambolotti. Gondra no. Lei le bambole le smontava per vedere com'erano fatte dentro. Però ha giusto trent'anni, ed anche se è una *tosta*, forse i suoi ormoni le stanno ricordando che è importante completare il proprio ciclo biologico-affettivo prima di consegnarsi, a tempo debito, alla… Ma se la morte le fa tanta paura, nonostante si ostini a non voler smettere di fumare, non è che il motivo risieda proprio nella mancanza di un marito e di figli e, soprattutto, dell'amore di un uomo nella sua vita?! Quando si ama non si ha tempo per certi pensieri, ci si sente vibranti... eterni!

Spento il televisore, stende le lunghe gambe bianche in alto, sulla spalliera del divano, e chiude gli occhi nel tentativo di rilassarsi. Ma dal tavolino alla sua sinistra irrompe lo squillo del telefono cordless. Sobbalza. Un istante d'esitazione… poi, di scatto, preme sul verde.

«Sì, chi parla?»

«Gondra?» chiede una voce maschile.

«Sì, chi parla?» ripete lei bruscamente.

«Io!»

«Io chi?!» insiste irritata.

«Eh la miseria come siamo irascibili stasera! Ma che ti prende?! Sono Riccardo».

«Ah, sei tu!»

«Com'è che non mi riconosci?! Ti ho chiamata sul cellulare e non hai risposto. Per questo ho provato sul fisso. Disturbo?»

«Scusa, ma da qualche tempo ricevo telefonate anonime, e solo sul fisso. Per questo ogni volta che squilla divento una belva. E poi è un sacco di tempo che non ti fai sentire. Sarà per questo che non ti ho riconosciuto subito?!» si lamenta lei.

«Ci vediamo stasera?»

«Sei a Roma?» chiede Gondra piacevolmente sorpresa.

«Sì».

«E da quando?»

«Sono arrivato tre giorni fa».

«Tu mi chiami ora, per uscire adesso, con tutto il tempo che hai avuto per farti vivo?! E pretendi pure che sia disponibile?!»

«Ho avuto a che fare con una delegazione di Cinesi» si giustifica Riccardo. «Grosso cliente! Ho organizzato il meeting a Roma invece che a Milano per unire l'utile al dilettevole, anche per me, ovviamente. Visite guidate, osterie tipiche... E, evidentemente, anche per gratitudine, hanno approvato il progetto senza sollevare obiezioni importanti, solo tre varianti di facile esecuzione ed a pari costo. Un successo! In sede sono euforici. Dopo aver accompagnato i Cinesi in aeroporto, indovina qual è la prima cosa a cui ho pensato?»

«Devo sentirmi lusingata? *Cosa!*»

«Stasera mi sa che non è proprio aria, Gondra!» osserva Riccardo avvilito.

«Ok. Mi servono venti minuti per prepararmi. Passi a prendermi in moto? Con questo caldo sarebbe l'ideale!» propone in fretta lei correggendo il tiro.

«Porca... ho la moto fuori uso! Passi a prendermi tu? Oppure ti raggiungo con i mezzi, o in taxi».

«Tanto dopo dovremmo comunque uscire con la mia macchina. Sono da te fra tre quarti d'ora, va bene?»

«Senti, facciamo alle 22:00, così ho tempo di cenare con mia sorella».

«Pensavo che cenassimo insieme!» esclama Gondra delusa.

«Io ero sicuro che avessi già mangiato e lei sta già apparecchiando per due. Mi dispiace!»

«Capisco. Alle 22:00 allora. A più tardi»

«A dopo. Aspetta, Gondra, non chiudere! Non ricordo una sola volta da che ci conosciamo, che...»

«Non allungare il brodo come al solito!» lo interrompe lei

sorridente. «Fammi chiudere, che devo prepararmi».

Si alza di slancio dal divano con espressione trepidante. Ma una nuvola le cala improvvisamente sul viso. Come al solito non vede l'ora di rivederlo. Come al solito finisce per assecondarlo in tutto e per tutto. Questa storia deve finire. Lui non può pretendere di continuare ad entrare ed uscire dalla sua vita lasciandola ad ogni *"Ci vediamo la prossima volta che vengo a Roma"* con un senso di frustrazione e solitudine devastanti.

Raggiunge velocemente la camera da letto, arredata in essenziale stile giapponese. Il pavimento è in tatami, così come il basso letto matrimoniale. Il guardaroba è in faggio e carta da zucchero. Lo fissa intensamente come a cercare ispirazione. Fa scorrere le ante e passa in rassegna tutti i vestiti. Ne estrae uno nero, cortissimo, in raso elasticizzato, con il collo all'americana. Con quello addosso Riccardo penserà di sicuro che stasera lei intende sedurlo. Mentre sta per riporlo nel guardaroba risquilla il telefono. Potrebbe essere Carola, oggi non si è ancora fatta sentire.

Percorre i due metri che la dividono dal ricevitore sul comodino con un sorriso sulle labbra. «Sì?» Dall'altro capo del filo il silenzio. «Pronto!» Sente dei rumori di sottofondo. Un respiro. «Pronto… chi parla?!» Sbatte giù la cornetta, che rimane fuori posto, ma lei non se n'è accorta.

Torna al guardaroba corrucciata. Richiude tutte e tre le ante ed afferra il vestito di raso nero che aveva momentaneamente poggiato sul letto. L'anonimo che continua a chiamarla, nonostante lei riattacchi ogni volta, deve non aver altro interesse o hobby nella vita che quello di terrorizzarla o farla imbestialire.

Fa la doccia, ed asciuga i capelli biondi e a carré senza pettinarli, in modo che restino liscio-mossi, come piacciono a lei. In ufficio, invece, li tiene lisci ed ordinati, spesso raccolti a coda o chignon. Sono le 21:30. Eye liner marrone, che ingrandisce ulteriormente i suoi grossi occhi azzurri, e giusto un leggero velo di lucidalabbra color fragola su una bocca già rossa al naturale.

Due minuti dopo è in cucina. Cerca il lungo e grosso coltello a punta della carne nel cassetto delle posate. Non lo trova. Guarda nel lavello. Niente! Lancia un ultimo sguardo generale in cucina. Poi si ricorda d'averlo lasciato nella busta di plastica con la quale se l'era portato appresso la sera prima, come arma di difesa, in caso lo stalker telefonico si fosse materializzato.

Questi ha iniziato ad importunarla un paio di settimane fa, mentre guardava in TV un film nel quale la protagonista sarebbe stata stuprata ed il marito ucciso proprio dall'uomo che precedentemente le aveva fatto silenziose telefonate anonime. Esattamente nel momento in cui nel film squillava per l'ennesima volta il telefono, e Gondra aveva cominciato a temere per la sorte della donna, aveva risposto e riattaccato sgomenta, chiedendosi come facesse il suo silenzioso interlocutore a sapere che stava guardando proprio quel film. Il pensiero che si trattasse di un errore di digitazione del suo numero, o di uno scherzo di cattivo gusto, aveva ceduto il posto ad un agghiacciante senso di allerta e di panico al ripetersi di quelle telefonate mute. Gondra abita sola, esce da sola e rientra sola a casa.

Entra nel suo studio e trova il coltello della carne avvolto in una busta di plastica sulla sua scrivania, accanto al laptop. Lo afferra ed esce dal suo appartamento. Mentre scende le scale si ricorda di non aver messo il profumo. Le risale alla svelta e rientra in casa. In bagno afferra la piccola boccetta d'olio di muschio bianco sotto lo specchio, e ne distribuisce poche gocce dietro le orecchie, sul collo e nella piega del seno. Tutto a posto, ma uno sguardo all'orologio le segnala che è in ritardo.

La villa della famiglia di Riccardo si trova ad una mezz'ora da casa. Gondra vi si ferma davanti alle 22:05. Era convinta che l'avrebbe trovato fuori ad aspettarla. Ma non è così. La busta con dentro il coltello è poggiata sul sedile passeggero. La trasferisce dietro, sul sedile posteriore e poi fissa il cancello. Da dov'è parcheggiata non si vede il portone d'ingresso, ma le finestre sì, e quelle del salone sono illuminate. Dà un'occhiata all'orologio. Fa finta di cercare qualcosa nel cruscotto. Non le va che Riccardo la scopra in palpitante attesa quando sbucherà fuori dal quel cancello. E se crede che lei scenda dall'auto per citofonargli si sbaglia di grosso.

Le 22:25. Gondra è talmente irritata dall'attesa che ha quasi le lacrime agli occhi. Di Riccardo neanche l'ombra. Avvia il motore ed innesta la prima per partire. Ma mentre pigia il piede sull'acceleratore vede Riccardo uscire dal cancello e guardarsi attorno per poi soffermare lo sguardo sulla sua Ford station wagon. Le va incontro a lunghe falcate, come a voler accorciare la breve distanza. Gondra finalmente scende dall'auto. Lui sembra avere l'aria preoccupata.

«Gondra, sei qui?!»

«E dove sennò?!» Trattiene la voglia di dirgliene quattro, sforzandosi di modulare il tono della voce per non risultare una iena: «Dovevi stare fuori alle 22:00, ricordi? Io ti venivo a prendere, e tu dovevi solo oltrepassare la soglia di casa».

Riccardo parla concitato fino a ingoiare le parole: «Scusami, ma ho più volte cercato di avvisarti telefonicamente che non potevo più uscire! Dopo esserci seduti a tavola, mia sorella è svenuta. Forse un attacco di panico o la robaccia che prende per... Aveva gli occhi sbarrati e la bocca aperta. Meno male che il nostro medico di famiglia abita vicino! Ho chiamato prima lui dell'ambulanza. Si è ripresa subito e l'ambulanza non è stata più necessaria. Ma mi ha fatto prendere un colpo! Da quando ha divorziato resta sigillata in casa. Non si cura di nulla se non di procurarsi e ingurgitare antidepressivi in tutte le forme. Sono molto preoccupato ed i miei se ne fregano. Sono vecchi e preferiscono ignorare tutto ciò che ha a che fare con problemi e preoccupazioni. Fanno la bella vita a Montecarlo, mentre mia sorella si sta lentamente avvelenando! Matilda ha praticamente solo me, e nemmeno io posso starle vicino. Mi sento terribilmente in colpa!»

Gondra lo rassicura poggiandogli una mano sulla spalla ed abbozzando un sorriso. «Capisco. Non preoccuparti, torna pure da lei! Noi possiamo vederci un'altra volta».

Riccardo la guarda negli occhi con l'aria di chi non sa che pesci prendere. «Ripeto... ti ho telefonato tre volte, ma era sempre occupato, anche sul cellulare. Poi ho chiamato mamma e papà per avvisarli, ma non li ho trovati. Saranno a spassarsela in qualche festa di siliconati e tirati come loro! Ma tu non potevi citofonare?! Chi ha detto che ti avrei aspettato sotto?! E poi, se tieni telefono e cellulare occupati come faccio ad avvisarti?!» Riccardo volge lo sguardo e le braccia al cielo.

«Ok, ok... capisco, ti ho detto! Comunque non stavo al telefono. Ed il cellulare è in riparazione. A casa ho ricevuto solo una telefonata, anonima per altro. È tutto. Sei sicuro di avermi chiamata?» Riccardo sgrana gli occhi come per chiederle *"Perché ne dubiti?"* e Gondra corregge di nuovo il tiro. «Riccardo scusami. È che sono stata ad aspettarti qui davanti per quasi mezz'ora, e...» Dal suo punto di vista, la loro storia potrebbe benissimo intitolarsi *"Aspettando Riccardo"*, sulla scia di *"En attendant Godot"*, un'opera celebre di Samuel Becket e del teatro dell'assurdo. Anche lei ha un'espressione avvilita, che non riesce più a celare, «comunque, nessun problema».

«Mi dispiace, Gondra!»

«Quando riparti?» gli chiede spenta.

«Domattina avrei dovuto prendere l'aereo per Milano alle 07:30. Ma con mia sorella in queste condizioni credo che rimarrò un giorno ancora, o anche di più se necessario. I miei li faccio prelevare in elicottero e li porto qui se non arrivano volontariamente, oppure che sgancino per assistenza e pulizie. La dentro puzza di rancio e di incenso. Insopportabile! Non ti chiedo nemmeno di salire tanto è in disordine e sporco là dentro. Io non posso portare Matilda a Milano. Si capisce questo, no?!»

Gondra non ha intenzione di alleggerirgli la coscienza. «Bene. Tanti auguri per tua sorella. Sistemala come credi sia meglio per lei. Spero che si rimetta e che tu possa tornare a lavorare al più presto».

«Mi dispiace davvero, Gondra!»

«Pazienza, sarà per un'altra volta!» Lo guarda oltre i suoi occhi, e ripete la domanda pur conoscendone già la risposta. «Quando pensi di tornare a Roma? Ovvero, quando ci rivede?»

«Non lo so» risponde atono lui. Gondra abbassa lo sguardo fino ai piedi. Riccardo continua, con calma, ma con poca convinzione: «Forse domani, se resto».

Domani lei non sarà più disponibile, neanche se la ricoprisse di fiori. Non può averla sempre e comunque ad uno schiocco di dita. «No, domani ho un impegno. Mi spiace» mente. Decide in quel momento che lascerà rispondere la segreteria, dovesse chiamare per verificare. Ma perché dovrebbe verificare? Lei non gli ha mai mentito una volta da quando si conoscono.

«Anche domani sera?» insiste Riccardo.

«Sì, sono impegnata tutto il giorno fuori».

«Ok!»

«Bene, immagino che tu non voglia far aspettare tua sorella. Ci sentiamo». Gondra si sporge per baciargli le guance, ma Riccardo sembra finalmente abbandonare sgomento e quant'altro ed accorgersi della donna sensuale ed attraente, avvolta in un tubino di raso nero, che ha di fronte. Sorride e fa un passo verso di lei, avvicinandosi pericolosamente. Le punta addosso uno dei suoi migliori sguardi adoratori, con quegli occhi verde erba, contornati da ciglia lunghe e nere, che lei ha sempre trovato irresistibilmente eccitanti. Riccardo non si perde in complimenti e parole, ma lei avverte nel suo respiro un'onda d'eccitazione. Lo saluta alla svelta con un casto bacio sulla guancia con l'intenzione di sfuggire al suo magnetismo. Lui però lo schiva e cerca la sua bocca. Vi poggia sopra le labbra per un lungo istante, mentre afferra e tiene dolcemente fra le sue mani il viso di lei. Non riesce a chiudere gli occhi mentre la bacia, perché catturati in basso da qualcosa di assolutamente irresistibile. Capezzoli turgidi che sembrano voler perforare il tubino nero. Riccardo la fissa sornione, lievemente ammiccante, e le sue mani si spostano dalle rotondità del viso a quelle del suo seno. Lo accarezza con tocchi di velluto e poi stringe fra le dita entrambe la protuberanze. Gondra è attraversata da un tremito che riesce a stento a contenere. Le loro lingue si intrecciano, mentre lui con le dita continua a giocherellare e ad accenderla di passione. Di scatto lei indietreggia. Si mette a mani conserte, cercando di nascondere la sua palese eccitazione. Lo sguardo è annebbiato... perso. Incurante del suo debole tentativo di resistenza, Riccardo la riporta a sé serrandole la vita. Gondra sente sul suo basso ventre la pulsante eccitazione di lui mentre la spinge verso il muro di cinta della villa. Sembra non passare nessuno, e quel punto è scarsamente illuminato. Lei gli mette le braccia al collo ed asseconda il movimento rotatorio dei suoi fianchi ma… Lui non può prendersi in un minuto quello che avrebbe solo probabilmente ottenuto al termine di una serata trascorsa piacevolmente insieme! Il suo orgoglio vince la strenua lotta contro il desiderio e lo spinge via da sé. Rassetta il vestito elasticizzato, che nel frattempo le era salito fin quasi sui fianchi. Riccardo ne approfitta e tenta di riavvicinarsi, ma lei lo allontana di nuovo con la mano e poi lo lascia lì per raggiungere la macchina.

L'uomo, resta immobile al buio ed infila il cancello di casa solo dopo averla vista partire.

Gondra guida automaticamente, senza direzione. È ancora eccitata ed allo stesso tempo molto arrabbiata con sé stessa. Per essere del tutto sinceri, si sente avvilita, come percossa, malmenata, se non addirittura violentata nei sentimenti. Non la strada, ma i suoi pensieri e tanti ricordi davanti! E così tutte le volte. Capire... Capire... Sempre capire! Eppure anche questo è il Riccardo che ama. Il suo senso del dovere verso la famiglia. Il cuore aperto all'amore universale. Il curarsi della gente che gli sta a fianco. Sì, *ma non di lei!* Strizza gli occhi come a chiudere temporaneamente all'esterno di sé ciò che la fa angustiare, sapendo che una volta riaperti affronterà la realtà come suo solito: senza tentennamenti.

Percorre circa un chilometro in macchina e poi si accosta al bordo della strada. Non le va proprio di tornare a casa. La splendida serata andata in fumo, oltre a delusione e frustrazione, le ha lasciato un insostenibile senso di vuoto.

Con Riccardo non si è mai annoiata un solo istante. Riescono a parlare fitto, per ore, di qualsiasi cosa, ma specialmente delle loro ambizioni e conquiste professionali. Lui possiede una mente brillante, aperta ed ottimista. Tutto acquista luce e possibilità attraverso le sue parole. Per Gondra l'uomo ha sempre rappresentato un appiglio, se pur scivoloso, in tanti momenti difficili o di solitudine sentimentale. Sette anni sono trascorsi da quando, dopo essersi frequentati da amici e quant'altro per un breve periodo, lui si era trasferito a Milano. Lì era stato assunto da una grossa società di consulenza internazionale, come esperto in finanze e controlling nel settore edilizio. Il loro legame, paradossalmente, si era intensificato dopo la sua partenza. Ma Gondra si sentiva ogni volta come un pesce rosso estratto e rimesso in acqua da un bambino tanto giocherellone quanto sadico. Trentaquattro anni, un metro e ottantaquattro, fisicamente prestante, affascinante, intelligente, stimolante, di buona famiglia e con un sano ed altrettanto giocoso appetito sessuale. Riccardo però le ricorda sempre che non è per sesso che la cerca quando torna a Roma. Si accontenterebbe anche solo di sentire la sua voce, scambiare due chiacchiere, come più spesso accade. Lui una volta le ha anche rivelato di essere l'unica persona con la quale si senta davvero libero di confidare anche i suoi pensieri più intimi, senza il timore di sentirsi giudicato. *La coppia ideale*, ha sempre pensato lei. Ed in effetti anche all'osservatore esterno appaiono perfetti l'uno per l'altra... attivi, gai e sereni come una coppia di cinciallegre. Eppure Riccardo non è suo. Un'altra donna, a Milano, lo ha preso al cappio usando sesso torrenziale come esca sicura. A detta di Riccardo, la sua donna non sarebbe neanche una gran bellezza, ma Gondra non può dirlo perché non l'ha mai vista nemmeno in foto. Lui adora il viso angelico, i capelli ed il corpo di Gondra e li accarezza come oggetti di culto, decantandone ogni singolo dettaglio. *"Il tuo seno è bellissimo. Serena se lo sogna!"* oppure, *"Come fai ad essere così desiderabile?"*, o ancora *"Sei una fata dagli occhi ipnotici."* Lei, a sua volta, non può non amare il modo in cui Riccardo la fa sentire donna, spesso dopo mesi o anni di astinenza amorosa e sessuale volontaria.

«Signorina, scusi, non può sostare qui!»

Lei alza la testa di soprassalto. «Cosa?»

L'agente di polizia introduce la faccia nel finestrino aperto della sua auto, interrompendo bruscamente il flusso dei suoi pensieri. «Non può sostare davanti all'ambasciata. È vietato. Mi dispiace».

«Ah sì, mi scusi. Vado via».

«C'è qualche problema? Posso aiutarla?» chiede il giovane in divisa senza accennare a voler diminuire la distanza tra il suo viso incastrato nel finestrino e quello di lei. L'agente è davvero attraente, ma si sa che i poliziotti sono donnaioli per antonomasia.

«Beh, veramente… no, grazie. Tutto a posto. Stavo solo cercando una cosa che credo di aver dimenticato al ristorante. Molto gentile!» mente lei. L'agente è ancora chino sul finestrino. Il suo sguardo passa dalle gambe seminude di Gondra alla busta di plastica sul sedile posteriore. Lei segue la traiettoria dello sguardo del poliziotto sperando ardentemente che non le chieda cosa ci sia dentro. Già pensa a come giustificare il trasporto di quell'arma impropria, magari con un: "*Lo sto riportando indietro alla sua legittima proprietaria, mia suocera, che l'aveva dimenticato a casa mia con le rimanenze di un pic-nic.*" Oppure potrebbe approfittarne e raccontare la verità. Tre interminabili secondi di silenzio.

«Bene. Arrivederla» la congeda il giovane indicandole con un cenno di andare.

«Arrivederla». Gondra emette un sospiro di sollievo ed avvia l'auto. La strada che percorre è ora quella per tornare a casa, ma l'agitazione che le ha messo addosso Riccardo sa di non poterla placare se rimane sola. È come se lui l'avesse accesa, attivata, e lei non riuscisse a trovare il pulsante per ritornare in stand-by. Istintivamente si ferma davanti ad una cabina telefonica. Inserisce il bancomat e compone un numero.

«Pronto?»

«Ciao Carola, Gondra. Non speravo di trovarti a casa!»

«Ciao. Infatti sto uscendo. C'è Michele che mi aspetta di sotto. Andiamo con gli altri a Fregene, in discoteca. Vuoi venire? Io ti ho chiamata per invitarti, ma risultava sempre occupato. Quando ti ridanno indietro lo smartphone? Ma come si fa a non avere un cellulare di riserva?! Li hai buttati quelli vecchi? Si tengono... si tengono per quando quelli nuovi si rompono!»

«Gli altri chi?» taglia corto Gondra.

«Lidia doveva chiamare Alberto, Luca, ed Alessandro. Ha detto che forse portava gente nuova. Allora che fai? Devo sbrigarmi a scendere perché Michele mi aspetta di sotto da una buona decina di minuti».

«Ci verrei volentieri. È solo che stasera non mi va di guidare fino a Fregene, specialmente al ritorno. Si faranno almeno le quattro di mattina, e dopo i cocktail!»

«Passiamo a prenderti noi! Michele non beve proprio perché deve guidare».

«È che io non sono a casa e…»

«Allora ci vediamo insieme agli altri davanti al Bar Tabacchi sull'Aurelia fra venti minuti. Va bene? Qualcuno arriverà di sicuro prima di noi».

«Ok. Ci vediamo lì». Sorride. È così facile cambiare il corso di una serata! L'unico neo saranno le scarpe con i tacchi da dieci che indossa ai piedi e che non indossa mai per andare a ballare. Mentre estrae il bancomat dal telefono e combatte con il senso di appiccicaticcio lasciatole sulla mano dalla cornetta, intravede due uomini dall'aspetto poco raccomandabile che si avvicinano alla cabina telefonica. Uno di loro le si accosta proprio mentre ne sta uscendo.

«Hai una sigaretta?» le chiede questi osservandola con eccessivo interesse.

«No» risponde lei senza guardarlo, mentre continua a camminare.

Ma a questo punto l'altro le si piazza di fronte impedendole di avanzare. «Dove vai bella signorina?»

Con calma calcolata, Gondra lo scansa e, accelerando il passo, raggiunge la macchina parcheggiata sull'altro lato della strada. Con la coda dell'occhio guarda a terra per verificare che non ci siano ombre dietro di lei. Sale in macchina ed avvia il motore, mentre i due tipi la seguono con lo sguardo.

Gondra non è tipo cui piaccia indugiare in autocommiserazioni, ma comincia a sentirsi esposta a certi pericoli legati alla singletudine, una condizione che ormai comincia a pesarle, ma alla quale sa di non poter porre facilmente rimedio. Non si accontenterebbe mai di un qualsiasi corteggiatore cui affibbiare il mero titolo di accompagnatore. Il suo uomo deve essere un partner sensuale, amorevole, sensibile ed un compagno positivo ed attivo con il quale condividere tante nuove esperienze. Si aggiunga anche dotato di intelligenza, decisione, ambizione e, ultima entry, deve possedere le stigmate del buon padre.

Gondra è consapevole che un partner del genere non esiste, o che se esiste è talmente raro da venir preso al cappio ancor prima di tornare libero sul mercato. E lei ha troppo rispetto per i legami altrui. Ma la speranza è l'ultima a morire.

Se solo Riccardo fosse libero!

2. CAPITOLO

«Bellissima!» esclama Lidia con lo sguardo pieno d'ammirazione, mentre Gondra si avvicina alla piccola comitiva davanti al bar tabacchi.

Lei la ricambia con un aperto ed affettuoso sorriso. «Grazie! Ti pago in contanti o accetti bitcoin?»

Lidia non rinuncia a darle altra soddisfazione. «Appena ti ho vista, ho capito che una cozza zitellona come me farebbe bene a girarti al largo. Anche se, sia ben chiaro, io mi accontento anche dei tuoi scarti. Fatti un po' vedere?» L'amica le prende la mano e la costringe a fare un giro su sé stessa.

«Fai vedere anche a me! Attenta che sono geloso!» È un perfetto sconosciuto per Gondra l'uomo che parla mentre si avvicina alle due amiche.

«Ma Lidia non ti tradisce, tranquillo, nemmeno con me!» risponde Gondra distrattamente.

«No, sono geloso di te!» dichiara lo sconosciuto puntando l'indice verso di lei.

Dei soliti approcci banali lei ne ha piene le scatole e si chiede come l'altro sesso non capisca che così non attacca. «Vedi, se a buon diritto volessi essere geloso di me, dovresti quanto meno avermi già chiesto la mano» recita lei, che stavolta ha tempo da perdere.

«Ammazza quanto sei ampollosa! In cerca di marito? Eccoti davanti un buon partito, uno di quelli che piace tanto a Mammà» risponde con tono da sbruffone indicando sé stesso.

Normalmente lo avrebbe ignorato, ma questa è una serata speciale e decide di abbracciare una leggerezza dell'essere che solitamente fa a botte con la sua sobrietà. Gli amici attorno le danno sicurezza anche se Lidia si è allontanata. Lei mostra un largo sorriso a questo sconosciuto alto, asciutto ed anche se assolutamente non il suo tipo, tutto sommato attraente e simpatico. «Io Mamma e papà li ho persi in un incidente quando avevo dodici anni. E mia nonna, che ha tirato su me e mio fratello, è un tipo molto pratico ma anche assai romantico. Per lei conta più l'amore che le capre ed i cammelli».

Gondra continua a sorridere, mentre il tizio la ascolta ammutolito e con un'aria profondamente imbarazzata. «Scusa! Non potevo saperlo».

«Tranquillo! Sono passati diciotto anni. E per quanto mi riguarda, i buoni partiti, oltre che con capre e cammelli, devono presentarsi con un portafoglio pieno di doti personali». La conversazione dal tono teatrale e leggero sembra voler continuare, nonostante che Gondra stia cominciando a fare sforzi inauditi in questo senso. Infatti, le conversazioni vuote e superficiali non sono decisamente il suo forte e, normalmente, le evita.

«Per quanto riguarda me, le doti che cerco le porti tutte addosso» ribatte l'uomo anche lui, memore della spiacevole gaffe, con forzata leggerezza. «Un metro e settantacinque, no? Beh, più o meno. Capelli biondi. Occhi azzurri. Terza. Quaranta. Giusto? Niente da recriminare. Dunque possiamo sposarci!»

«Uno e settantatré» corregge distrattamente Gondra mentre i suoi occhi vanno alla ricerca di Lidia.

«Il resto l'ho indovinato?» insiste lui.

«Il resto sì».

Gondra si allontana di qualche passo e poggia la mano sulla spalla dell'amica allo scopo di farla voltare.

«Ehi, Gondra, non me la distrarre, per favore!» esclama

Luca, con finto tono autoritario. «La sto istruendo sui frattali». L'uomo è un fisico che si diletta ad intrattenere gli amici con lunghi discorsi di carattere scientifico ma legati alla vita pratica.

«È vero. Pensa che non sapevo che quando cucino i broccoli alla romana, in realtà metto in pentola dei frattali. E l'universo è uno show di frattali. Io frattale. Tu frattale. Noi frattali!» commenta Lidia sorridendo verso Gondra.

Il *buon partito* è rimasto esattamente nel punto in cui Gondra lo ha lasciato. «Lidia, santo cielo, non mi sembra corretto mollarmi il tuo amico...» lamenta lei a bassa voce ed indicandolo con la coda dell'occhio, «per poi defilarti senza neanche presentarmelo!»

«E chi lo conosce?!» taglia corto Lidia continuando a sorridere. «L'avrà invitato qualcun altro. Ed ora fammi continuare con Luca il discorso sui frattali. Mi ispirano!»

«Meno male che la ispirano!» sussurra tra sé Gondra mentre abbandona gli amici a sé stessi e guarda interrogativamente in direzione dello sconosciuto.

«Ciao tesoro, hai parcheggiato?» chiede Carola poggiandole un bacio sulla guancia. Ha interrotto il suo penoso attimo di esitazione.

«Sì, tonterellona, non vedi che sono a piedi?!» risponde affettuosamente, mentre con la mano saluta il fidanzato dell'amica. «L'ho messa lì, davanti al supermercato. Michele, mi scarrozzi tu stasera, vero?»

Chinandosi sull'orecchio di Gondra, Michele le sussurra: «A meno che non voglia farlo lui!»

Lei fa una smorfia birichina per poi bisbigliargli all'orecchio: «Ma se non lo conosco neppure! Anzi, pensavo l'aveste invitato voi».

«Io no. E neanche Carola credo».

Gondra intende verificare se lo sconosciuto continuerà a rimanere dov'è e ad osservarla, o deciderà di abbandonare la sua postazione. Per questo si allontana dal gruppo, e raggiunge amici appena arrivati in macchina e accostatisi al lato della strada. «Ehi, voi due, non scendete?»

«No, ci vediamo direttamente in discoteca. Abbiamo un appuntamento con due ragazze davanti all'ingresso. Fra dieci minuti» risponde Alberto.

«Già, non sono più le ragazze che fanno aspettare i ragazzi! Sbrigatevi, altrimenti ve le ritrovate acide tutta la sera».

«E chi se ne frega...» ghigna Alessandro, «dentro ne troviamo altre cento di dolci!»

«Ok. Non preoccupatevi. Lo dico io a Lidia». Gondra guarda verso l'amica che continua a parlare con Luca e non si è accorta dell'arrivo di Alberto ed Alessandro. «Andate pure. La nostra amica ora ha broccoli, o meglio, frattali per la testa!»

«A dopo. Ci vediamo dentro» dice Alberto allungando il braccio fuori dal finestrino per salutare.

Gondra ritorna verso il gruppo di amici e ad alta voce, per catturare l'attenzione: «Ci siamo tutti? Possiamo andare? Alberto ed Alessandro si sono già dati».

Il tizio, o *Buon Partito* che dir si voglia, è ancora lì, a due passi dalla piccola comitiva. Ha l'aria di uno che aspetta e che si distrae osservando la gente… e lei. Mentre gli altri prendono accordi su come dividersi in macchina, Gondra, ancor prima di rendersene conto, gli va incontro e gli chiede: «Quanti anni hai?» Strizza gli occhi e li riapre subito per cogliere nel tizio uno sguardo a dir poco divertito e provocatorio. Banale! Teatrale! Infantile! Si ritrova di nuovo a comportarsi in maniera del tutto innaturale. Comincia a chiedersi se non sia meglio dileguarsi invece che proseguire su quella falsariga. Ma il dado è tratto.

«Come? Ancora non conosci il mio nome e già vuoi sapere quanti anni ho?»

«Scusami, è che...» Vorrebbe sprofondare!

Lui, si affretta a toglierla dall'imbarazzo. «Dai, non darmi corda, scherzavo! Ho trentatré anni e mi chiamo Marco. Sono alto un metro e ottantasette e porto la quarantotto. Ho il quarantadue di piede e se vuoi posso fornirti altre misure!»

«Non credi di essere un tantino spinto?»

«Io?» Sorride di gusto lui. «Ma che hai capito?! Io intendevo la larghezza del torace. Sono un nuotatore semiprofessionista».

«Non sembrerebbe» gli fa notare Gondra con finto occhio clinico.

«È che con i miei ritmi di lavoro, da qualche anno a questa parte mi riesce difficile andare in piscina. Ma sono persino stato campione regionale di nuoto su dorso».

«Gooondra!» È Carola che chiama.

«Ma tu stai aspettando qualcuno?» gli chiede finalmente di slancio, visto che deve accomiatarsi alla svelta.

«No. Sono passato al bar a comprare un paio di birre» risponde Marco mentre solleva all'altezza degli occhi la busta di plastica che le contiene ed alla quale lei, stranamente, non ha fatto caso fino a questo momento.

«Ah!»

E Marco, come a prevenire la prossima domanda, continua con aria teatralmente afflitta. «Ora vado a berle da solo a casa, magari davanti a un film».

«Non ti andrebbe di venire con noi in discoteca?» azzarda lei mentre con la mano fa cenno agli amici in auto di aspettare.

«Grazie. Ma odio il baccano ed i locali affollati. E poi ballo come l'orso bruno del Circo di Mosca. L'hai mai visto tu?»

«Ma quella dove andiamo noi ha un sacco di spazio e posti

a sedere all'esterno. Piscina. Spiaggia!» Si sente piccola piccola, ancor meno che un'adolescente. Ancora una volta si sorprende di sé.

«Gondra, ti sbrighi?» Stavolta è Caterina a chiamarla.

«Un attimo!» le urla indietro Gondra.

«Mi pare d'aver capito che ti chiami Gondra» afferma Marco facendo l'occhiolino.

Lei annuisce sorridendo e gli tende la mano. «Piacere!»

«Piacere! Senti, non intendo trattenerti oltre visto che sei attesa. Lasciami il tuo numero di telefono così, se non hai impegni, facciamo qualcosa insieme domani».

«D'accordo, ma se non ti dispiace preferirei prendere io il tuo numero di telefono».

«Nessun problema». Marco estrae dal portafoglio un biglietto da visita e lo porge a Gondra. «Vedi qui?» dice indicando i vari numeri telefonici stampati sopra. «Non puoi inventarti che non mi hai trovato. Ci sono tutti. Sono perfettamente reperibile».

«Ti chiamo domani, allora». Lo saluta alzandosi sui tacchi che cominciano già da adesso a farle male.

«Ci conto!»

Sale sul sedile posteriore dell'auto di Michele. Ha un'aria divertita mentre ripensa all'assurda conversazione con Marco. Alla fine l'ha colpita la sua aura di calma imperturbabile, il tono della voce suadente e tranquillo, lo sguardo sereno. Un incontro interessante e casuale fatto su un marciapiede. Va bene così comunque, la vita è bella perché non finisce mai di stupire! Recupera dalla borsa il biglietto da visita e legge: *Marco Arditi. C.E.O.* Nell'angolo in alto il logo *Van Precken* in oro con al centro un diamante. Scorre tutti i numeri telefonici e nota che stranamente il biglietto da visita contiene anche il fisso dell'abitazione. Reperibilità estrema si chiama. Uno stacanovista? Quanto a dedizione al lavoro ed ai clienti lei non si sente senz'altro da meno ma, al contrario di lui, fa del suo meglio per proteggere la sua sfera privata. Il viso le si illumina di nuovo di un sorriso.

Un sorriso che non dura a lungo. Sostituire pensieri assillanti con pensieri eccitanti risulta un sistema fallibile. Riccardo torna ad assediarle la mente. Fortunatamente dura quel tanto che lui rimane a Roma. Solitamente non più di un fine settimana. Ha imparato con gli anni a gestire almeno questo, l'assenza e l'inafferrabilità di Riccardo. Lui è una luce che si accende e si spegne. E lungo la strada verso il mare di notte di Fregene, Gondra pensa già a come spegnerla domani. Domani deciderà se vederlo, facendo finta che il suo impegno sia saltato e sempre ammesso che non parta. Ma perché deve decidere? Perché gli eventi non possono accadere, semplicemente, come richiamati dal caso, senza colpo ferire? Scegliere di gioire un attimo, per poi saper di doverla pagare! È stanca. Il rapporto con Riccardo è ormai inquinato dal suo risentimento.

Giunti a Fregene riesce a scendere dall'auto degli amici con il cuore più leggero. Ordina i capelli con la punta delle dita, tira giù sulle gambe il suo tubino di raso nero elasticizzato, e comincia a ballare già mentre si mette in coda alla biglietteria della discoteca. Non permetterà a Riccardo di rovinarle anche la compagnia dei suoi più cari amici.

3. CAPITOLO

L'appartamento di Gondra è situato a Prati, il quartiere che ospita i tribunali e la maggior parte degli studi di consulenza legale e tributaria di Roma. Poco distante da casa, ha anche sede la società di consulenza aziendale, la STEGO Consulting, della quale Gondra è socia cofondatrice insieme a Stefano La Rocca, conosciuto mentre frequentava Economia e Management, all'università la Sapienza di Roma.

La nonna materna le aveva consentito di non avere problemi di affitto regalandole per la laurea un appartamento già di sua proprietà a Genova, città dove era andata ad abitare dopo l'incidente stradale che vide uscir vivi solo lei ed il fratellino. Abitava con i genitori a Roma all'epoca della disgrazia. Il padre, russo di nascita ed apparentemente senza parenti in Italia ed in patria, era un commerciante di pellame. La madre genovese era rimasta incinta di lei al quinto liceo ed era scappata via di casa, di notte, lasciando solo un biglietto: "*Mamma non arrabbiarti, vado a stare da Liev. Avremo un figlio. Saremo felici, non preoccuparti. Ti telefono. Eva.*"

Gondra aveva dovuto cominciare la terza media nella città natale della mamma, dove la nonna si era presa cura di lei e di Giancarlo. Ma la capitale le era rimasta nel cuore. Finito il liceo, Gondra comunicò all'anziana donna il suo desiderio di frequentare l'università La Sapienza. La nonna, non riusciva a spiegarsi perché proprio un'università ed una facoltà frequentati da migliaia di studenti e non una, magari molto più vicina e più prestigiosa. Ma alla fine aveva accettato la sua scelta e sostenuto affitto e studi a Roma.

Il rapporto tra Gondra e la nonna è forse migliore di quello che avrebbe potuto avere con i suoi genitori, con i quali nella prima adolescenza si era già più volte scontrata. Ma questo non lo saprà mai. Nonna Lena è una donna saggia e forte, della stessa tempra di cui Gondra si sente fiera e che alimenta la loro complicità. Donna Lena, oltre ad assicurare a lei ed al fratello una vita in fin dei conti agiata, ha provveduto a dar loro un'educazione serena, dove il rispetto reciproco non è roba da discutersi a tavolino, ma l'essenza di ogni loro scambio. I suoi genitori non le avevano offerto un clima altrettanto tranquillo in famiglia. Non si facevano un problema della presenza dei figli durante i loro frequenti battibecchi, solitamente alimentati dai problemi di gelosia di entrambi. La madre si lamentava che il padre restasse troppo a lungo lontano da casa per affari, mentre lui la accusava di prendersi troppe libertà durante le sue assenze, come quando portava semplicemente i figli al parco a giocare. Giancarlo era solo un bimbo di quattro anni quando perse i genitori. Gondra, più grande di otto, ha sempre avuto un atteggiamento protettivo nei suoi confronti, sin da bambina. Quando avvertiva aria di litigi, lei se lo tirava via in un'altra stanza e lo distraeva cercando così di distrarsi anche lei. In quei momenti il suo cuore era stretto in una morsa. Non capiva perché gli adulti che dicono di amarsi possano farsi tanto male. Aveva allora deciso che non si sarebbe mai sposata se poi era ovvio che la convivenza rendeva infelici tutti, coniugi e figli.

L'appartamento di Gondra, era stato il frutto di una permuta. Lei aveva pubblicato diverse inserzioni dove offriva, appunto, di permutare appartamento centrale a Genova con appartamento a Roma, preferibilmente zona Prati. E non aveva dovuto aspettare a lungo, che qualcuno l'aveva chiamata per combinare l'affare. Strano ma vero, la transazione si era conclusa subito dopo che ciascuno aveva visionato la casa dell'altro, e neanche un euro sopra. Nemmeno qui la nonna aveva interferito, sebbene Gondra sapeva di averle spezzato il cuore. Sembrava che per lei tutto ciò che faceva Gondra fosse accettabile. E lei si sentiva amata e rispettata, poiché se mai Donna Lena fosse stata davvero contraria ad una sua decisione, le avrebbe comunicato il suo dissenso in maniera tanto ragionevolmente determinata che Gondra avrebbe dovuto alla fine ripiegare, non prima di averle dato ragione. Era successo un paio di volte lungo l'arco della loro convivenza. In entrambi i casi, la nonna aveva deciso che era troppo giovane per vivere certe esperienze con responsabilità, e si era opposta con fermezza, spiegandole che c'è un tempo per tutto, e che il tempo sarebbe arrivato senz'altro, prima di quanto potesse immaginare, come sempre accade del resto.

Era vero. La nonna l'aveva lasciata andare incontro al suo futuro, in quella grande città che una volta aveva accolto la sua unica e giovanissima figlia per poi restituirne il corpo esamine, sul Lungotevere delle Vittorie. Gondra a Roma si era ambientata immediatamente, nonostante avesse perso tutti i contatti con gli amici dell'infanzia. Aveva coabitato cinque anni insieme ad altre due ragazze, Lidia e Carola, sperimentando tutte le possibilità della vita studentesca ed all'insegna del cameratismo. Non si contano le volte che erano rimaste tutte e tre a chiacchierare sulla vita fino all'alba. Tavole rotonde, le chiamavano, anche se in realtà se ne stavano comodamente sedute sul divano del soggiorno che aveva visto susseguirsi feste e spaghettate a tutte le ore.

Le tre amiche non hanno mai smesso di fare tavole rotonde e, quanto alle spaghettate, alle volte vengono sostituite da Sushi, panini caldi o abbuffate di pasticceria mignon, ma avvengono ancora a tutte le ore.

4. CAPITOLO

Il suo più caro amico, Davide, non l'aveva conosciuto nel suo giro di conoscenze universitarie, ma su un tram. Proprio un paio di giorni dopo essere tornata a vivere a Roma per iniziare gli studi. Gondra aveva preso il 30 da capolinea a capolinea, per ripassare strade e rivedere luoghi che si erano quasi persi nella sua memoria. Qualche fermata prima di scendere, una brusca frenata del conducente l'aveva catapultata addosso ad un giovane che viaggiava seduto. Questi, invece di scomporsi ed annusandole le ascelle, le aveva chiesto giocondo: «Che marca di deodorante usi?» E dopo qualche altra battuta erano passati allo scambio dei numeri di telefono.

Lui l'aveva introdotta in ambienti esclusivi, per i quali Gondra aveva manifestato una certa curiosità. La loro prima uscita: un cocktail al Circolo degli Ufficiali della Marina, seguito da una partita a biliardo al Circolo Canottieri, sempre della Marina, sul Lungotevere. Quel ragazzone alto e belloccio, sensibile, figlio di un Conte toscano ed una scrittrice tedesca, tuttavia sembrava non sapersi divertire. Così Gondra si divertiva a farlo divertire, trascinandolo in discoteca e presentandogli alle sue amiche ed alle amiche delle sue amiche.

La loro amicizia era intima e solidale, ma esclusivamente fraterna, sebbene Davide le usasse una galanteria d'altri tempi, ovvero, quella che pone la donna al centro di ogni gentilezza ed attenzione. Gondra lo ricambiava con affettuose coccole ed il titolo indiscusso di *amico del cuore*. In quattro anni, la loro intesa non aveva mai subito gli immancabili scossoni che minacciano anche la più solida delle amicizie. Finché un giorno apprese, dalle notizie online che si aprivano automaticamente all'accesso della posta elettronica, qualcosa che doveva rimanere uno dei suoi più grandi enigmi. Il titolo riportava testualmente: *Ufficiale della Marina ventitréenne suicida per amore.* Gondra fu presa da uno scompenso quando ne lesse il nome all'inizio dell'articolo, e la sua mente andò vorticosamente in cerca della donna che gli aveva spezzato il cuore, e la vita. Nel dolore della notizia pensò ad un'amnesia. Davide non le nascondeva nulla. Eppure le sfuggiva quel nome di donna mentre andava avanti leggendo basita che *"Davide Amerighi, rampollo di una nobile famiglia toscana residente nella capitale, non si era rassegnato al fatto che il suo partner fosse convolato a giuste nozze con una facoltosa ragazza olandese."* Folgorata dalla notizia, rimase a fissare il vuoto due minuti interi prima di piangere. Davide non c'era più. Davide si era ucciso. Se lei fosse stata meno superficiale, parlandoci, avrebbe sicuramente potuto salvarlo. E pensare che per una frazione di secondo aveva persino creduto di esserne stata lei la causa! Era sicura che sotto sotto le morisse dietro, ed invece giocava. O si copriva. Povero Davide, così solo in fondo! La scelta della carriera militare... Che la famiglia sapesse? Quell'articolo sul giornale non lasciava spazio a dubbi circa le sue preferenze sessuali.

Al funerale tutti conoscevano il motivo del decesso, e c'era un gran bisbigliare in chiesa. Nessun rispetto. Mentre il padre, *il grande assente,* come lo aveva etichettato una volta Davide, doveva consumarsi nel dolore e nel rimpianto di non esserci stato nella vita di suo figlio, così come non ci fu alla sua morte, per porgergli l'estremo saluto.

È noto che i lutti cambiano la vita delle persone. Come se

non avesse sofferto abbastanza, aveva di nuovo perso i suoi punti di riferimento. La vita è e non è. Aggrapparsi. Resistere. Leggeri come l'aria... Indispensabile! Sopravvivere alle casualità avverse dell'esistenza umana cominciava ad essere un impegno arduo che solo energie potenti, profonde e selvagge come la vita stessa potevano sostenere. Occorre guardare avanti. Bisogna andare avanti. Non si può fare altrimenti. Non c'è scelta!

Finita l'università si trovava ad una nuova linea di partenza. Quell'estate Gondra, a ventitré anni, single, bella e col telefonino che squillava più spesso di una hot-line, sembrava godersi ogni attimo come se fosse l'ultimo: *oggi ci sei, domani non si sa.* Aspirando la vita con tutti i cinque sensi, come a volerne trattenere ogni minuscola particella, era ovvio che non le rimanesse il tempo per voltarsi indietro ed abbandonarsi a ricordi di qualsiasi genere. Lei si vedeva come una freccia che rincorre il futuro.

Era estroversa, spontanea e sempre disponibile a dare una mano al prossimo, ma aveva difficoltà a chiedere aiuto o favori, figuriamoci la spintarella o raccomandazione, che come si suole a Roma, ti fa avere il posto sicuro. No, lei preferì trovarselo da sola il suo primo vero lavoro, quello per cui ti danno una paga, anche se misera. Era in una piccola azienda di consulenza internazionale online, una start-up con una rete internazionale di specialisti e dal futuro incerto ma promettente. E fu proprio lì che conobbe Riccardo.

5. CAPITOLO

Su Roma d'estate si stende una insopportabile cappa d'afa che costringe molti a rimanere tappati in casa, a serrande abbassate, fino al calare della sera. Gli altri accendono il condizionatore o cercano refrigerio sui colli, o sulle spiagge del litorale laziale. Gondra si è svegliata tardissimo dopo la nottata passata in discoteca a Fregene. Si aggira per casa in slip e reggiseno mezza intontita dal sonno e dal caldo, quando squilla il telefono fisso.

Anche il sabato mattina lo stalker telefonico non si scorda di darle la pena? Ha la voce terrorizzata quando esitante risponde: «Chi parla?»

«Riccardo. Ciao! Mia sorella stamattina se la cava. I miei stanno arrivando… incredibile! Così ho pensato di passare a prenderti in moto per andare al mare a Capocotta».

«Ma ti rendi conto di che ora è? E poi... non era rotta la moto?!»

«È già quasi l'una, ciccia! I veri uomini si svegliano coi galli ed aggiustano le moto per portare al mare le vere donne, che si svegliano tardi ma si preparano in cinque minuti. Beh, te ne do venti. Esco di casa e sono da te».

Lei va avanti e indietro, passando davanti al guardaroba in carta da zucchero. Apre un'anta con la mano e la richiude subito con forza. «Aspetta… Aspetta, Riccardo. Io non ho ancora fatto colazione e poi... perché dovrei venire al mare con te?!»

«Perché ci sarai venuta almeno una dozzina di volte e ti è sempre piaciuto. Dai, non fare i capricci! Da qualche tempo non ti riconosco più».

«Mi sa che chi fa i capricci sei tu!» Si asciuga due perle di sudore dalla fronte con le dita e le schizza lontano disgustata. «Ieri sera non sapevi nemmeno se oggi saresti partito. Sei stato così vago… ed in più avevo già parecchio in programma. Del resto te l'avevo detto, no?!» mente di nuovo Gondra.

«Beh, puoi cambiarlo il tuo programma, no?»

«E perché? Perché tu sei irresistibile ed andare al mare con te è il sogno della mia vita? Credi sempre che abbia ventitré anni?» Gondra comincia ad alzare la voce di un tono: «Belìn, Riccardo!»

«Belìn!»

«E non ridere sai? Dico sul serio. Ma chi credi d'essere? E...»

«Ok, Gondra...» la interrompe lui, «non è aria a quanto pare. Fatti un doppio cellulare comunque, così non rimani in panne. Alla prossima!»

Gondra rimane con le parole a mezz'aria e fissa per un attimo la cornetta muta. Alla fine lui ha avuto la meglio. Mentre lei è rimasta lì, senza poter sfogare, senza poterlo davvero punire. Una bomba inesplosa. Sicuramente non un dolce risveglio. Ma che cosa le sta accadendo? Non gli aveva mai parlato così per due volte di seguito. Una storia non-storia arrivata alla frutta? E per frutta intendiamo limoni e pompelmi, ovvero frutta acida. Bisbetici non si nasce, ci si diventa! C'è poi un detto inglese che dice più o meno: *non siamo noi a fare le esperienze, sono le esperienze che fanno noi.* E meglio fermarsi prima di cambiare in peggio, ovvero di diventare brutti dentro. Luoghi comuni e sante parole che si era ripetuta non meno di un centinaio di volte in tutti quegli anni. E c'era riuscita a non vederlo, anche per moltissimi mesi. Ma c'era anche sempre stato un momento di debolezza che Riccardo aveva sapientemente saputo sfruttare per reincunearsi nella sua esistenza.

Non finisce di riporre il ricevitore che già suona il citofono.

«Chi è?» strilla stizzita mentre si dirige alla porta?

«Stefano».

«E che ci fai qui?»

«Ieri sera chiudendo lo studio ho dimenticato le chiavi dentro. Sono passato a prendere le tue».

«Ma non potevi telefonare prima?»

«Ehi, ma ti è andata di traverso la colazione? Aprimi, dai!»

«Ok, sali! Ma aspetta all'ingresso che vado a mettermi qualcosa addosso». Pigia il pulsante che apre il portone del palazzo, e spalanca la porta d'ingresso del suo appartamento. Poi corre in camera da letto ed afferra il pareo giallo appeso alla lampada a stelo. Se lo annoda con un fiocco sul petto e ritorna all'ingresso.

Stefano è il suo socio. Punto. Anche quando erano colleghi d'università non gli ha mai consentito di essere nulla di più. E lui, con la faccia e il portamento da modello di Armani più che da commercialista, non sembra essersene mai fatto un cruccio. Ragazze e donne che gli girano intorno ne ha più di quanto possa gestirne. Tra loro c'è l'affetto e l'affiatamento che si sviluppa tra chi lavora fianco a fianco per gli stessi obbiettivi e che fino a dieci ore al giorno trascorse nello stesso ufficio rendono inevitabile. In più ci sono i ricordi di alcuni esami preparati insieme, studiando la metà del dovuto, perché entrambi menti brillanti e sinergiche.

«Sembri *Jane della Giungla.* Non ti sei pettinata stamattina. Com'è?»

Gondra si passa la mano fra i capelli e finalmente sorride. «Beh, sabato è fatto per dormire!»

«Ah, scusami! Ti ho svegliata?»

«No, no, non preoccuparti. Ero già sveglia da cinque minuti». Si gira verso il pannello-portachiavi, attaccato alla parete dell'ingresso e mormora: «Ma dove sono le chiavi dell'ufficio? Stanno sempre qui, insieme alle altre! Cerca tra i vari mazzi appesi finché Stefano ghignando non si decide a parlare:

«Le ho già prese io le chiavi, mentre facevi finta di coprirti».

«Ah sì? Bene, ma non mettere più le tue manacce tra le mie cose!» Sorridendo Gondra gli dà un colpetto sulla mano che stringe le chiavi. «E poi ti ho già detto almeno cento volte di fartene due copie, visto dove hai la testa tu!»

«Tanto ce l'hai tu la testa per tutte e due! Qual è il problema?» Stefano la scruta dall'alto in basso con finta lascivia. Lei è scalza, e con quel pareo appare più seducente che mai.

«Non farti venire in mente strane idee».

«Io? Macché, scherzi! È che non hai fatto bene il fiocco». dice giocherellando con un angolo del fiocco del pareo e facendo finta di volerlo sciogliere.

Gondra gli picchia ancora una volta le dita con una mano, mentre con l'altra gli mostra l'uscio. «Ed ora vai, va'!».

«Vado, va'».

Nel chiudergli dietro la porta, improvvisamente lo chiama: «Stefano...»

Lui si volta dal pianerottolo mentre lei fa capolino. «Sì?»

«Ma perché vai allo studio di sabato mattina? Problemi con qualche cliente?»

Con lo sguardo birichino lui risponde: «No, assolutamente. È che mi sono dimenticato lì il cellulare!»

Gondra gli sorride goliardica «Vai, va'!»

«Vado, va'!»

Accende lo stereo in soggiorno e va in cucina a prepararsi un caffè. Ma mentre sta caricando la moka, risuona il citofono.

«Chi è?»

«Pubblicità in cassetta».

Il pomeriggio trascorre in fretta tra telefonate alla nonna ed al fratello, alcune e-mail ad amici Americani, ed il Sole 24 Ore. Nel frattempo il telefono ha squillato tre volte senza che nessuno dall'altro capo del filo si sia fatto vivo. L'irritazione di Gondra è palpabile. Ma cerca di dirigere la mente altrove, valutando l'opportunità di chiamare Marco, il *tizio* con le birre.

È stanca a causa della massa di lavoro degli ultimi tempi, snervata dalla discussione con Riccardo, ma soprattutto avvilita da quelle telefonate anonime. Si sente matura per una lunga e bella vacanza solo che, come al solito, non può permetterselo. Infatti pare che per lei il momento di rilassarsi non arrivi mai. L'ambizione le ha sempre fatto dedicare poco spazio, pochi giorni a delle vere vacanze. La STEGO Consulting nella fase di avvio ha assorbito ogni sua energia. Ed ora che finalmente la società è decollata, deve consolidarne la posizione su un mercato, quello della consulenza gestionale e fiscale alle imprese, molto affollato e competitivo.

6. CAPITOLO

Sono le 16.00. Gondra poggia il tablet sul tavolino e si sdraia sul divano. Gli avvolgibili sono abbassati a metà ed il soggiorno è in penombra. In questo momento vorrebbe essere in ufficio, dove in ogni stanza ha fatto installare un condizionatore. Niente più soldi per comprare quelli di casa, almeno per quest'anno. Ci sono clienti che pagano le fatture dello studio con svariati mesi di ritardo ed il flusso di cassa non è continuo, né prevedibile. Occorre al momento rimandare le spese private non strettamente necessarie. Chiude gli occhi ma si alza in piedi subito dopo in atteggiamento meditativo. Afferra il biglietto da visita dal tavolino in vetro e compone un numero sul cordless, mentre continua a passeggiare avanti e indietro.

«Pronto, sono Gondra».

Dall'altro capo del telefono risponde una voce impastata di sonno. «Gondra chi?!»

«Gondra Bogdanova. La ragazza che hai conosciuto ieri sera davanti al bar tabacchi, sull'Aurelia».

«Io? Io non ho conosciuto nessuna Gondra Bogdanova ieri sera. Non mi sono mosso da casa io!»

«Scusa ho sbagliato numero». Sta per riagganciare quando sente *"Dammi il telefonino Gigi!"* e poi distintamente:

«Gondra, sono io, Marco».

«Pensa che stavo mettendo giù!»

«Scusami. È il mio *fratellino*. Ha vent'anni, ma a quanto pare porta ancora il ciuccio! È venuto a scroccarmi il pranzo ed il divano per un pisolino».

«Marco ha il divano più comodo della città! Dovresti venire

a provarlo» sghignazza Gigi vicino alla cornetta.

«Lascialo perdere Gondra! Si diverte a fare il cretino con tutte quelle che mi telefonano».

«E sono tante?» chiede divertita Gondra.

«Ah, tantissime, sono letteralmente assediato! È difficile per un uomo riuscire a vivere da solo, oggigiorno. Non puoi capire la schiera di *amiche* che si offrono di prepararmi la colazione e di occuparsi delle pulizie in cambio di una qualunque sistemazione in casa mia!»

«Davvero?»

«Ma dai! Ma mi hai visto, no?!»

«Sì che t'ho visto. È la cosa mi sembra del tutto verosimile».

«Beh, grazie! Ma lasciamo perdere i discorsi superficiali e banali».

«Come quelli di ieri sera?»

«Già. Non vado particolarmente orgoglioso del modo in cui ti ho *rimorchiata*»

«Tu hai rimorchiato me? Ma davvero?! Pensavo d'essere stata io ad invitarti per prima».

«Non ti saresti accorta che esistevo se non mi fossi intrufolato nel curioso duetto tra te e la tua amica».

«Hai ragione! Ma solo perché ti ho chiamato non penserai di aver già attraccato al molo?»

«No, no, assolutamente! Dove andiamo stasera? Scusa un attimo...» *La voce di Marco ora è attutita dalla mano sull'apparecchio. «Ma tu non potresti andare in un'altra stanza per favore?» dice rivolgendosi al fratello.*

E Gigi: «Hai il cellulare. Vattene tu. Non vedi che sono sdraiato?»

«Dicevo... Cosa ti piacerebbe fare stasera?»

«Non saprei, non mi sento creativa in quel senso oggi. Proponi tu un posto o qualcosa che ti piacerebbe fare. A me va bene quasi tutto».

«Un posto... Ti piacciono le sorprese?»

«Le adoro!»

«Ed allora metti addosso della roba pesante e tieniti pronta per le 18:00».

«Roba pesante con questo caldo?! Non vorrai mica andare a pattinare sul ghiaccio?»

«Sei fuori pista» dichiara col tono di chi la sa lunga. «Dimmi dove abiti. Ah... e mi servirebbe anche il tuo numero di telefono, non si sa mai!»

«Potremmo darci un appuntamento da qualche parte. Io sono puntualissima, non preoccuparti. Lo smartphone è in riparazione ed il numero di casa non lo do più a nessuno».

«Ancora diffidente, eh? E va bene, come vuoi. Allora alle 18:00 davanti al Bar Tabacchi, d'accordo?»

«Bene. A fra poco».

«Ciao».

Gondra indossa un paio di jeans neri, una camicia bianca e si annoda alla vita un pullover di lana nero. Esce di casa con uno zainetto. Dentro, tra le altre cose, ha infilato l'ormai inseparabile coltellaccio. Ha un'aria sbarazzina; viso acqua e sapone e capelli raccolti a coda. Sa bene che la semplicità è il suo asso nella manica. È così che incontra i suoi nuovi clienti, senza nemmeno un filo di trucco sui suoi enormi occhi azzurri.

Parcheggia la macchina in doppia fila. È arrivata con cinque minuti d'anticipo. Scende a comprare le sigarette e risale in macchina ad aspettare. Alle 18.00 in punto una Mercedes decappottabile grigia metallizzata si accosta alla sua vecchia station wagon. Lei guarda il conducente e sorride. Marco indossa un berretto con visiera nera con su scritto *The Best*.

Scendono contemporaneamente ognuno dalle proprie auto.

«Ciao, Gondra. Perché non hai parcheggiato?»

«Andiamo con la tua o con la mia?»

«Ti va di farti portare? Ti fidi?»

«Sì» risponde candidamente con un sorriso. «Aspettami qui. Parcheggio».

Sono lanciati a 160 km/h sull'Aurelia, direzione Raccordo Anulare.

«Allora... mi vuoi dire dove stiamo andando?»

«Vuoi rovinarti la sorpresa? Perché se proprio vuoi, te lo dico! Però ti consiglio quindici minuti di pazienza».

Gondra tiene la mano stretta al bracciolo dello sportello.

«Riuscirò a pazientare quindici minuti ma non a reggere il terrore di un incidente. Puoi andare più piano?»

«Abbiamo il tempo alle calcagna. Dobbiamo seminarlo».

«Perché, ci perdiamo qualcosa altrimenti?»

«Il tramonto!» Marco le rivolge un breve ed intenso sguardo illuminato da un sorriso che gli è rimasto stampato sul viso dal momento in cui si sono rivisti.

Un quarto d'ora dopo, trascorso quasi del tutto in silenzio. «Lo sapevo...» esulta Gondra, «se hai preso questa direzione è perché andiamo in montagna, al Terminillo!»

Marco si volta di nuovo a guardarla, sorride e non dice nulla. Poi compone un numero sulla tastiera del cruscotto e cerca, con difficoltà, di infilare gli auricolari. Gondra lo guarda attonita. Ha paura di andare a battere mentre lui si distrae dalla guida armeggiando con quegli aggeggi. Come se non bastasse lui gira la testa completamente verso di lei per dirle: «Il vivavoce non si sente con la capotte aperta» e solo dopo sembra concentrarsi sulla strada anche se parla al telefono: «Fil, sono Marco. Puoi scaldare. Sì, sì. Ci ho già pensato, non preoccuparti. Ciao». Subito dopo prende lo svincolo per la Salaria.

La corsa dei due si ferma all'Aeroporto dell'Urbe, davanti ad un hangar con la scritta *Avion Club Roma*. Marco scende dall'auto. Gondra lo segue. Nemmeno una parola. Lui apre il bagagliaio e ne estrae un borsone. Le allunga un berretto con visiera identico al suo, che lei indossa senza fiatare. Va loro incontro un uomo alto e biondo con una pancia da nono mese di gravidanza, e cappelletto con visiera nera. Stessa scritta, *The Best*.

«Ehi, Marco, tutto a posto. È pronto e caldo. Ma fossi in te non mi azzarderei a fare tutta una tirata. Dai, fammi stare tranquillo e fermati a Brindisi per il carburante. Sai com'è se ci si mette di mezzo il vento!»

«Non è la prima volta Fil, lo sai. Non preoccuparti!»

Mentre Marco con una pacca sulla spalla saluta l'uomo, che fa una smorfia di disapprovazione, lei gli si piazza davanti e gli chiede: «Che cosa è già *pronto* e *caldo* Marco?»

Puntando il dito verso un piccolo velivolo biposto col motore acceso, lui esclama compiaciuto «Quello lì. Andremo incontro al tramonto e stasera mangeremo Moussakà!»

«Vuoi dire che andiamo in Grecia?»

«A Corfù».

«Ma ci vorranno ore ed ore per arrivare e poi per tornare!»

«No problem. Saremo lì fra tre ore e mezza. Quattro al massimo. I Greci cenano tardi. Resisti senza mangiare fino alle dieci, vero?»

«Che peccato! A saperlo avrei portato il costume e ci saremmo fermati per domani. Andare in Grecia, scusa... Corfù, e non toccare l'acqua è un sacrilegio!»

«Se il costume di mia sorella non ti fa schifo!» Marco apre il borsone e le porge un bikini giallo mentre lei lo osserva ancora più stupita. «Sì, è vero, forse avrei dovuto chiedertelo. Ma avrei rovinato la sorpresa. Comunque lo puoi mettere tranquillamente. Mia sorella non farà obiezioni. Anche perché non c'è motivo di dirglielo! In ogni caso, se non ti piace, ne puoi sempre comprare uno sul posto. Pensavo solo di non farti perdere tempo in acquisti inutili».

«Belìn... Tu pensi proprio a tutto! E se ti dicessi che siccome non ti conosco affatto e non posso seguirti su un aereo, verso Dio sa dove, per poi finire ancora non si sa dove fino a domani?» osserva con vera e finta preoccupazione.

«L'unica cosa di cui devi preoccuparti è se sono abbastanza simpatico da non annoiarti tutto il tempo. Non mi è nemmeno balenato per la testa che tu potessi rifiutare per simili motivi dopo aver accettato di salire in macchina con me! Non saresti il tipo che credo tu sia».

Lei lo segue verso l'aereo parcheggiato. «Come fai a dire che tipo sono? Non ci conosciamo affatto!»

«Ho fiducia nel mio intuito. Hai gli occhi troppo vispi per essere una che dice di no ad una bella gita fuori porta solo perché chi gliela propone è un semisconosciuto».

«Ti correggo e ripeto: *sconosciuto*. Ad ogni modo hai ragione. Ma stai attento marrano, che io sono cintura bianca di karatè!»

«Lo terrò presente» le comunica stando al gioco mentre l'aiuta a salire sul velivolo. «Attenzione alla testa… Così. Ed ora pensiamo a divertirci!» Marco ha dovuto strillare l'ultima frase per soverchiare il rumore dei motori. Le fa indossare una cuffia con microfono. «Tutto a posto Gondra? Sai nuotare?»

«Sì... Naturalmente... Perché me lo chiedi? Quanti motori ha questo coso?» domanda Gondra strillando per farsi sentire.

«È un Cessna 152. Un monomotore».

«No, non dirmi che se fa le bizze facciamo un bel tuffo nel Mediterraneo? È un cimelio questo aerucolo. L'avete rubato ad un museo?»

«Rilassati. Se mai dovessero esserci problemi, noi non precipiteremo ma planeremo adagio sul mare. Il nostro Club ha speso un po' di soldi, ma ha dotato i nostri C-152 di paracaduti balistici. I GARD-152. In casi estremi, il paracadute si apre completamente in tre secondi. Soddisfatta?» Gondra annuisce, ma dal viso non ne sembra troppo convinta. Marco se ne rende conto e continua: «Sai... il cielo concilia il silenzio. Però... le barzellette fanno ancora più effetto in alta quota. I passeggeri poi sono costretti a ridere, sennò li faccio scendere». Le alza fin sotto il mento la zip della giacca a vento che nel frattempo aveva tratto dal borsone, e dopo essersi sistemato a sua volta, chiude la portiera. «Ora non c'è più bisogno che strilli per parlare. I microfoni sono accesi. Nel caso ti venisse da vomitare, sotto il tuo sedile ci sono delle bustine apposite. Se invece ti manca l'aria, trovi dei respiratori ad ossigeno sempre sotto il sedile, in una scatola metallica».

«Aspetta...» chiede Gondra terrorizzata, «da quanto tempo hai il brevetto?»

«L'ho preso prima di prendere la patente, a diciassette anni. Cosa ridi?» le chiede Marco che si è appositamente voltato a fissare la sua espressione.

«Niente. Pensavo ad una cosa che ho detto ad un amico ieri sera ed oggi ed alla tua bella sorpresa».

«Non capisco».

«Non devi capire. Guarda avanti e fai in modo da non dover attivare il paracadute balistico tu. Dei miei pensieri mi occupo io» conclude Gondra continuando a sorridere.

Il piccolo aereo si è già disposto sulla pista di decollo. Marco finisce di scambiare informazioni tecniche via radio.

«Sei pronta?»

«Sì».

«Si parte!»

Sono in volo. Gondra è euforica come dopo tre bicchieri di prosecco. Sorride e guarda in basso, in alto, davanti a lei. Sembra non voglia perdersi un fotogramma della meravigliosa esperienza che sta vivendo. Il suo volto è quello di una bimba che il papà ha messo per la prima volta sul cavallino di una giostra. Di paura adesso più neanche l'ombra, stranamente!

«Volare su un piccolo aereo è diverso. E un'esperienza più pura, Marco!».

«Lo so. Ti senti parte del cielo. Vedi che colori? Le condizioni meteo sono perfette. La visibilità è ottima fino a destinazione».

«Sai, pensavo che la scritta *The Best* fosse una tua spacconata».

«Ed invece hai capito che è lo pseudonimo della nostra flottiglia. Mai fermarsi alle apparenze!»

«Ora non riscivoliamo sui luoghi comuni sui quali siamo già caduti ieri sera. È già mezz'ora che siamo in viaggio e non mi hai nemmeno raccontato una barzelletta!»

«Sei una control freak tu, eh?! Oppure hai qualcosa dentro, che ti rode?»

«Che c'entra ora questo con le barzellette?!»

«Niente. E che avresti potuto dirmi per esempio: *Che ne dici di raccontare una barzelletta?* Invece nella tua richiesta c'erano una critica, un *non* ed un *nemmeno*. Controllo ed atteggiamento negativo. No ti pare?»

«Sei uno strizzacervelli? Pensavo che fossi un dirigente del settore pietre preziose» osserva lei sorridendo.

«Non sono uno strizzacervelli, ma la psicologia è uno dei miei hobby preferiti. E poi capire come funziona la gente è utilissimo, se non essenziale nelle vendite, specialmente dei diamanti».

«Sì, probabilmente. Anche se non credo che occorrano particolari astuzie per sedurre un nuovo cliente».

«Forse non serviranno a te. Ma ad un uomo occorrono metodi diversi ed è utile tutto ciò che può tirar fuori dal cilindro, specialmente quando invece che a privati e collezionisti devo vendere lotti importanti a gruppi bancari e fondi di investimento».

«A scapito dell'autenticità?»

«Sul lavoro dici? Non me ne faccio assolutamente un problema! Il nostro prodotto, i diamanti, sono autentici, e quello basta».

«E nel privato?»

«Ah, beh, lì non faccio sforzi particolari! Sono autenticamente irresistibile pur non essendo bello».

«Vedi di non scoppiare qui su, pallone gonfiato!»

«Ma come ti permetti?! Eh sì... Le donne sanno essere davvero ingrate!»

7. CAPITOLO

Sette anni prima.

«Senti, non è che mi daresti una mano a trovare un bravo fiscalista russo? Tu conosci di sicuro qualcuno. Non ti chiami Pallova?!»

«Cosa? Il mio cognome è Bogdanova e mi dispiace davvero di non poterti aiutare. Mai stata in Russia! Ed a parte aver conosciuto mio padre che, al contrario della maggior parte dei Russi, evitava i connazionali come la peste, io non conosco Russi personalmente» rispose alla richiesta del barbuto collega dagli occhi verdi.

«Tuo padre deve essere stato una spia, ecco perché! E tu magari lo sei pure. Dai tirami fuori un nome, usa la tua lingua!»

«Che usa la tua lingua?! Quale lingua?»

«Il russo, porca miseria! Non mi vuoi aiutare?! Gli altri capi sopra sono fuori di testa perché il nostro fiscalista Russo si è dato e ci serve entro subito-ora-immediatamente uno specialista, altrimenti perdiamo il cliente e la percentuale sul contratto» rispose concitato il giovane.

Gondra era seduta alla piccola scrivania semplice e scadente e continuava a spostare lo sguardo dal monitor del suo computer alla faccia del collega. Scandendo lentamente ogni parola: «Te lo ripeto… Non so una parola di russo! Non lo parlava mio padre, che ho perso da svariati anni, quindi non posso nemmeno chiedergli aiuto, e non lo parla nessuno che io conosca. Mi dispiace, davvero! Ti posso aiutare con gli Stati Uniti e tutti i paesi anglofoni. Oppure posso cercare in giro».

«Ti sei salvata il culo proprio per un pelino Gondra Bukova» osservò con disappunto il barbuto puntandole contro i suoi intensi occhi smeraldo contornati da folte ciglia nere. «E *"Posso cercare in giro"* è quasi la risposta esatta. Attivati!» urlò questi uscendo a larghe falcate dalla stanza e lasciandosi dietro un commento a mezz'aria: «Più sono belle e più sono tonte! Specialmente le bionde!»

Gondra si alzò di scatto, come estroiettata dalla sua sedia girevole, per andare alla carica. Ma la collega accanto la trattenne da un braccio. «Stammi a sentire… Lascia perdere!»

«Certo che non lascio perdere! Stai scherzando? Mi ha insultata. Ma chi si crede d'essere!» esclamò Gondra furente tentando di liberarsi dalla presa e volgendo alla collega uno sguardo incredulo.

«È il nuovissimo arrivo tra i nostri numerosi giovani capi. Quello che ci ha rimpinguato le casse quasi vuote e che ti pagherà lo stipendio a fine mese. Lavori qua da tre giorni e per questo non puoi sapere come stavamo messi. Continuano ad assumere per completare il cerchio di competenze, ma abbiamo ancora pochi clienti. E quelli che abbiamo dobbiamo tenerceli stretti».

Gondra l'ascoltava solo con un orecchio, mentre il suo volto cambiava espressione ad ogni parola. «Ho capito. Ma belìn… come faccio a lavorare per un tipo del genere?! Allora mi licenzio. Tanto per quel che mi danno! E pensare che sono venuta qui con tanta voglia di contribuire a realizzare il sogno di questa giovane start-up!» Nel frattempo gli altri colleghi in stanza ad uno ad uno distolsero la testa dal computer per seguire la conversazione. «Povera idealista!»

La collega le fece cenno di abbassare la voce con l'indice davanti alla bocca e nel tentativo di calmarla: «Ma che ti pare?!

Qui o in un altro posto all'inizio ti trattano tutti come uno zerbino ed è un miracolo se te lo danno un posto! Sai quante fotocopie ho fatto fino ad ora gratis con la mia laurea in economia? Stage, apprendistato, internship… tutti termini che indicano cervelli gratis o a basso costo». La giovane donna afferrò di nuovo il braccio di Gondra indicandole il monitor con gli occhi, invitandola a sedersi ed a continuare il suo lavoro. Ma lei rimase in piedi con le mani sui fianchi. «Guarda tesoro…» continuò la collega ancora più piano, «che nell'arena è il toro quello che muore sempre. Smettila di fare l'orgogliosa ed ingoia per una volta! Io ho un paio d'anni più di te ed il tuo atteggiamento, ti garantisco, non paga. Pensa se invece di insultarti ti avesse messo le mani sul culo?! Tesoro, meglio gli insulti che gli abusi sessuali!»

«Ma che stai dicendo Maia? Sono comunque abusi. Abusi di potere! Ed io non ci sto. Se mai mi licenzio in tronco, tanto sul contratto c'è un giorno di preavviso da entrambe le parti. Io non intendo sopportare né pacche sul culo né pregiudizi di sorta per quanto alla mia persona, bella, brutta o bionda che sia!» Gondra afferrò la borsa da sotto la scrivania e vi ripose alla svelta gli oggetti personali. Baciò Maia sulle guance e disse: «Non preoccuparti. Un lavoro lo trovo sicuro. Ho un largo giro di conoscenze. Io avevo scelto questo di lavoro. Ma guarda caso ora non mi piace più. Per niente! Gli mando le dimissioni da casa, Maia. Appena sarò uscita fammi un favore… Comunica che non mi sto occupando della ricerca perché me ne sono andata. Meglio evitare discussioni in questo momento. Non sarei carina, specialmente con tipi di quel genere!»

«Ma sono tutti bravi ragazzi lì sopra! Io sono contenta di lavorare qui. Fino ad ora mi hanno pagata puntualmente ed io mi sto occupando della Cina. Ci ho fatto sopra la tesi! Lascia correre per questa volta no?!» la pregò la collega.

«Forse hai ragione tu. Ma io non riesco più a lasciarmi dietro cose spiacevoli che potrebbero ripetersi sotto qualche altra forma e lasciarmi ferita dentro. Magari gli altri capi saranno pure delle brave persone, ma questo è un emerito stronzo. Stammi bene e chiamami se vuoi. Magari usciamo insieme una sera». Gondra cercò di allungarle un sorriso, ma non era brava a fingersi felice quando non lo era.

«Come vuoi Gondra!» disse Maia cercando anche lei di abbozzare un sorriso. Gli sguardi e le orecchie degli altri colleghi erano ora tutti rivolti verso di lei. Un *"Ciao"* corale la accompagnò alla porta. Subito dopo si accese un brusio di commenti che Gondra spense tornando indietro e facendo capolino dalla porta. «Niente critiche dietro le spalle! Buona fortuna a tutti!»

Il nuovo fra i suoi ex capi, quello per il quale aveva lasciato immediatamente il lavoro, aveva cercato in tutti i modi di chiederle scusa, chiamandola prima al cellulare e poi a casa. Ma Gondra vedendo che le telefonate venivano dall'ufficio non aveva risposto. Le sue dimissioni le aveva inoltrate immediatamente via e-mail e per raccomandata AR. Ma il giovane non si arrese e decise di presentarsi davanti alla sua porta la mattina dopo.

Lei indossava il pigiama estivo a pantaloncini, azzurro con piccole rose rosa. La faccia sbattuta a causa di una notte insonne e qualche birra. I capelli lisci e lunghi fino alla schiena, spettinati dalle lotte notturne con il cuscino. E proprio quando aveva appena preso sonno suonavano alla porta! Era troppo intontita persino per riflettere sulla possibilità di semplicemente ignorare il campanello e continuare a dormire.

«Ciao Bovinova!»

L'ultima persona che si sarebbe aspettata di vedere in quel momento era il suo ex capo. E questo era palese dall'espressione degli occhi e dalla rigidità del corpo di Gondra appena aperto l'uscio di casa. La faccia seminascosta dalla barba le era risultata del tutto indifferente se non addirittura sgradevole in ufficio, specialmente dopo gli insulti. Ma quegli occhi vivaci verde smeraldo, sembravano due oasi nel deserto. Anzi erano l'unica cosa che le riusciva focalizzare in quel momento. Strizzò gli occhi forse a levar via il sonno o a cercare di realizzare se quello che aveva davanti era proprio lui.

Il visitatore nel frattempo la scannerizzava da capo a piedi. Probabilmente avrebbe potuto dire anche quante roselline c'erano sul suo pigiama, prima che lei gli chiudesse la porta in faccia. Ma se aveva quasi rischiato un incidente nel traffico per passare a trovarla prima di recarsi in ufficio, doveva portare l'azione a termine. Quindi premette il campanello varie volte. L'ultima di continuo. E quando era chiaro che Gondra non gli avrebbe aperto lui cominciò ad urlare da dietro la porta «Postanova, aprimi, sono venuto a scusarmi e tu devi ascoltarmi!»

«E perché dovrei ascoltarti?! Dove c'è scritto?!» urlò a sua volta Gondra da dietro la porta chiusa. «E mi chiamo Gondra. Gondra *Bogdanova*!»

«Perché so che sono uno stronzo. Un figlio di papà che si è laureato con sei semestri di ritardo. Era il mio primo giorno da capo, il secondo da socio, ed il terzo lo faccio umilmente da quello che chiede scusa, perdono e pietà, perché hai pienamente ragione ed io avrei lasciato il lavoro per molto meno. Ma in realtà ho così tanto da imparare che mi spaventa solo il pensiero di andare in ufficio adesso. Non è che mi ci accompagneresti tu? *Gondra.* Ma dove li hai presi tutti sti nomi che nessuno riesce a ricordare? Gondra, ci sei? Stai ascoltando?»

«Sì!».

«Allora... Capisci che mi sento davvero in colpa, perché alla fine sono un ragazzo per bene?»

«Oh sì, si è visto!»

«No, veramente. Mia madre mi ha fatto persino fare un corso di bon ton. Lo so che non ci crederai».

«Sei un maschilista e…»

«Ascolta…» A quel punto lei decise di aprirgli e di guardarlo in faccia. Lui appariva seriamente pentito e sincero. «Sarò tutto quello che vuoi tu, ma ti prego di avere un attimo di comprensione. Ero sotto pressione. I miei nuovi soci mi hanno mandato di sotto per chiedere aiuto a Makalova e Makalova non me la vuole dare… Scusa…» ride di gusto, «non me lo vuole dare l'aiuto. Poi capisco che non puoi aiutarmi, e vado semplicemente in pallone. Perché mi chiedo… dove vado a trovarlo un fiscalista Russo nel giro di minuti?»

«Forse sulle pagine gialle? Su Internet? Linkedin? O attraverso la Camera di Commercio Internazionale. E che ne dici dell'ambasciata russa? Tu mi hai detto che stavo rischiando il cu… Scusa, non voglio essere volgare come te. E se questo non bastasse mi hai dato della tonta e bionda stupida!». Gondra disse tutto questo d'un fiato puntandogli l'indice tanto vicino al volto da rischiare di cavargli un occhio. Il tono era tanto sicuro e fiero da non dar adito a speranze di perdono.

Ma lungi dal darsi per vinto, il giovane continuò: «Facciamo una cosa Gondra. Io mi assumo con i miei soci la responsabilità della tua perdita, nel senso che capisco che non vuoi tornare in ufficio e mostrare agli altri che ti fai umiliare e… vabbè, ci siamo capiti. Io però ho la necessità di rimediare con te personalmente, per averti indotta a lasciare il posto di lavoro. Vorrei offrirti almeno una cena riparatoria. E magari mi dici quello che assolutamente non bisogna dire agli impiegati, specialmente a quelli biondi e di sesso femminile».

«Io stavo lì da tre giorni, come ti chiami?»

«Riccardo»

«E anch'io sono alla mia prima esperienza di lavoro. Non per questo non so come si tratta la gente. E questo indipendentemente dall'anagrafe e dal tipo di relazioni interpersonali». Gondra si rese conto solo in quel momento di essere in pigiama ed alquanto disfatta. Si passò le mani sui capelli per appiattirli, e riprese: «Comunque possiamo riparlarne a cena. Ho un animo buono io, e se sei davvero pentito voglio darti la possibilità di redimerti. Farà bene ad entrambi». La seconda parte del suo discorso la colse di sorpresa. Ma quando si rese conto di quello che aveva detto era già troppo tardi.

Riccardo prese dal portafogli un biglietto da visita e glielo porse dicendo: «Mi fai davvero felice! Vedrai che non sono il bastardo che sembro. Ci vediamo stasera alle 20:00 al *Trespolo*. Sai dov'è no?»

«Certo che lo so! Allora grazie. Ciao» concluse Gondra iniziando a chiudere la porta.

«Aspetta. Ti vengo a prendere io in moto. Scusa se non l'ho proposto prima!»

«Perché? Posso arrivarci da sola in macchina!»

«Hai la macchina?»

«Certo!»

«Certo. Allora ti passo a prendere in moto. Ciao». E si dileguò lasciandola nella confusione più totale.

Qualche giorno dopo al telefono.

«Allora dove vuoi che studiamo il report, a casa mia o a casa tua?» chiese Gondra.

«Al mare!» rispose subito Riccardo.

«Stai scherzando?»

«No. Assolutamente. È estate, e domani è lunedì».

«È che io ho difficoltà a concentrarmi sotto il sole. Mi si annebbia il cervello!» si lamentò lei.

«Ah sì? E quale?»

«Sei terribile!»

«Dai, non farti pregare! Sono sicura che quella testolina funziona bene anche a 100° C».

«No. Veramente, Riccardo. Se vuoi vai pure al mare. Noi ci vediamo nel tardo pomeriggio a casa mia».

«Allora facciamo a casa mia» propose lui.

Gondra lo guardò seriamente indispettita «Scusa, ti faccio un favore e pretendi pure che dopo che ti sei stravaccato al mare, bello riposato, sia io a venire a casa tua!»

«Sei proprio un bel tipo tu, sai? Prima mi dici *a casa mia o a casa tua e* poi ti lamenti che gli altri si riposano al mare quando hai appena dichiarato che non ci vuoi venire! E poi, ho detto casa mia perché ho la terrazza coperta, con i divanetti comodi. All'aperto, e sai che sono un tipo tutto natura, si lavora meglio, specie se si tratta di fascicoli pesanti e noiosi e di numeri e calcoli! Poi ho il frigo pieno di roba fresca. Alla fine ti cucino anche qualcosa di buono».

«Neanche a casa mia c'è nessuno. Ed anche se sono in cerca di un lavoro stabile, guadagno abbastanza con lavoretti online da potermi permettere un paio di birre e qualche bevanda fresca in frigo. Il divano rosa devono ancora consegnarmelo. La casa ce l'ho solo da un mese. A terra però ho dei grossi e comodi cuscini. Ed a fare due spaghi sono buona anch'io!»

«Perfetto. Allora vengo io da te».

«Visto che hai la moto, al limite potresti venire a prendermi al ritorno dal mare e portarmi a casa tua a lavorare».

«Non le capirò mai io le donne!» Riccardo alzò gli occhi al cielo per poi puntarli divertito sul suo cellulare. «Ricapitolando... Io vado al mare e poi passo a prenderti per portarti a casa mia. A che ora?»

«Guarda che io lo dicevo perché ho capito che evidentemente trovi più confortevole lavorare a casa tua».

«Ma io posso anche lavorare seduto su un tappeto di chiodi se occorre!»

«Scusami tanto... ma allora perché quello sfoggio di sfarzo e comfort, visto che possiedi tali capacità di adattamento e concentrazione?!»

«Lasciamo perdere, ok? A che ora passo a prenderti?»

«Alle cinque va bene».

«E tu che fai di domenica fino alle cinque?»

«Vado al mare, come tutti!» rispose candida Gondra.

«E con chi ci vai?»

«Sarebbero fatti miei, comunque... Da sola. Le mie amiche sono tutte fuori Roma in questo momento. In vacanza, mentre io sono appena tornata a cercare lavoro».

«Ma allora perché non hai accettato di venire con me?»

«Perché tu non mi hai invitato ad andare al mare! Mi hai chiesto di aiutarti con un cliente. È diverso! Io al mare ci vado a fare il bagno, a prendere il sole. Non a lavorarci!»

«Quanti anni hai Gondra?»

«Ventitré. Perché?»

«Perché o hai tanto da crescere e imparare dalla vita o sei una vera dritta e mi stai prendendo per il culo».

«Propendo per la seconda ipotesi» disse Gondra al telefono ridendo di gusto.

Riccardo si accodò alla sonora risata. Si vedevano solo i

denti bianchi e gli occhi sotto cotanta barba.

«Ma guarda tu questa! Dunque, vediamo di riformulare... Gondra... ti piacerebbe venire al mare con me e poi... magari... nel tardo pomeriggio... al rientro... aiutarmi a capirci qualcosa del gruppo Parity? Ti pago a tariffa oraria festiva».

«Ti prendo in parola. A casa mia o a casa tua?»

«Sei tremenda! A che ora passo a prenderti?»

«Alle 10:00 o quando vuoi, ormai non si dorme più e ci metto un secondo ad infilare il costume».

Dopo aver chiuso la conversazione telefonica si ritrovò a provare tutti i costumi interi e a due pezzi che aveva nel cassetto, per poi sfilare davanti lo specchio. Scelse il bikini giallo a balconcino, con una fantasia a piccoli fiori rossi con le foglie che le aveva regalato il povero Davide. Aveva già un'invidiabile abbronzatura color bronzo, ed i capelli lisci e lunghi erano diventati ancora più biondi e luminosi sotto l'effetto del sole. Perché quell'agitazione e senso di attesa se Riccardo non la interessava?! Si chiedeva pure come facesse mai una donna a baciare qualcuno con tutti quei peli irti, lunghi e incolti sul viso. Ma decise che di certo non era un suo problema.

Riccardo si presentò al citofonò alle 10:00 in punto. «Sono arrivato».

«Scendo subito».

«Ti dispiacerebbe farmi salire un attimo? Devo fare pipì».

«Ma non potevi farla a casa tua? Vabbè, ti apro». Gondra lo attese all'ingresso e senza dirgli una parola gli indicò con la mano la porta del bagno. Lui ne uscì poco dopo ancora con la mano sulla cerniera dei jeans.

«Ciao».

«Ciao. L'hai fatta tutta?» chiese lei.

«Tutta quanta».

«Spero che tu abbia preso bene la mira».

«Quanta boria per un paio di goccioline qua e là. Ho portato un casco per te. Andiamo?»

«Grazie, ma aspetta...»

Riccardo era di spalle e dava una sbirciata in cucina «Sì, ma sbrigati».

«No, aspetta... nel senso... fatti vedere!» Gondra gli mise una mano sulla spalla e lo costrinse a voltarsi. «Belìn… Appena ti ho visto non me ne sono accorta!»

«Ti riferisci alla barba?»

«Sì!» Gondra lo osservò con occhio critico mentre Riccardo assumeva tutte le posizioni possibili perché lei potesse notare meglio la differenza. «Però... quanto sei buffo!» notò sorridendo.

«Pensavo mi avresti detto *Ah, ma quanto sei bello!* oppure *Però... stai decisamente meglio*. Invece!»

«No… è che dove c'era la barba non sei abbronzato, e la forte differenza di colore con il resto del viso è buffa. Tutto qui. Però stai senz'altro meglio. Davvero, non c'è paragone!»

«Bene! Non perdiamoci in chiacchiere. Capocotta ci aspetta».

«Capocotta? Ma non è la spiaggia dei nudisti?»

«Capocotta si allunga per vari chilometri di spiaggia, solo in parte frequentata da *naturisti* più o meno integrali».

«Ma mi hanno detto che è un posto malfamato, che ci vanno i tossici e gli scambisti! Io vado sempre a Ostia e Fregene».

«Ma chi ti ha raccontato queste cose? È normale che ci sia gente di tutti i tipi. Ci saranno anche loro, in ordine sparso. Ma chi se ne frega? Quello sì che è mare! Almeno nelle immediate vicinanze di Roma. Macchia mediterranea, dune, e niente costruzioni o strade a vista. Solo la spiaggia ed il mare! E poi c'è spazio. Altro che Ostia e Fregene, tutti accalcati uno sull'altro! Io vado solo a Capocotta».

«Ok, mi hai convinta» proferì Gondra regalandogli un candido sorriso.

La giornata era stupenda. A metà luglio a Roma era rimasta ancora molta gente, ed il modo migliore di raggiungere il mare senza asfissiare negli imbottigliamenti era andarci in motocicletta. Riccardo aveva appena comprato una Honda 600, piccola e veloce quanto basta. Fortunatamente lui non sembrava un pirata della strada. Anzi, le aveva detto che se avesse avuto paura bastava che gli facesse il solletico sulla pancia e lui avrebbe rallentato.

Parcheggiarono al lato della provinciale che costeggia il mare. Gondra rimase piacevolmente sorpresa dalle dune e dalle passerelle in legno che vi si snodavano attraverso. Ovunque ciuffi d'erba ed arbusti, e qua e là chioschi colorati. Scelsero di mettersi poco sopra il bagnasciuga, in modo che il vento fresco del mare potesse raggiungerli prima che si scaldasse a contatto con la sabbia.

Mentre toglieva il telo dal suo zaino Riccardo, osservava di sottecchi Gondra, per cogliere il momento in cui lei si sarebbe spogliata. Ma steso il suo di telo, lei si avviò vestita verso l'acqua, e cominciò a giocherellare con i piedi.

«Ah, ma è caldissima!»

«Non hai voglia di fare un bagno?»

«Certo che sì».

«Ed allora che ci fai vestita?»

«Non aspetti altro, eh?»

«Oh, sì, non vedo l'ora di ficcarmi in acqua».

«No, intendevo... Niente». E con un sorriso velato lei iniziò lentamente a svestirsi, perfettamente conscia di essere spiata in ogni suo movimento. Sapeva che effetto aveva il suo corpo sugli uomini. Tra il suo telo e quello di Riccardo, Gondra aveva posto a diaframma il suo zainetto. Un preciso limite da non valicare. Comunque, quanto a bel fisico, lui non era certamente da meno.

«Vai in palestra, Riccardo?»

«Quando posso faccio Fitness, ovvero di tutto un po'. Cerco di mantenermi in forma, altrimenti... Ho la tendenza a ingrassare, vedi?» disse indicando le maniglie dell'amore. «E tu ci vai?»

«Io? Nah! Fino ad ora non ne ho avuto il tempo. Ho fatto una corsa micidiale per laurearmi nei tempi canonici, e ti assicuro che il mare, qui a Roma, l'ho visto davvero col binocolo. Mi sono laureata. Poi sono stata un po' su dai miei, loro stanno a Rapallo d'estate, poi sono stata a Genova per la permuta del mio appartamento ed ho organizzato un piccolo trasloco nel giro di una settimana, Roma-Roma. Ho fatto colloqui. Ho iniziato a lavorare. Mi sono licenziata. Ho conosciuto te. Il tutto nel giro di un mese e mezzo. Chi si butta per primo?» Erano tutti e due in piedi con l'acqua fino alle ginocchia e pensava alla morte di Davide. Anche quella era cosa recentissima, che aveva volutamente omesso di elencare.

«Buttiamoci insieme».

«Pronti? Via!»

Nuotarono separatamente per qualche minuto per poi ritrovarsi un centinaio di metri al largo, uno di fronte all'altra. I loro occhi si incrociarono per un lungo istante. Poi Riccardo, forse per ovviare all'imbarazzo, fece finta di volerle mettere la testa sott'acqua.

«Non ci provare, sono cintura bianca di karatè!» Lo mise in

guardia Gondra.

«Dalla paura me la faccio addosso!»

«Se devi farla di nuovo, allontanati per favore. Ma hai problemi di incontinenza urinaria?»

«Ma dai che sto scherzando!»

«Anch'io!».

«Lo sai che sei bellissima?»

«Sì. Ma anche tu non sei male».

«Ti stai chiedendo se cercherò di baciarti? Tranquilla. C'è tempo».

«Sei un mascalzone!» Gondra gli spruzzò una boccata d'acqua negli occhi. «Io esco. Comincio ad avere i brividi». disse subito dopo. Mentre pettinava i capelli seduta sul suo telo vide Riccardo che si allontanava a nuoto verso destra. Dietro la loro postazione c'era un capanno rinfreschi. La spiaggia non era affatto affollata. Riccardo aveva ragione. Niente a che vedere con il tappeto umano di Fregene. Lì almeno si vedeva la sabbia, e parecchia, anche. Trovò che il posto era estremamente rilassante, tanto che credette di essersi addormentata un momento.

Quando riaprì gli occhi si accorse che Riccardo non c'era, e visto che il telo era perfettamente asciutto, non doveva essere mai tornato. Era in acqua l'ultima volta che lo aveva visto. Pensò addirittura al peggio, ma si riprese subito dall'ansia. Lui stava arrivando da destra, camminando sulla riva con la sua andatura ondeggiante e sicura. Notò che aveva proprio delle belle spalle... e delle belle gambe. Al petto il giusto di peluria.

«Mi hai fatto preoccupare!» si lamentò Gondra esalando una boccata di fumo di sigaretta.

«Ma dai! Non hai visto che nuoto come un pesce? Sono andato a vedere se c'era un mio ex collega d'università che si piazza sempre a poche centinaia di metri da qui. E sì, c'era, per questo mi sono attardato».

«Se vuoi ci spostiamo».

«No. Lui me l'ha proposto. Gli ho detto che sono in compagnia di una bella ragazza ed ha capito. Senti, ma perché fumi?»

«Tu perché non fumi?» rispose lei esalando del fumo sul viso di lui.

«Non sto scherzando. Si può morire, sai?»

«Lo so. Ma posso fumare ancora per anni prima di causare seri danni alla mia salute».

«Ma perché fumi?» insistette lui serio.

«Perché mi piace. È un vizio, lo so! Non ci penso nemmeno a smettere ora. Mi piace troppo. Poi si vedrà».

«Che schifo pensare che dentro questo bell'involucro si nascondono due polmoni incatramati. Bleah!» osservò Riccardo con una smorfia, e si sdraiò in posizione Leonardo, come a voler catturare tutto il sole che c'era. Poi con gli occhi chiusi aggiunse atono: «Sei sporca, Gondra» pensando così di convincerla a smettere.

«In fondo l'ho sempre saputo di essere una zozzona». replicò lei divertita. «Ma piuttosto... Se vuoi abbronzarti là dove avevi la barba dovresti metterti questo» gli suggerì porgendogli una bottiglietta d'olio solare.

Lui non si mosse di un millimetro e con gli occhi chiusi: «Perché non me lo spalmi tu?»

«Sul viso ci arrivi da solo!»

«È vero, non ci avevo pensato!» Ma non fece cenno di muoversi. Allora lei versò del solare sulle mani, le sfregò insieme, e si inginocchiò di fianco a Riccardo, che la osservava di sottecchi. Poi poggiò delicatamente le dita sul volto e prese a massaggiargli l'olio sulle parti bianche. Prima le guance, poi il mento ed il collo, ed infine il contorno delle labbra. Durante quell'operazione Gondra ebbe tempo anche lei di osservarlo. Anzi, per essere precisi, lo stava proprio fissando.

Non fu difficile per Riccardo coglierla di sorpresa e baciarla sulla bocca. Le accarezzò il volto, mentre lei rispondeva ai suoi baci. Poi l'avvicinò a sé, costringendola a sdraiarglisi sopra.

Lei cercò di risollevarsi sulle braccia, staccandosi dal suo viso. «Ma siamo appena arrivati!» farfugliò.

«E allora? Mezz'ora fa ti eri aspettata che ti baciassi in acqua. *C'è tempo* non significa fino all'anno prossimo!» osservò con sguardo invitante. Sollevato il busto, cercò di riportarla a sé, attirandola per la vita. Teneva sempre quei suoi occhi smeraldo puntati in quelli di lei. Quel ragazzo emanava un fascino esotico. Dalla vita alla schiena, Riccardo la avvolse di carezze. Ne aspirò il profumo di donna mentre copriva il suo collo, i capelli, le orecchie di baci umidi e salati. Sembrava un pitone che aveva prima ipnotizzata la preda e poi l'avviluppava senza che questa, rapita, si rendesse conto del suo destino.

Gondra era eccitata. Dalla sua pelle arrivavano una miriade di piacevoli stimoli. Giaceva completamente avvinghiata a Riccardo, mentre lui continuava a baciarla, saggiarla ed a roteare sotto il ventre di lei. Era giunto il momento in cui due avvertono forte l'esigenza di spogliarsi completamente per sentire l'altro con tutta la superficie della pelle... oppure ritornano in sé e cercano di restituirsi un'aria dignitosa. E fu proprio ciò che cercò di fare Gondra non appena si rese conto che il caldo e Riccardo dovevano averle fuso il cervello. Non si era accorta che non stavano su una spiaggia isolata, ma in mezzo a gente di ogni età.

«Gondra, ritorna qui!» tentò di convincerla Riccardo indicandole il telo di spugna.

«Che figura, Riccardo!» esclamò lei a bassa voce poco distante.

«Ma che figura?! Questa spiaggia non fa caso a cosa vede!» replicò lui con noncuranza.

«Probabilmente la spiaggia no, ma quella bimba che ci spia sì. Guarda là!» osservò lei puntando il dito verso il bagnasciuga. Ed in effetti, poco distante da loro, c'era una bambina mulatta di circa sei anni, con i capelli lunghi e la frangetta, che li fissava e poi guardava la sabbia, e poi tornava a fissarli.

«Fine dello spettacolo!» urlò alla piccola Riccardo. «Vai, torna dalla mamma!» E poi si mise a pancia in giù, con la faccia rivolta a destra, verso Gondra. Lei nel frattempo si era di nuovo sdraiata sul proprio telo. C'era solo un minuscolo segmento di sabbia a separare i due. La mano di Riccardo non faticò ad arrivare sul ventre di lei, e vi rimase ferma in attesa di un cenno di assenso.

Lei aveva indossato gli occhiali scuri. Era più facile così nascondere le sue emozioni. «Riccardo...»

«Sì?»

«Perché non togli quella mano da lì?!» chiese senza troppa convinzione.

«Ti dà fastidio?»

«Al contrario, è che mi piace troppo».

«E qual è il problema?» Lui, intanto, si era sollevato sul gomito sinistro per poterla osservare meglio. Gondra rimaneva supina e immobile, con quella mano intrigante adagiata, incollata, sull'addome. Rise tra sé visualizzando la scena ad occhi chiusi. E lui cercò di approfittarne per tornare a baciarla. Ma stavolta lei riuscì a bloccarlo con la mano.

«Perché voi uomini non capite che anche per le donne è

dura e frustrante, fisicamente intendo, rimanere a lungo eccitate senza poter esplodere in un...?!»

«Ah sì?! Pensavo che voi donne foste delle creature senza terminazioni nervose, insensibili a qualsiasi stimolo!»

«Non scherzare ora e leva quella mano da lì».

Il molle imperativo di Gondra, anche stavolta, risultò più che altro un invito a non desistere.

Riccardo non si fece ingannare dalle sue parole. Portò la mano molesta fino al seno sinistro di lei, coperto dal bikini a balconcino giallo a fiorellini. Dolcemente lo coprì con tutta la mano, che ne tastò l'esuberante turgidità. Poi le dita cercarono la pelle nuda sulla zona protuberante e cominciarono a percorrere delicatamente la serica striscia di pelle, avanti e indietro. Avanti e indietro. Gondra lo lasciò fare fingendo un'imperturbabile immobilità. I micromovimenti del suo ventre tradivano invece un'incontenibile eccitazione.

«Riccardo...» disse finalmente in un sussurro, «ti voglio. Voglio sentirti dentro di me!»

Riccardo si alzò in piedi in un balzo e tirandola per la mano costrinse ad alzarsi anche lei.

«Metti qualcosa ai piedi».

«Dove mi porti?»

Tenendola sempre per mano, Riccardo la condusse dietro le dune, in una depressione dove la vegetazione aveva innalzato una barriera di cespugli ed arbusti. Appena trovato il punto più appartato, lui la afferrò per la vita e la attirò a sé.

Il calore del sole si fondeva col calore sprigionato dai loro corpi ansiosi. Il profumo di sabbia e di sale si mescolava a quello della loro pelle imperlata di sudore. Lui la liberò dal suo costume e lei fece altrettanto con lui. Azioni veloci dettate da un desiderio impellente, che la selvaggia natura attorno osservava e capiva.

«Riccardo, dimmi che anche tu sei felice quanto lo sono io!»

«Sì, Gondra. Sei stupenda! Una vera donna!»

Si baciarono e continuarono ad amarsi parlando all'unisono con una curiosità e giocosità quasi infantile. A chi li avesse visti, sarebbero apparsi come Adamo ed Eva.

«Basta, non ce la faccio più!» disse lei sorridendo e facendogli segno di smettere. Riccardo la stringeva per la vita ed era ancora dentro di lei, ma si ritrasse subito. Come dopo aver mangiato la mela, Eva/Gondra si sentì improvvisamente nuda. Cercò in fretta i pezzi del bikini sparsi tra la sabbia e gli arbusti ed iniziò ad indossarli.

«Ti aiuto» si offrì Riccardo.

«Grazie!» In un attimo rimise a posto i balconcini. Lei lo guardò dritto negli occhi per la prima volta da quando si erano appartati. Era ancora adamico. Lo sguardo le scivolò in basso. Rialzò di nuovo gli occhi ed incontrò il cupido sorriso di lui. Non più Adamo, ma Bacco! Lo abbracciò stretto mentre goccioline di sudore le cadevano sul viso. Lo baciò leccandogli le labbra e poi il viso. Le mani di Gondra riscesero sui glutei rotondi e sodi di Riccardo.

Questi la guardò deliziato. «Sei una forza della natura!» Liberatole un seno dal costume vi si attaccò e lo gustò come fosse l'ottava meraviglia del mondo, finché lei non fu felice di nuovo.

8. CAPITOLO

La serata è fresca. Gondra e Marco sono a Corfù. Stanno consumando la loro cena in un luogo incantevole; un ristorante all'aperto posto al centro di un rigoglioso parco inglese. Di fronte al loro tavolo si esibisce un gruppo musicale etnico, che suona musica mediterranea. Sparsi su un vasto palco, i musicisti appaiono soli ed in simbiosi spirituale con i loro strumenti. Eppure ne scaturisce una magica composizione. L'insieme di più identità unite da un solo più alto scopo. Il rosso delle luci cattura gli sguardi dai tavolini e li converge al centro del palco. Attorno gli alberi, i prati ed i cespugli in ascolto. Il verde del fogliame è accentuato dai bagliori della notte.

Le suggestioni del luogo, l'atmosfera creata dalla musica ed il vinello locale fanno spuntare sulle guance di Gondra un lieve rossore. I suoi occhi sono languidi. È completamente rilassata ed appagata, anche se leggermente stanca. Ha steso le gambe sulla sedia di fronte, e si è isolata anche lei per qualche momento con le sue emozioni.

Marco, decide di riportarla alla realtà.

«Gondra...»

«Sì?» risponde lei distogliendo lo sguardo dal palco di scatto, mentre cerca di focalizzare il viso di lui.

«Lo sai che sei bellissima? E poi hai un nasino che sembra scolpito da un chirurgo estetico».

«È originale. Mio padre diceva che è uguale a quello della nonna paterna, che non ho mai conosciuto» osserva con un sorriso disarmante. «Ma anche tu non sei male!» Gondra ha una sensazione di dejà vu, ma non le dà troppa importanza. «E comunque non mi piaci solo perché non sei male» rivela continuando a sorridergli candidamente, e guardandolo con espressione quasi infantile. «Sei divertente e intelligente. E sai prenderti cura di me. Devi sapere anche un sacco di cose tu!».

«Che intendi?»

«Della vita! Non mi riferisco solo alla tua cultura». Lei lo fissa con gli occhi come due fessure facendo finta di volergli leggere dentro. Ma poco dopo fa un gesto di rinuncia. «No. Impossibile ora. Forse più avanti riuscirò a...»

«Non mi piace quando la gente mi scruta intimamente cercando di scoprirmi l'anima» la interrompe Marco serio.

«Ma tu lo fai con gli altri! Oggi l'avrai fatto in una decina di occasioni con me» ribatte lei con leggera irritazione.

«È diverso. Io cerco di capire cosa può farti piacere per coccolarti. Tu vuoi sapere come sono per prevenirmi, o difenderti da me. Dovresti riuscire ad accettarmi per quel che sono. Godere della mia compagnia, senza farti troppe domande» spiega accennando un sorriso.

«E tu che ne sai se mi faccio domande su di te? Era così palese? Noi donne siamo geneticamente più analitiche di voi. A volte invidio la semplicità degli uomini!»

«Forse siamo solo un po' più impulsivi. Sappiamo di poter gestire o siamo pronti a gestire situazioni che, a posteriori, potrebbero rivelarsi negative o deludenti. Anche se spesso è vero il contrario, ovvero che se soffriamo una volta poi tendiamo a chiuderci. Voi donne volete a tutti i costi costruirvi le vostre trincee, non riflettendo sul fatto che l'attacco potrebbe arrivare dall'alto, se di attacco si può parlare».

«Hai ragione. Ma non possiamo neanche generalizzare. Il modo in cui ci poniamo in amore, noi e voi, dipende spesso dalla fase della vita o dal momento che stiamo attraversando».

«Anche tu hai ragione. Si finisce sempre per generalizzare su certi argomenti. Ci sono cascato anch'io».

«Già».

«Comunque scusa per la mia franchezza, Gondra, anche se sono certo che finirai per apprezzarla».

«Credo che tu sia un ottimo venditore di te stesso Marco».

«Grazie del complimento!»

«Prego».

«E di te cosa pensi?»

«In che senso?»

«Credi di essere un'ottima venditrice di te stessa?»

«Uhm, a giudicare dal riscontro positivo che ottengo dalle persone dovrei dire di sì...»

«Ma?»

«Ma ora desidererei un riscontro positivo meno esteso, meno generale, e più autentico, da parte di qualcuno che...»

«Non ci girare intorno, Gondra» le intima Marco con tranquillità, «di un uomo soltanto, giusto?»

Gondra gli dirige uno sguardo assente. Il suo orgoglio vorrebbe impedirle di dargli ragione e soddisfazione. Che vada a quel paese lui e tutta la sua sfrontata sicurezza. Ma è più forte la voglia di confidarsi con un *maschio*.

«Sì, in fondo è così. Vorrei trovare un uomo al quale poter dire *ti amo*. Non mi ricordo più cosa si prova a pronunciare queste parole ad alta voce. Le ho dette quand'ero molto più giovane, con le lacrime agli occhi per la felicità, e pensando tutto il giorno d'amore, di lui. Mi sentivo fortunata. E lo ero veramente! Ma sono fortune passeggere».

«E sicuramente non dello stesso tipo che cerchi oggi».

«Certo. Ma mi piacerebbe poter vivere qualcosa del genere,

anche se con l'età si perdono alcune fantasie per rincorrerne altre, forse a scapito dell'intensità dei sentimenti. Ma come misurare i sentimenti e la loro intensità?»

«Immaginati ora a *pensare tutto il giorno d'amore*! Che diresti ai tuoi clienti? *"Occorre attivare sinergie in ambito amoroso e rivedere il piano di fusione secondo il matching sentimentale delle risorse umane."* No, è ovvio che oggi non potresti permettertelo. È ovvio che tu vuoi e cerchi qualcosa di diverso. Quello che non trovo ovvio, e che tra l'altro un po' mi infastidisce, è che arrivate a trent'anni le donne sembrate tutte aver perso il treno, e vi affannate a cercare al più presto di sistemarvi. Se fossi una donna mi sentirei al settimo cielo a quest'età, e felice di poter ancora ed a lungo godere della mia libertà. Forse le donne si amano poco! O si amano solo rispetto a quello che riescono ad avere, non ad essere, in campo sentimentale».

«Io non credo assolutamente di aver perso il treno. Certo, come ti ho detto, vorrei trovare qualcuno per sempre. Ed all'amore, quello al quale pensare tutto il giorno, ci credo tutt'ora. Mi piace credere di poterci credere e...»

«Dai che incontrato l'uomo, il tuo primo impulso sarebbe di sposarti e di avere dei figli!» la interrompe Marco.

«Sì. E cosa c'è di male, di vergognoso o di *fastidioso*, come dici tu?!»

«Di fastidioso per noi uomini c'è il semplice fatto che quando vi abbiamo di fronte, inevitabilmente ci sentiamo delle prede da irretire. Inevitabilmente si stabiliscono rapporti inquinati da aspettative disattese, frasi di circostanza, schermi anticappio. Può anche andarci di mezzo un certo tipo di performance. Non so se mi spiego».

«È il tuo atteggiamento e quello di tutti voi *uomini* che infastidisce noi donne!» replica Gondra con veemenza. «Se non vi trovassimo tanto refrattari a legarvi, non ci ridurremmo a dover tirar fuori tutta l'artiglieria. Belìn, ti rendi conto che tu la fai sembrare una guerra?! E dove lo metti il romanticismo?!»

«E che diresti se ti dicessi che di una vera e propria guerra si tratta, e che io sono stato addirittura fatto prigioniero?»

«Povero!» esclama Gondra con sarcasmo.

«Sì, povero! Ma non sei curiosa?» le chiede Marco con un sorriso conciliante.

«In realtà non riesco proprio a vedertici in catene».

«Non sono sempre stato così spavaldo e determinato come mi conosci adesso. Anch'io pensavo all'amore. A volte a un amore sbagliato. Altre volte era semplicemente un rapporto sbagliato dal quale mi aspettavo tanto, tutto il mondo, ed invece ho ottenuto solo amare delusioni. Bisogna pur imparare dalle esperienze!»

«Magari è perché uno si aspetta tanto e non dà altrettanto. Voi uomini avete la pretesa di voler trovare sempre la tavola apparecchiata. E non mi riferisco a quella della cucina soltanto. Noi vi coinvolgiamo. Vi offriamo il calore di un'alcova. Il nido. Il nostro cuore colmo di sentimenti».

«Lo vedi? Come si fa a parlare di queste cose se parti da preconcetti e continui a generalizzare?»

«E tu continui ad accusare me di generalizzare come se fossi l'unica a farlo dei due. Sei stato tu a partire con la storia delle *trentenni*!» ribatte lei a tono ma senza stizza.

«Scusami, hai ragione. Magari mi racconti del tuo lavoro». Si arresta.

«Continua. Mi stavi raccontando di come sei stato fatto *prigioniero*» lo incoraggia Gondra, che incrociate gambe e braccia si protende ad ascoltarlo.

«Sono stato sposato» afferma prendendosela con l'angolo di

un tovagliolo.

«Stato?» chiede Gondra in stato di allarme.

«Stato. Pochi mesi in tutto. Un matrimonio che ha cambiato direzione a tutta la mia vita».

«Mi dispiace!»

«Non dispiacerti. Mi ha offerto opportunità, specialmente lavorative, che ho saputo sfruttare molto bene. Ma dal punto di vista sentimentale ha accentuato molte mie insicurezze e fatto cadere quei pochi miti che mi erano rimasti».

«Che insicurezze?»

«Sul chi ero, cosa volevo. Su quello che poteva essere un rapporto uomo-donna. Mi stavo davvero impegnando nella parte del bravo maritino. Venticinque anni, figurati! È molto premuroso verso la sua novella sposa. Io che da sempre sono uno pragmatico, mi ero anche comprato un manuale: *Come essere il marito perfetto*. Sposarmi a quell'età era stata una decisione difficile ed a quel punto dovevo mettercela tutta. Doveva funzionare! Ma lei era ricca, viziata e volubile, e le mie coccole non le bastavano. Tra l'altro era dieci anni più vecchia di me, e deve avermi considerato uno dei suoi toy boy».

«Ti ha lasciato lei?»

«L'ho lasciata io. Era l'unica cosa giusta da fare di fronte alla scena classica del talamo violato».

«No! L'hai scoperta a letto con un altro?»

«Sì. Ma lei non si è scomposta. Non si è scusata. Niente! E lui non si è nemmeno alzato dal letto! Tra l'altro, era fisicamente orripilante. De gustibus non disputandum est!» aggiunge con una smorfia.

«Non riesco a mettermi nei tuoi panni. Chi sa come ti sarai sentito!».

«*Poverino* eh?!»

«Ti ringrazio» sussurra Gondra dopo qualche secondo di silenzio.

Lui la guarda interrogativo. «E di che?»

«Di avermelo detto. Di avermi confidato una cosa tanto intima e dolorosa» afferma in un soffio con empatia.

«Lo sai, sei proprio uno strano ma stupendo soggetto tu. Dolce e aggressiva. Forte e arrendevole».

«Ho sempre pensato che l'equilibrio, come dice il detto, stia nel mezzo» replica Gondra compiaciuta.

«Macché equilibrio! L'equilibrio sa di noia mortale, è roba da vecchiette! No, la tua peculiarità sta nell'alternanza. Un'alternanza quasi perfetta, così che il risultato è... *brillante*! Scusa, deformazione professionale» sorride Marco.

«Grazie, mi lasci senza parole» afferma lei arrossendo.

«Ora basta con i ringraziamenti. Che ne dici di muoverci?»

«D'accordo».

Gondra ha insistito a pagare il conto del ristorante con la sua carta di credito ed ora si stanno avviando all'uscita del locale.

La serata è fresca ed invitante e lei più che camminare saltella tanto è di buon umore. Chi sa quale altra sorpresa le avrà riservato Marco? Non resta che chiederglielo. «Dove andiamo ora? Mi affido completamente a te che conosci il posto».

«Veramente riserverei ulteriori perlustrazioni a domani. Non sembra, ma quattro ore di volo mi hanno stancato!»

«Scusami. Sono stata davvero indelicata a non rendermene conto».

«E poi dobbiamo ancora trovare un posto per dormire. A questo non ho pensato prima di partire. Non ne ho avuto materialmente il tempo».

«Per me possiamo anche dormire sulla spiaggia» azzarda Gondra infilando le mani nelle tasche posteriori dei jeans.

«Figurati se ti faccio dormire in spiaggia! Chiamo un taxi. Proviamo all'Hilton. Là non dovrebbero esserci problemi di posti, anche in alta stagione».

«E perché mai là no?»

«Perché gli hotel di lusso hanno sempre camere o suite libere».

«Chi sa quanto costerà una suite?!» si chiede lei ad alta voce, pensando alle spese di gestione dello studio, che anche se divise con Stefano sono altissime e regolari, mentre i loro ingressi non lo sono affatto.

Lui le mette dolcemente una mano sulla spalla e bisbiglia. «Tranquilla. Ci penso io, naturalmente!»

Nella Reception dell'albergo, dopo essersi registrati, Marco continua a parlare con il concierge e gli affida il suo portafogli. Poi si gira verso Gondra, poco distante, e le chiede: «Devi depositare qualcosa nella cassetta di sicurezza? Quella in camera non è assicurata contro i furti».

«No, grazie, ho solo un paio di carte e qualche spicciolo». Lei abbassa lo sguardo sui suoi mocassini di camoscio beige. Sfoglia distrattamente una guida locale appoggiata su un tavolino basso. Guarda Marco di sottecchi ed attende. Attende di sapere cosa ha deciso per loro quella notte. Lei non gli ha fatto capire nulla. Non si sono nemmeno baciati. Ancora.

«Gondra...»

«Sì?»

«Purtroppo non sono riuscito ad avere due camere...»

«Ah, non preoccuparti, non è un grosso problema per me!» Lo interrompe lei sorridendo e facendo spallucce.

«No, beh... intendevo che non sono riuscito ad avere due camere sullo stesso piano. Quindi volevo chiederti se preferisci il primo o il terzo». Marco si passa una mano dietro il collo fingendo un'aria distratta, forse per toglierla dall'imbarazzo. Ma non serve, l'improvviso rossore salito alle guance di Gondra tradisce tutto il suo disagio e la sua delusione.

«Sì certo... beh... per me è uguale. Ugualissimo! Ma... ma se proprio devo scegliere, prendo quella al primo piano».

«Ecco la chiave».

«Ah, grazie!»

«Non abbiamo ancora finito...» Marco le sorride maliardo.

Lei ha l'aria smontata e più infantile e dolce che mai. Sa bene di ispirare tenerezza agli uomini e probabilmente ne fa un'arma di seduzione. Del resto la natura ha voluto proteggere i cuccioli di tutti gli esseri dotandoli di una bellezza talmente disarmante da attirare i sentimenti più positivi e materni. Ora ha persino gli occhi più grandi, come se riuscisse a modificarne il calibro a piacimento. Ma forse è solo stanca.

«Dobbiamo fare un minimo di programma per domani mattina» continua Marco.

«Possiamo farlo a colazione. Ci alziamo presto, così abbiamo tutta la giornata per noi».

«Tutta la mattinata. Verso pranzo dovremo ripartire».

«Ma domani è domenica e potremmo rientrare anche tardi, no? Se partiamo alle sei del pomeriggio avremo modo di...»

«Mi dispiace Gondra...» la interrompe Marco, «ma domani sera ho una cena d'affari a Roma. Doveva essere stasera. Ma sono riuscito a posticiparla per riuscire a venire qui con te».

«Di domenica? Ah, capisco. Grazie».

«È qualcuno che spero diventerà nostro cliente. Ambito cliente. Gli sto dietro da due anni e non so se ricapiterà a Roma tanto presto. Tornare in città in tempo per questo appuntamento, mi risparmia un viaggio ad Edimburgo. La settimana prossima non me lo posso permettere. Ho già l'agenda piena di impegni».

«È uno Scozzese?»

«Veramente è *una* Scozzese, il Presidente della società. Ma il suo sesso è ininfluente. Influente è la loro dimensione, ed il loro mercato: una catena di gioiellerie Top-Class con una presenza quasi globale. Se riesco a concludere, vedremo il fatturato vendite dei diamanti Van Precken Italia raggiungere picchi mai visti» le spiega Marco con orgoglio ed ottimismo.

Sono entrambi davanti all'ascensore.

«Allora ci vediamo domani a colazione. 08:30 in sala». Lui estrae dalla borsa un bikini giallo e glielo porge. «E tieni, mettiti questo sotto domani».

«Ah, sì, grazie!»

L'ascensore ha raggiunto il primo piano in un batter d'occhi e lei si appresta a scendere. Gli lancia prima un sorriso. «Beh, buona notte...» ha un attimo d'esitazione. Lui è inerte, «e sogni d'oro!».

«Notte, Gondra».

La sua stanza è spaziosa e con un letto matrimoniale king size. Che spreco di spazio per dormirci soltanto! Si avvicina al letto dove ben ripiegata c'è una camicia da notte in seta rosa. Non è possibile che Marco abbia pensato anche a questo! Ma se avesse scelto la camera al terzo piano? Non avrà mica comprato due camicie da notte? E quando? Ah, la chiacchierata con il concierge... il complice! Sul cuscino un paio di cioccolatini. Gondra li scarta e mangia entrambi, e poi esplora il bagno.

Prima di entrare nella doccia, si sofferma davanti allo specchio, come a contemplare la propria nudità. Con gesti lenti e delicati si accarezza i seni e li accoglie tra le mani. Poi offre allo specchio la linea pura della sua schiena, e con una punta di orgoglio mista a tristezza, sofferma lo sguardo in basso. Per quanto tempo rimarrà ancora tondo e sodo prima che la forza di gravità abbia la meglio? Esamina il viso, felice di non dover scoprire la comparsa di rughe intorno agli occhi. Peccato che tutto questo ben di Dio vada sprecato, e che l'uomo per la vita, se non arriva, potrebbe doversi accontentare della versione patinata.

Sono quasi le due di notte. Avvolta nell'accappatoio si affaccia alla finestra ed ammira il cielo stellato. Sorride. Si è appena accorta di non aver pensato a Riccardo e di non essersi chiesta se l'abbia cercata. Marco non lo comprerebbe nessuno se fosse in vendita su un catalogo senza *descrizione prodotto.* Eppure ha qualcosa che cattura, ma soprattutto che la far star bene. Il suo sguardo si perde nel vuoto mentre si avvicina al letto. Nemmeno a clienti e stalker vanno i suoi pensieri in questo momento. Fa cadere a terra l'accappatoio ed infila la corta camicia da notte a bretelline. Si addormenta all'istante.

Qualcuno sta bussando. Gondra si sveglia di soprassalto. Si alza e va di corsa alla porta.

«Chi è?»

«Sono Marco. Ma lo sai che ore sono?»

Gondra guarda l'orologio e sussulta. «Belìn... un quarto alle nove!»

«Infatti! Ti ho aspettato giù per una ventina di minuti. Ma magari sarebbe meglio se aprissi».

«È che sono…»

«Dai che non mi scandalizzo!»

Gondra allora si decide ad aprire. Ha le braccia incrociate sul seno in atteggiamento pudico.

«Ho pensato che ti fossi dimenticata di mettere la sveglia ed eccomi qua» continua Marco.

«Esattamente! Mi dispiace davvero. Ma mi vesto in un attimo. Aspetta». Con movimenti svelti prende i jeans dalla sedia insieme al resto del vestiario.

Lui le allunga il due pezzi giallo a fiorellini. «Te lo dimentichi sempre eh?»

Esce due minuti dopo dal bagno vestita di tutto punto.

«Ma ti sei lavata almeno?»

«Sì *papà*. L'ho fatto stanotte! Mi leverò il sonno dal viso con un bel bagno a mare. Andiamo!» gli risponde Gondra mentre lo precede alla porta.

«Era di tuo gusto la camicia da notte?» le chiede lui sull'uscio.

«Sì. Un pensiero davvero carino! Come hai fatto?»

«Segreto. Su, sbrighiamoci a far colazione, che la mattinata si accorcia».

Gli uomini con i quali esce sono in continua lotta contro il tempo, esattamente come lei. Le sue amiche si lamentano invece di avere al fianco partner indecisi e lenti, che sembrano convinti di essere immortali. In questo si sente fortunata.

Mentre il taxi li conduce verso una spiaggia che Marco sa essere particolarmente bella e poco affollata, lei osserva il panorama che scorre dietro il finestrino. Ad un certo punto si volta verso Marco e rompe il silenzio.

«Ti ho già detto che il costume di tua sorella, quello che hai portato per me, è identico ad un costume che avevo anni fa?»

«No!».

«Beh, è quello. Voglio dire, uguale-uguale! Pensa che fu Davide Amerighi a regalarmelo. Un carissimo amico che disgraziatamente non c'è più. Quando me lo diede mi disse che vedendolo in vetrina aveva subito pensato a me. Figurati, ero convinta che fosse segretamente innamorato di me!» Marco distoglie gli occhi da Gondra e li rivolge all'esterno dell'auto in corsa, mentre lei continua il suo monologo. «Non sai quante volte ho creduto di farlo soffrire confidandogli le mie cotte, e facendolo ugualmente perché era il mio migliore amico ed avevo bisogno dei suoi consigli e del suo supporto. Invece era gay. È stata un'esperienza sulla quale ho molto riflettuto. Una persona che ha subito la tragedia familiare che ho vissuto io, già a quel tempo avrebbe dovuto avere un altro spessore umano. Invece no! Mi sono sentita una stupida egocentrica. Non sapevo quanto ancora avrei dovuto soffrire per...»

«Per cosa? Raggiungere la maturità? La pace dei sensi?» le chiede Marco provocatorio.

«No. Assolutamente. È proprio il contrario. So bene che non si finisce mai di crescere. Che si cambia nel tempo. E poi conservo il senso della meraviglia. Te ne dico una?»

Lui annuisce.

«Per esempio, l'altra sera, non ci saremmo mai conosciuti se io non avessi involontariamente lasciato il telefono fuori posto. È partito tutto da lì. Questa semplice dimenticanza ha generato una serie di eventi inaspettati che ci ha condotti entrambi davanti a quel bar tabacchi nello stesso momento. Sincronismo! Ed anche il nostro banalissimo approccio ha avuto un esito del tutto inaspettato. Non sei il marpione che mi aspettavo».

«E tu che ne sai? Potrebbe essere una strategia la mia!» le fa notare Marco con tranquillità mentre con una mano fa segno al tassista di fermarsi. «Comunque ora risparmia il fiato. Dovremo scarpinare per arrivare alla piccola baia lì sotto. - *Hei, taxi driver...*»

«Yes, Sir?»

«Please, get us back at 12:00 o'clock».

«Ok, Sir. See you later».

«Davvero dobbiamo arrivare laggiù?!» chiede Gondra allibita appena fuori dal taxi, indicando la minuscola spiaggia incastonata fra le rocce.

«Sì. Ma vedrai che ne varrà la pena!»

9. CAPITOLO

«Ed allora io ho pensato...» racconta Gondra a Carola per telefono il lunedì mattina, «avrà di sicuro in mente qualcosa! Invece, niente. Proprio niente! Non mi ha toccata nemmeno con un dito. Si è steso al sole come una lucertola, con gli occhialini e gli auricolari attaccati allo smartphone. Non so nemmeno se abbia dormito tutto il tempo. Ti assicuro che se ci siamo detti due parole là sotto è stato tanto. Sembrava un'altra persona. Totalmente diversa dal giorno prima. E dalla mattina».

«Possibile che vedendoti in costume non gli sia venuta l'acquolina in bocca?» le chiede l'amica sorpresa.

«Scherzi?! Non mi ha degnata nemmeno di uno sguardo. Per quanto mi riguarda avrei anche potuto chiamarmi Giuseppe».

«Ma non ti lamenti sempre che non vuoi uscire con nessuno perché gli uomini ti zompano subito addosso, mentre tu desideri un rapporto serio e profondo?» le chiede divertito Stefano che, introdottisi senza bussare, si è fermato accanto alla sua scrivania ricoperta di carte e fascicoli.

«Non origliare le mie telefonate. Io non lo faccio mai» replica Gondra divertita e riprende la sua conversazione telefonica. «Scusami Carola, ma il mio socio stamattina deve aver sbancato il gratta e vinci perché si aggira per... - *e leva le zampe da lì* - l'ufficio con una faccia... Che stavamo dicendo?» Gondra intanto continua a sorridere a Stefano, che a sua volta continua a frugare scomponendo pile di fascicoli, e gli dà una pacca sul dorso della mano. Ormai è un gesto convenzionale quello delle pacche. E Stefano fa di tutto per indurla a farsele dare.

«Ma mi serve Gondra, subito! Ho il cliente al telefono» insiste lui.

«E allora prenditelo, ma vattene pure subito!» ulula lei scherzosamente, e riprende: «Scusa Carola. Dicevi?»

«Niente, eri tu che...»

«Ah sì. Ha i modi del tombeur de femmes. Anzi è talmente perfetto in questo senso, che credo abbia frequentato un corso full immersion di galanteria. E non è il tipo gretto che ti fa scucire una lira! Per riuscire a pagare il ristorante ho dovuto pregarlo. Al resto ci ha pensato lui».

«Bene. Allora che aspetti a farti avanti?»

«Non voglio buttarmi. Devo capirci di più. Lo conosco da troppo poco tempo ancora. E, tra l'altro, sembrerebbe poco propenso a legarsi. È anche divorziato. È affascinante, gentile e tutto il resto. Ma alle volte è davvero impenetrabile».

«Certo, si aprono giusto quel tanto per farti intravedere chi sa quali tesori. Il classico bel tenebroso! Ti conviene fare attenzione a questa tipologia di maschio. Di solito finiscono per deludere le aspettative delle donne, alle quali piace leggere tutto ciò che desiderano su quel loro muro d'impenetrabilità. E magari, alla fine, non c'è scritto niente d'interessante!»

Gondra riflette un attimo. Poi conclude tristemente. «Bello? No proprio. Tenebroso? Proiezioni? L'amore può essere un miraggio. Ma i miraggi ti tengono in vita nel deserto. Ah, lo sai? Anche stamattina l'idiota mi ha fatto una telefonata muta. C'era una musica indiana in sottofondo. Sarà un vecchio bavoso e perverso! Stavolta ha riattaccato prima di me. Non ce la faccio più di andarmene in giro col coltello nella borsa. Ce l'avevo dietro persino a Corfù! Ora chiamo la polizia e mi faccio mettere il telefono sotto controllo».

«Poi fammi sapere. Senti, è già scattata l'ora di lezione, e devo chiudere. I ragazzi sono già tutti in classe. C'è una cosa bellissima che devo dirti però prima di chiudere. Sei la prima a saperlo!» confida entusiasta Carola.

«Mi stai facendo morire dalla curiosità. Dai, dimmi!»

«Sai che io e Michele abbiamo trascorso la domenica insieme nella sua casa al mare, a Nettuno?»

«No, e...?»

«E finalmente è uscito fuori l'argomento *matrimonio*. Sono due anni che stiamo insieme e non se n'era mai nemmeno accennato prima. Sai, le sue difficoltà a trovare un lavoro dopo il licenziamento, eccetera eccetera. Ma ora ha un impiego, e magari è più sereno!»

«Quindi fra un po' ti vedremo con qualche marmocchietto al seguito?»

«No, no, non abbiamo parlato di date. Non ancora. Ma lui sembrerebbe del tutto convinto che il nostro rapporto debba prendere questa svolta. Del matrimonio, intendo. Perché, quando tornando dalla spiaggia mi sono soffermata davanti alla vetrina di un gioielliere incantandomi su un solitario, Michele ha detto testualmente: *"Non c'è bisogno di anelli per suggellare il nostro impegno. Ci arriveremo senza passaggi intermedi all'altare"*».

«Il tirchione!» annota Gondra.

Carola evita di replicare al commento e continua: «Perciò, lui si sente regolarmente *fidanzato*. Figurati, sono stata talmente felice di sentirglielo dire da rimanere letteralmente senza parole. Ora non voglio tornarci sopra subito. Queste cose vanno fatte decantare».

«Certo, agli uomini bisogna somministrarle a piccole dosi le nostre esigenze, su un cucchiaino d'argento allungato dà una mano guantata di soffice velluto. Altrimenti, gli sconvolgi la vita... e lo stomaco, poverini!» chiosa Gondra sarcastica.

«Ma non sei contenta per me?»

«Ma certo... e tantissimo! Ora puoi davvero cominciare a fare progetti. E lui sembra un ottimo ragazzo. Posato, serio, tranquillo. Io gli voglio credere» conclude ottimisticamente Gondra.

«Ma sì, dai! Cerchiamo di usare circospezione e buon senso, senza però impedirci di godere dei momenti più belli che la vita ci concede!»

«Hai pienamente ragione! Ed io sono davvero felice che tu sia felice, e ti auguro di esserlo sempre di più accanto al tuo uomo».

«Ti ringrazio! Ora devo proprio chiudere, sto entrando in classe. Ciao».

«Buona giornata».

Gondra chiama all'interfono la segretaria, una signora bionda sulla quarantina, occhi azzurri e corporatura robusta, seduta alla scrivania della piccola e ordinata stanza a fianco.

«Barbara, la prego di non passarmi telefonate fino a contrordine».

«Va bene Dottoressa. Ma il Dott. La Rocca ha detto la stessa cosa un minuto fa. I clienti poi se la prendono con me se non trovano nessuno con cui parlare».

«Sia gentile e faccia come le ho detto, ok?»

«D'accordo!» risponde sconsolata la donna, ritornando alla sua postazione lavoro.

Gondra si rilassa sullo schienale della poltrona, incrocia le gambe sulla scrivania e fissa la porta chiusa che le sta di fronte. Medita sull'opportunità di sentire la Polizia. Sicuramente le diranno che non possono far niente, perché si tratta di semplici squilli fatti al telefono. È meglio che si rivolga ad un'agenzia investigativa. Ma quale? Mentre afferra le pagine gialle bussa alla porta ed entra di nuovo Barbara.

«Dottoressa, sta salendo un signore che deve vedere il Dott. La Rocca».

«E allora? Che se la veda Stefano!»

«Ma Dottoressa, è appena uscito!»

«E non ha detto quando sarebbe rientrato?»

«No. È andato via in fretta e furia. Tanto è vero che quando l'ho rincorso per chiederglielo era già fuori».

«Faccia accomodare quel signore in sala d'attesa. Intanto lo chiamo sul cellulare». Compone il numero del cellulare di Stefano ma risponde il disco che informa che potrebbe essere spento.

Barbara fa di nuovo capolino alla porta. «Dottoressa, è in sala d'attesa» e con gli occhi fuori dalle orbite, aggiunge: «E un uomo davvero molto attraente. Sembra un *Lord Inglese*».

«Finalmente un cliente che si possa guardare in questo studio» commenta Gondra senza particolare entusiasmo. «Come si chiama?»

«Oddio, sono rimasta talmente... Non mi è venuto in mente di chiederglielo! Vado a....»

«Aspetti...» la interrompe Gondra sbuffando. Abbassa di scatto le gambe dalla scrivania e si sistema il colletto della camicia bianca infilata nella gonna grigia. «Lo ricevo io».

«Glielo metto qui Dottoressa?»

«No, no. Tranquilla. Me lo vengo a prendere io» risponde sorridendo con complicità.

I suoi passi risuonano lunghi e marcati. Né lenti né veloci. Il corridoio è ampio, dipinto di bianco e tutto verdeggiante di piante di ogni specie. La sala d'attesa si trova di fianco all'ingresso, delimitata da un arco aperto. Gondra comincia a rallentare il passo. Il profilo dell'uomo, che scorge seduto nel salottino intento a sfogliare una rivista, le evoca insani ricordi.

Sentendola arrivare, lui si volta a seguirne gli ultimi passi, fino a che lei non gli si arresta davanti. I loro occhi si cercano e si incontrano mentre l'uomo si alza e le porge la mano. La sua altezza sovrasterebbe i più. Ma sovrastante è anche l'intensità che emana la sua figura, la sua sobria e seduttiva eleganza, il suo portamento.

Lui esclama con stupore: «Gondra!»

Lei tenta di richiamarne alla mente il nome che un tempo aveva inteso rimuovere. Ma la sorpresa nel rivederlo è tale che non riesce a metterlo a fuoco. Con una voce che lascia trasparire tutta la sua inquietudine finalmente esordisce: «Conte, come mai qui?»

«Dovrei vedere il Dott. La Rocca. L'ho conosciuto l'altra sera ad un convivio fra amici. Mi serve il suo aiuto professionale. Ma tu come stai?»

«Bene. E lei?» risponde automatica Gondra.

«Non hai mai voluto darmi del tu. Chissà perché?» postilla l'uomo sarcasticamente. «Si vivacchia! Da quando è morto Davide, non c'è più pace nella mia vita».

«Forse non ce n'era neanche prima» puntualizza aspra. «Mi scusi» aggiunge subito dopo senza convinzione.

«Mia moglie, dopo, è tornata in Germania. Trovava assurdo continuare la farsa della sposa cieca e sordomuta senza il pretesto di nostro figlio. Non si può certo darle torto!» racconta lui come se la cosa non lo riguardasse.

«E non è mai andato a trovarla?»

«Insieme alla documentazione di richiesta di divorzio, mi fu spedito l'invito a mai più rivederci».

«E Lei, ovviamente, è stato ben lieto di accontentarla. Ma la prego...» continua Gondra sforzandosi di risultare cortese, «non rimaniamo in piedi. Mi segua nel mio ufficio. Il mio socio dovrebbe arrivare a momenti, visto che aveva un appuntamento con lei». Gondra lo precede lungo il corridoio per fargli strada.

Mentre cammina, il Conte Amerighi farfuglia qualcosa a testa bassa e sottovoce, poi si giustifica: «Veramente sono passato senza avvisarlo. Lo so, avrei dovuto fissare un appuntamento. Ma... sono venuto a Roma solo per un paio di giorni a sistemare certe questioni relative all'azienda agrituristica che sto realizzando in Toscana. Io vivo permanentemente là da qualche tempo, nella tenuta di Petra».

Gondra lo ascolta adombrata e cerca di nascondergli il viso tenendolo abbassato. Più riaffiorano i ricordi, più avverte che le sue guance si tingono di un inesorabile rossore. Sono poche le scommesse con la vita che lei non abbia vinto, o dolori che non abbia saputo affrontare e superare con apparente freddezza. Ma con gli uomini è tutta un'altra cosa. Si ritrova un'eterna adolescente, col volto che tradisce ogni emozione ed il cuore perennemente esposto alle intemperie. Col tempo ha finito per farne un vezzo dei suoi rossori, utili ai suoi interlocutori per misurare e regolare il clima delle conversazioni. E utili a lei, che talvolta li ha paradossalmente esibiti a riprova della sua incapacità a dissimulare, e del suo essere vera, dunque meritevole di fiducia. Ma questa soddisfazione a lui non intende darla. Gondra lo invita ad entrare nel suo ufficio e ad accomodarsi su una delle due poltrone di fronte alla scrivania, mentre anche lei prende posto.

«Scusami, potrebbe sembrarti fuori luogo...» dice Romualdo producendosi in uno sguardo professionalmente accattivante, «ma sei ancora più bella, ora! Una donna incantevole con un fascino sottile e...»

Gondra lo interrompe con un alt della mano. «Fuori luogo. Mi dica piuttosto. Ha già iniziato un discorso con il mio socio?»

«No. Ci siamo solo scambiati i biglietti da visita. Chi l'avrebbe mai detto che avrei incontrato te?» dice tirando fuori dal taschino della giacca il biglietto da visita dello studio con impresso il nome di Stefano, e portandolo davanti agli occhi di lei. Ma sul tavolino in sala d'attesa ce ne sono a dozzine di quei biglietti da visita a disposizione dei clienti.

«Dunque, Conte...»

«Romualdo. Chiamami Romualdo. *Conte* mi fa sentire vecchio ed ammuffito, e poi non si usa!».

«Come vuole. Dunque, lei desidera una consulenza dal nostro Studio. Bene, cominci pure a dirmi in che cosa possiamo aiutarla». Gondra si sforza di assumere l'espressione di chi si è reso disponibile ad ascoltare, ma incrocia gambe e braccia in atteggiamento difensivo.

«Vedi. Non so se... dato il modo in cui ci siamo... la nostra conoscenza intendo, non sia meglio che ne parli direttamente con il Dott. La Rocca. È una questione delicata» insinua Romualdo continuando ad assediarla di sguardi ammiccanti e indagatori. I suoi occhi sono azzurro-ghiaccio. I capelli lisci, castano chiari e leggermente brizzolati, li porta con la riga di lato, come otto anni fa. Agli angoli degli occhi, piccole zampe di gallina accentuano il suo fascino maturo.

«Vede...» afferma lei con calma affettata, «non posso certo obbligarla a parlarne con me piuttosto che col mio socio. Ma giusto per sua informazione, non ci sono segreti all'interno di questo studio. Perciò... la saluto!»

L'uomo la segue con lo sguardo mentre lei si alza e fa per

indicargli la porta. Resta seduto senza scomporsi. «Non vorrei che avessi frainteso il motivo della mia perplessità. Ad ogni modo mi dispiace di averti irritata. Dirò a te!».

«Si dà il caso che sia scaduto il tempo a sua disposizione, Romualdo. Se vuole, la mia Segretaria le fisserà un appuntamento per un'altra data. Con il mio socio, ovviamente».

La segretaria risponde all'interfono: «Sì, Dottoressa?»

«Accompagni il signore alla porta, per favore».

E mentre Romualdo si alza e fa per stringerle la mano, Gondra si ritrae e si rimette seduta con entrambe le mani ben saldate, o aggrappate, ai braccioli. Barbara entra nella stanza con un sorriso a trentadue denti.

«Ci rivediamo, allora!» dichiara Romualdo prima di infilare la porta.

«Mi auguro di no» replica lei quasi sottovoce.

«Stefano, perché tieni il cellulare spento? Dove sei?» redarguisce Gondra rispondendo al telefono qualche minuto dopo.

«Indovina?» gioca lui.

«Ma che indovina! Poco fa ho dovuto ricevere un uomo al posto tuo. E ti assicuro che non è stato affatto un piacere! Potresti almeno avvertire quando esci, o le buone maniere sono evaporate col caldo?» lo rimprovera Gondra che non ha alcuna voglia di giocare.

«Dai, non avevo nessun appuntamento. Non sarà mica stato il Conte Dracula?!»

«Peggio... Il Conte Amerighi!»

«Chi?» chiede Stefano sempre al telefono.

«Il Conte Amerighi. Ha detto che ti ha conosciuto l'altra sera e che vi siete scambiati i biglietti da visita».

«Che non dica cazzate! Quando l'altra sera? Non l'ho mai

visto né sentito uno con questo cognome e titolo! E che voleva... è andato via? Tutto a posto?!»

«Tranquillo. Lo conoscevo già. È il padre del mio miglior... di Davide. Te ne avrò parlato sicuramente».

«Ah, del frocio? Sì, certo che me lo ricordo! Scusa. No è... Ma, butta quella schifezza di sigaretta... con quella nube di fumo non riesco a connettere! Ti rendi conto che come madre saresti un mostro?! Quante volte dovrò ripeterti che il fumo uccide!» sbraita lui.

«Lui ha parlato di consulenza professionale» lo informa Gondra espirando un'ultima boccata di fumo, mentre spegne la sigaretta nel portacenere di cristallo per poi svuotarlo nel cestino sotto la scrivania. «Ma a questo punto mi convinco che si tratta di un banale pretesto per vedermi. Anche se non capisco perché abbia fatto finta di cercare te. Lascia perdere e sbrigati a tornare a studio».

«Gondra, scusa eh, ma non hai proprio indovinato dove sono!»

«No e *non me ne può fregà de meno*. L'importante è che ti sbrighi a tornare». Sta per metter giù la cornetta che Stefano, il cellulare ancora all'orecchio, fa sorridente capolino alla porta. Gondra scoppia a ridere di cuore e gli corre incontro per abbracciarlo affettuosamente. Gli dà un bacio sulla punta del naso e confessa: «Se non ci fossi tu la mia vita professionale sarebbe davvero grigia!»

«E le socie come te le vendono a peso d'oro! Vattene pure a casa! Io invece ci devo mettere le tende a studio; il bilancio d'esercizio della CO.RE.MAR. è un colabrodo. E meno male che non ci hanno dato il mandato alla fine dell'anno!»

«Chi ti ha detto che me ne vado a casa?» chiede Gondra mentre afferra l'agenda dalla scrivania e la ripone nella borsa.

«Ora me l'hai confermato. Hai la faccia bianca come un lenzuolo. Neanche avessi visto un fantasma!»

Lei assume di colpo un'espressione seria. «Esattamente! Un fantasma del passato. Comunque, se ci sono problemi, non farti scrupoli e chiamami o mandami un'e-mail, un messaggio... quello che ti pare. Ti offro un aperitivo giù al bar prima di andare?»

«No. Ciao» chiude Stefano lasciando in fretta l'ufficio di Gondra.

Questa afferra la borsa e la busta di plastica con il coltello dentro e lascia lo studio. I suoi movimenti sono lenti, decelerati, come se l'aria opponesse resistenza.

È rientrata a casa. È quasi mezzogiorno. Non le era mai capitato di abbandonare il lavoro in un giorno feriale, per di più di lunedì. Entra in cucina ancora in tailleur grigio e si prepara una camomilla. Nella tazza infila due filtri.

«Ma signorì, gliela preparavo io!» le urla un donnone di mezz'età entrando in cucina.

«Già fatto, Maria. Ti ringrazio».

«Vi sentite male? Non vi ho mai visto a casa a quest'ora, e con una camomilla in mano!»

«No, Maria, non preoccuparti. Hai fatto la spesa oggi?»

«Certo signorì che l'ho fatta! È già tutta sistemata in frigo e nella dispensa. Mo vi cucino una pastinella calda col dado, che vi fa bene».

Lei che non ha l'aria di stare ad ascoltarla, con la mano le fa segno di fermarsi. Tira un sorso di camomilla, ma scotta e la risputa nella tazza. «Maria ti ringrazio, ma che brodino... siamo in estate! Senti, visto che hai fatto la spesa, te ne puoi anche andare».

«Ma c'ho da pulire tutta casa ancora! Devo pure mettere i panni della lavatrice dentro all'asciugatrice altrimenti si ammuffano».

«Maria... ti prego. Puoi venire domani?»

«Lo sapete, signorì, che martedì lavoro per un signore!»

«Pazienza, vuol dire che farai il resto la prossima volta. I panni li metto io nell'asciugatrice, così non si ammuffiscono». Sorride.

«Vabbè signorì. Come volete. Vi serve qualcosa prima che me ne vado? E dai che vi cucino qualcosa!»

«Grazie, Maria, sei molto cara. Ma no, puoi andare».

«Arrivederci signorì».

«Arrivederci, Maria».

La donna ha già appeso il grembiule nell'armadio delle scope e sta per chiudersi dietro la porta, che si mette la mano in testa come ricordandosi qualcosa. Torna in cucina con la sua consueta andatura pesante. Gondra aveva nel frattempo aperto il freezer del grosso frigorifero giallo stile anni '60, e ne sta estraendo un sacchetto di fragole surgelate.

«Signorì!»

Lei è visibilmente spazientita e guarda Maria con il sacchetto sospeso per aria. «Cosa c'è?!»

«Mi so dimenticata di dirvi che stamattina, saranno state le dieci, ero arrivata qui da poco, stavo rifacendo il letto...»

«Vai al punto, Maria».

«Niente... ha citofonato una persona chiedendo di voi. Io gli ho detto che eravate a lavoro e...»

«Era un uomo o una donna?» la interrompe Gondra.

«Un uomo, signorì! Almeno mi sembra. Poi sapete che ci sono donne che hanno la voce che pare quella di un uomo, come la buonanima di mia suocera. Eeeh... sapeste le figure che ci ho fatto al telefono da sposetta!»

«Va bene, ma poi che ha detto?»

«Mah, mi ha chiesto dove eravate».

«Di nuovo?»

«Sì, di nuovo signorì. Pare che non l'aveva capito. Ed io gliel'ho ripetuto *"È a lavoro"*. Ma lui ha insistito ed ha chiesto *"Dove?"*. Allora ho capito che voleva sapere dove lavoravate, e gliel'ho detto».

«Maria, per stavolta vada. Ma ti prego di non dare più informazioni su di me a gente estranea».

«Ma signorì, non è mica un segreto dove lavorate... lo sanno tutti! Basta che uno apre l'elenco telefonico e lo trova. Quello doveva essere un poco scemo!»

«Vabbè, vabbè. Aspetta. Ci sono state chiamate?»

«Al telefono? No. Non ha chiamato nessuno. Di nuovo, signorì».

«Ciao, Maria. Grazie». Chi sarà stato? Forse Romualdo? E cos'ha in mente dopo tutto questo tempo?! Perché non la lascia in pace? E se fosse lui a fare le telefonate anonime?

Gondra versa le fragole nel mixer insieme a vari cubetti di ghiaccio, zucchero di canna e succo di limone. Frulla per qualche secondo e poi versa il tutto in un bicchiere da long drink insieme ad un'abbondante parte di vodka. La consistenza del cocktail è rosa e cremosa, simile a quella di un gelato. Lancia uno sguardo di disgusto alla tazza di camomilla ancora piena poggiata sul lavello, e va in soggiorno con il grosso bicchiere colmo di caipiroska alla fragola, Gondra style. Con movimenti lenti, come indecisa sul da farsi, si siede sul suo accogliente divano rosa cipria e si accende una sigaretta. La stanza è completamente illuminata dal sole che entra da due ampie finestre a tre battenti. Le tende écru sono tirate di lato. Vicino al divano, il tavolino con il telefono. Gondra afferra la cornetta e chiama Lidia.

«Ciao sono Gondra».

«Ciao bella!»

«Non ti disturbo, vero?»

«Veramente mi hai preso in un momento di grande estro creativo».

«Cos'è un quadro o una scultura?»

«No, è un'installazione Art Sensation... una roba molto originale. Non te la descrivo prima che tu l'abbia vista, altrimenti rovino l'effetto sorpresa. Ho superato me stessa... ed il mio budget. Tanti artisti usano rifiuti e roba riciclata, io invece materiali nobili. Sarò scema?!»

«Se hai i contatti giusti agli Emirati Arabi no, tesoro. Allora ti lascio che hai da fare. Ci sentiamo un'altra volta».

«Ma figurati, non dirai sul serio? Dimmi! Anzi, perché non passi un attimo a trovarmi? Non ci si vede quasi mai da sole ultimamente».

«Sì, come ci volesse un attimo ad arrivare da te a quest'ora del giorno! Niente di particolare. Volevo giusto fare due chiacchiere».

«Ma non sei a studio?»

«No. Me ne sono tornata a casa. È un periodaccio! Non ero mai stata così stressata e nervosa in vita mia. Qualcuno mi ha persino dato dell'acidina».

«Sicuramente è a causa di quelle telefonate anonime. Continuano?»

«Sì, continuano!» risponde Gondra con rabbia.

«Immagino che sia tanto furbo da nascondere l'ID così non sai qual è il suo numero» afferma Lidia.

«Esatto, sul display compare *Anonimo*. Ho pensato di rivolgermi ad un'agenzia di investigazioni».

«Guarda che io sono stata insieme ad un detective privato... Aldo, ti ricordi?! Non è possibile fare intercettazioni telefoniche senza che ci sia un'indagine della polizia in corso, ovvero un'autorizzazione rilasciata dalla Procura. E mi sa che per te non ci sono ancora gli estremi, se ti squillano ma non parla nessuno»

«Esattamente quello che ho pensato io, per questo ho pensato di agire privatamente. Credevo che con un aggeggio bastasse tenere l'altro al telefono per due minuti per rintracciare la chiamata».

«Tecnicamente non so come funzioni. Ma ripeto, non è questo il punto. È illegale, ovvero, consentito solo attraverso l'attivazione delle forze dell'ordine, altrimenti si rischia di brutto. Lo so per certo!»

Gondra sospira. «Almeno dicesse qualcosa, il bastardo! Avrei qualche elemento per sporgere denuncia e farmi mettere il telefono sotto controllo dalla Polizia!»

«Siamo realistiche. Credi che la Polizia si scomponga per così poco? Sai quanti cefali in giro fanno telefonate anonime? Non basterebbe un esercito per individuarli! E poi... chi ti dice che non sia una donna?! Hai fatto le scarpe a qualcuna?»

«Assolutamente no!»

«E Riccardo, allora, dove lo metti?»

«È diverso. Lui è stato mio prima che di quell'altra. E poi lei non sa nemmeno che esisto, scommetto! Riccardo è troppo furbo per crearsi problemi. E poi... che male posso farle io?! Io a lui non ho mai chiesto niente, tantomeno di lasciarla. In anni di frequentazione, da quando è partito, i nostri incontri intimi si contano sulle punte delle dita. Hai idea da quanto tempo non scopo?»

«Caliamo un velo pietoso su quest'argomento, vuoi? Ma piuttosto... non ti è mai venuto in mente di combattere per averlo? Di prendertelo con le buone o con le cattive? Io non ti capisco. Sei tanto determinata che quando ti metti in testa di ottenere qualcosa ci riesci sempre. Con Riccardo, invece, e questo proprio non me lo spiego, hai assunto e continui a mantenere un ruolo passivo».

«A volte non me lo spiego nemmeno io. Altre penso che lo stimo così tanto come persona, e gli voglio talmente tanto bene, che se mai lui verrà da me per starci, dovrà farlo non perché circuito, ma perché io sono tanto brava, buona e carina. Insomma, è come se in fondo io stia aspettando che lui mi noti in tutta libertà, senza pressioni, e concluda finalmente che sono io la donna della sua vita. Forse c'entra anche l'orgoglio, ed il fatto di non voler entrare in aperta competizione con un'altra donna, perché una sconfitta mi brucerebbe troppo. Non lo so... E, comunque, in questo momento non ci voglio pensare. Dai, ti lascio Lidia, così continui la tua opera d'arte».

«Intanto fai un po' di pubblicità alla mia Galleria. Hai un sacco di conoscenze tu».

«E come no! Lo sto già facendo. Sto distribuendo i tuoi biglietti da visita in cielo, in terra e in ogni luogo. E poi ho linkato il sito web della tua galleria a quello del mio studio, vai a vedere su *siti raccomandati*. Ma non te l'avevo già detto?»

«No, stupendo!»

«Controlla controlla, e vedrai che i tuoi accessi sono sicuramente aumentati» conclude Gondra sicura.

«Ma graaazie!» esclama Lidia sorridendo «Ciao allora. La prossima volta niente telefonate. Ci vediamo di persona».

Gondra abbandona il divano e si avvicina alla finestra che si affaccia su un piccolo mercato rionale. Continuando a sorseggiare il suo long drink alla fragola, osserva pigramente il via vai di persone davanti alle bancarelle. L'immagine della gente affaccendata la fa sentire ancora più in colpa. Mentre sta pensando all'eventualità di tornare allo studio, squilla il telefono a pochi passi da lei. Lascia che sia la segreteria a rispondere.

"È la segreteria telefonica di Gondra Bogdanova. Non sono in casa al momento. Lasciate pure un messaggio dopo il segnale acustico e sarete richiamati. Grazie." Beep. Riattaccano.

Gondra si è chinata sulla segreteria come a voler far avvertire la sua presenza. E come se l'interlocutore anonimo avesse percepito la sua presenza, squilla di nuovo il telefono. Stavolta lei non lo lascia squilli due volte e risponde in tono a dir poco aggressivo.

«Pronto, chi parla?»

«Sono la nonna, Gondra».

«Sei stata tu a chiamare poco fa?»

«No. Chiamo ora per la prima volta. Ti ho cercata sul cellulare e poi a studio e mi ha detto la segretaria che quasi sicuramente ti avrei trovata a casa. Ma stai male?»

Cercando di sorridere ed essere il più convincente possibile. «Ah, nonna, no! È solo che ho passato un fine settimana movimentato e non mi sono riposata abbastanza. Bisogna esser freschi ed in forma per lavorare bene».

«Già. Allora mettiti a dormire e recupera. Oddio, forse dormivi già, ti ho disturbata?»

«Ma ti pare, nonna, che mi metto a dormire a quest'ora?! Non stavo facendo assolutamente nulla se non bere qualcosa di fresco. Tranquilla. Dimmi... Cosa c'è?»

«Giancarlo...»

«Che ha Giancarlo?»

«Una situazione delicata, tesoro. Volevo chiederti se potevi venire a Genova un paio di giorni».

«Ma nonna, mi dici cos'è successo? Vuoi farmi crepare dall'ansia?»

«Ha messo incinta una studentessa universitaria».

Gondra ammutolisce per qualche secondo dalla sorpresa. «Belìn, ci voleva anche questa ora! Ma è imbecille? È ancora studente! Senza un lavoro! Quante volte gli ho detto di stare attento!»

«Tu?! Ed io che da quando aveva sedici anni gli compro anche i preservativi! Tuo fratello una volta mi ha risposto di infilarli io per lavarci i piatti!»

«Nonna, solo tu puoi reagire con humour a situazioni del genere. Adesso vedo di organizzarmi e vengo su. Ma lei... La conosco? Che ragazza è?»

«Carina! Studia fisica anche lei. Si chiama Laura. Stavano preparando insieme un esame quando è successo».

«Io non sapevo nemmeno che avesse la ragazza! L'ho sentito sabato due secondi e non mi ha detto nulla».

«Infatti non lo è. O meglio... non lo era! Non so cosa vogliano fare ora».

«Cosa intendi? Non mi dire che potrebbero voler abortire?! I genitori di lei lo sanno?» Gondra è in stato d'agitazione, mentre dall'altra parte la nonna risponde con calma serafica.

«Non è importante, sembra. Lei ha ventidue anni, come Giancarlo. È abbastanza grande da decidere da sola».

«Vabbè, vabbè! Ne riparliamo al mio arrivo. Belìn, come ha fatto?!»

La nonna continua serena: «Come facevano gli antichi, Son cose che capitano!»

«Fosse capitato a me, mi avresti fatto lo scalpo, nonna».

«Su questo preferisco glissare. Cerca di non crearti problemi con il lavoro. Se non ce la fai a venire, non fa niente. Ti abbraccio».

«Un bacio grosso, nonna. Ciao».

Ad un tratto il suo nervosismo di prima le sembra banale, esagerato. Si trattiene dal chiamare suo fratello sul telefonino. Gli parlerà di presenza. Ma come farà a metter su famiglia con cinque esami e la tesi ancora da dare? Come farà?! Dovrà aiutarlo lei!

Non avverte nessuno della sua partenza, se non Stefano e la segretaria. Ma al telefono li congeda alla spicciolata senza spiegare i motivi dell'urgenza. Alle 18.00 un taxi la deposita davanti casa della nonna, a Genova.

10. CAPITOLO

Stesso lunedì ore 09:20. L'uomo con in mano una valigetta di sicurezza in alluminio, apre la porta con la targhetta: *Direttore Generale - Dott. Marco Arditi.* Poggia la valigetta su un angolo della scrivania che gli sta di fronte, e dà un'occhiata ai messaggi prima di fare il giro e sedersi. Si stropiccia gli occhi.

«Sarebbe così gentile da portarmi un caffè, Egidio?»

L'assistente, risponde dall'interfono. «Certo, subito! Ha visto i messaggi?»

«Sì, grazie». Marco dà un'occhiata al Rolex e si allenta la cravatta. Apre e richiude senza guardarne il contenuto la cartella *documenti da firmare.* Si porta indietro il piccolo ciuffo di capelli lisci e castani che gli cade sulla fronte e sbuffa. Si guarda attorno. Alla Van Precken, multinazionale dei diamanti, le dimensioni e gli arredi degli uffici rispecchiano, come forse in nessun altro posto, il grado occupato in azienda. Le scrivanie e le poltrone sono più ampie e pregiate man mano che si sale la scala gerarchica. Le pareti sono rivestite in mogano fino al soffitto. Anche il parquet e la scrivania sono in mogano. Le librerie ai lati della scrivania invece sono in ciliegio. L'ambiente scuro e pesante risulta alleggerito dalla luminosa finestra doppia, alle spalle della scrivania, e da piante disseminate ovunque anche all'interno delle librerie. Alla sinistra dell'ingresso un salottino, con due divani antichi in velluto beige posti l'uno di fronte all'altro e divisi da un lungo tavolino in mogano e cristallo.

Bussa ed entra senza attendere il permesso Egidio, alto, magrissimo, camicia bianca con papillon rosso, pantaloni neri alquanto aderenti. Porta in mano un bicchierino di plastica con il caffè. Si avvicina alla scrivania guardando fisso Marco, come per leggerne l'umore, e glielo porge senza dir nulla.

Marco fa una smorfia, visibilmente seccato. «Ma non ci sono tazzine vere in quest'ufficio?»

«Sì, Direttore. Mi scusi. Glielo riporto nella tazzina di porcellana».

«Non questo, che si sarà raffreddato nel frattempo. Fammene un altro, grazie».

Egidio esce immediatamente dalla stanza con il caffè in mano mentre Marco ne segue divertito l'andatura veloce ed ancheggiante.

Egidio rientra nemmeno tre minuti dopo reggendo un piattino sul quale è incerta una tazzina. Marco con finta irritazione: «E cos'è tutto questo tintinnio, eh? Ti tremano le mani?»

«Mi scusi direttore. Ecco. Nella tazzina di porcellana. Mi scusi, da oggi in poi lo vuole sempre nella porcellana?»

Marco ignora la domanda e chiede serio. «Hai già messo lo zucchero?»

«Sì, un cucchiaino. Come al solito». afferma Egidio soddisfatto e riverente.

«Devi sempre chiedermi quanto zucchero voglio». Marco sembra non voler afferrare la tazzina ed Egidio fa per poggiarla sulla scrivania. «Stamattina lo prendo amaro. Non ti dispiace farmene un altro, vero?»

Egidio con una mano risolleva il piattino mentre con l'altra tiene ferma la tazzina. «Assolutamente, Direttore. Gliene faccio subito un altro».

Non appena Egidio gli ha girato le spalle, Marco sorride serafico e si riappoggia allo schienale della poltrona, le braccia e le mani aderenti ai braccioli. Poi afferra il suo smartphone dalla tasca interna della giacca nera e legge un indirizzo segnato sugli appunti. Lo evidenzia e cerca sul web la corrispondenza stradale, a Roma. Bussano alla porta e Marco con tono possente ed autoritario risponde: «Avanti!» mentre lascia la poltrona. Egidio gli porge l'ennesima tazzina di caffè.

«No, grazie, Egidio. Lo prendo quando torno. Ora non ho più tempo».

«Ma Direttore sta uscendo? Fra mezz'ora ha un appuntamento con il Revisore dei Conti!»

«Annullalo. Inventagli qualcosa».

«Ma se qualcuno la cerca che devo dire? Lei quando torna?»

Marco dalla porta dichiara neutrale: «Non ti ho assunto per darmi il tormento, ma per facilitarmi la vita. A più tardi». Poi percorre il corridoio fino all'ascensore.

Egidio esce dopo di lui e si ferma un attimo sulla soglia mentre passa un'impiegata. «Oggi Marco è davvero strano. Ma strano, strano, strano!»

La collega gli sorride beffarda puntando lo sguardo sul suo papillon, poi sulla sua camicia con una grossa macchia di caffè sul petto ed osserva: «Perché... tu no, eh?»

11. CAPITOLO

«Tenga pure il resto, grazie». Gondra scende dal taxi e si concede il tempo di contemplare la facciata dell'antico condominio nel centro storico di Genova, dove per anni è vissuta insieme alla nonna.

Il portone d'ingresso è aperto. Entra. C'è gente sulle scale. Qualche faccia conosciuta la fissa mentre le fa spazio per passare. Sono due rampe fino alla porta della nonna. I gradini di ardesia consumati dal passaggio di migliaia di scarpe sono rivolti verso il basso. Tirando la piccola valigia-trolley, varca la soglia di casa della nonna, anch'essa spalancata. Ancora gente in piedi. Con lentezza da moviola, abbandona la valigetta e istintivamente si porta verso la camera da letto della nonna, da dove proviene un bisbiglio inafferrabile. Deve averlo già capito dentro di sé. Ma l'immagine che ha davanti le appare come in un sogno. Un incubo!

Il suo stupore è attutito da un senso d'irrealtà. Gondra non avverte neanche le parole del prete in piedi, di fianco al letto. Non vede altri che la nonna distesa con le braccia fuori dalle lenzuola e incrociate sul petto. La bocca chiusa in qualcosa di simile ad un sorriso. La fissa pietrificata. Non sente neppure la mano che qualcuno le poggia sulla spalla. Spalanca gli occhi e scuote la testa come a volersi ridestare da quell'incubo. Continua a fissare il volto della nonna, che lacrime cominciano ad annegarle gli occhi.

Giancarlo la costringe a voltarsi per abbracciarla. Ma Gondra ha per lui uno sguardo pieno di collera e disperazione. «Non mi hai detto niente!!!»

«Come potevo? Non ho fatto in tempo e tu non rispondi al cellulare! È successo mentre eri in viaggio».

«L'hai fatta morire tu la nonna, di dispiacere!»

«Ma stai zitta... Che dici?! Abbassa la voce! La nonna era malata di cuore da un sacco di tempo, e tu non te ne sei manco accorta. Sempre lontana a farti i cazzi tuoi».

«No, non è vero! Io le sarei stata vicina. Che stai dicendo?!»

«Lei non voleva disturbare nessuno, lo sai, né voleva darti preoccupazioni e distrarti dal tuo lavoro. La prima volta che ha avuto un infarto mi ha fatto giurare di non dirtelo. Prendeva dodici pillole al giorno ultimamente, ma il cuore continuava lo stesso a non darle tregua. Se fossi venuta a trovarci più spesso l'avresti capito. Per telefono e facile fingere che vada tutto bene».

Gondra non lo sta più ad ascoltare. L'estrema unzione è finita ed il sacerdote si accomiata. Lei si avvicina al lato della nonna. La stanza è in penombra. L'aria che vi si respira è afosa e satura del respiro dei vicini accorsi a vedere. Si inginocchia e prende le mani della nonna tra le sue mentre poggia la testa accanto a quella di lei. Guancia a guancia. Sussulta. È fredda.

Le si avvicina donna Flavia, una signora dall'aspetto molto fine ed elegante, dai capelli bianco-viola tagliati corti sulla nuca. Fa sollevare Gondra prendendola per un braccio. Giancarlo, nell'angolo alla destra del letto, comincia a singhiozzare.

Con un cenno della mano, Donna Flavia esorta le altre figure a lasciare la stanza. Anche lei esce appena vede che Gondra e Giancarlo si stringono in un abbraccio. Fratello e sorella restano finalmente soli con la nonna, la loro seconda madre.

«Perdonami Giancarlo! Non avrei mai dovuto dire che è colpa tua. Sono addolorata al pensiero che tu abbia dovuto sopportare da solo il peso della malattia della nonna. Chi sa quanto ne hai sofferto tutto questo tempo!»

«Lasciamo perdere. Credo che se lo sentisse, sai? Subito dopo pranzo ha cominciato a chiedere quando arrivavi. E poi di nuovo ogni mezz'ora. Mi ha detto che ti aveva chiamata per il mio *guaio*. Ma forse era anche per riuscire a vederti un'ultima volta».

«Forse. Ma stava bene quando ci siamo sentite al telefono. Era la stessa di sempre. Non sono arrivata in tempo. Ti ha detto qualcosa? Per me intendo».

«No. È caduta sul pavimento della cucina. Aveva preparato i biscotti che piacciono a te ed aveva finito di sistemarli nella biscottiera. Io ero in camera mia, al computer, quando ho sentito un tonfo. Ho capito subito. Erano cinque mesi che temevo che accadesse. E purtroppo è successo!»

Gondra lascia la mano del fratello e si siede sul letto accanto alla nonna. «Nonna, perdonami! Non sono riuscita ad arrivare in tempo. Ma perché non me l'hai detto? Ci hai private degli ultimi momenti da passare insieme. Io ti volevo bene come a nessuno al mondo. Non sono andata via per egoismo. Tu lo sai. Lo sai che ognuno di noi deve trovare la propria strada. E la mia iniziava a Roma. Nonna, tu lo sapevi bene questo, vero? Non ti ho abbandonata!» Mentre Gondra guarda il fratello come in attesa di conferma, lui abbassa la testa. Capisce di essergli mancata, cresciuto praticamente solo con la nonna. Sa che ora deve farsi coraggio e dare conforto a lui. Gli mette a posto una ciocca di capelli guardandolo amorevolmente. A lei appare ora come un bambino che ha bisogno d'affetto e consolazione. Con gli occhi verdi liquidi e l'espressione triste, lo rivede come quella volta che a dieci anni era tornato a casa con un occhio pesto e le ginocchia sbucciate, dopo una lite con il suo migliore amico.

«Gondra, come farò senza la nonna?»

«Ci sarò io... E poi c'è la tua ragazza, no?!»

«Niente sarà più come prima. Mi sento solo al mondo! Non abbiamo altri parenti da parte di madre e padre. Siamo rimasti solo io e te. L'unica persona che mi volesse davvero bene non c'è più».

«Lo sai che non è così. Qui c'è tua sorella. Io tengo a te, e non immagini nemmeno quanto! È vero che non sarà la stessa cosa. Nessuno potrà mai sostituire la nonna. Lei era speciale. Unica. Ed è riuscita a fare di noi delle persone altrettanto speciali ed uniche. Magari non lo sai ancora, ma sono certa che hai in te la forza per riuscire a continuare a vivere senza di lei, come avrebbe desiderato. Non ci ha mai voluto dipendenti da nessuno. E poi, se non sbaglio, avrai anche la compagnia e l'amore di un figlio». Gondra lo dice con l'aria sorpresa, come a cercare di convincersene lei in primo luogo e rivolge al fratello uno sguardo interrogativo.

Giancarlo si allontana da lei e le volta le spalle. Poi, in un sussurro dichiara: «Ha deciso di non averlo».

«Ma come? Chi... lei?»

«Sì. Ritiene che il nostro rapporto non sia solido abbastanza da affrontare una cosa del genere».

«Una cosa del genere, la chiami?»

«Insomma... Un figlio! E poi, pur volendo, non avremmo i mezzi per creare una famiglia. Che cosa potremmo offrirgli ora?»

«Sembri essertene fatto una ragione! Ma ti rendi conto di quello che stai dicendo?»

«E tu come fai a dirlo?!»

Gondra si irrigidisce. Ingoia a vuoto. «Io dico che occorrebbe pensarci prima» replica a voce bassa. «I rapporti a rischio uno dovrebbe averli se il rischio lo accetta come parte del gioco. Quando poi c'è in ballo una vita già in essere, è criminale pensare di ucciderla. L'aborto è l'omicidio peggiore che esista. È uccidere deliberatamente il proprio figlio. Lo capisci?»

«Lo capisco. Ma non sono io quello che decide, purtroppo! Sembra che in questi casi la scelta finale spetti esclusivamente alla madre. Io non ho diritti su questa vita. Assurdo!»

«Lo so che lei ha l'ultima parola, *purtroppo*. Ma tu quante parole hai dette a lei? Quanto supporto le hai dato prima che prendesse questa decisione? L'hai lasciata sola?»

«È avvenuto tutto così in fretta che non ho nemmeno avuto il tempo di rendermene conto. Stamattina ci siamo visti per parlarne. Ma lei una decisione l'aveva già presa».

«E tu l'hai detto alla nonna?!»

«No, davvero! Lo so bene che malata com'era non avrei potuto dirle di un aborto. No, lei non lo sapeva».

«Però non l'hai protetta abbastanza da evitarle di sapere del bambino prima di aver risolto la situazione».

Giancarlo s'infiamma ed alzando la voce: «L'ha sentito mentre parlavo al telefono con Laura. Non sono stato io a dirglielo. Gliel'ho solo confermato!»

Fuori dalla stanza, sentite le voci animate, donna Flavia provvede a far andar via tutti: «Saprete del funerale dai manifesti, non preoccupatevi. Grazie. Grazie», ed a chiudere la porta di casa. L'anziana signora, amica d'infanzia di Nonna Lena, telefona all'impresa di pompe funebri. Quando sente che nella camera da letto si è fatto silenzio, bussa ed entra senza attendere risposta.

Vi trova Gondra seduta su una poltrona accanto al letto

della nonna e Giancarlo in piedi, distante. I due sono ora profondamente assorti ognuno nel proprio dolore.

«Scusate, ragazzi. So che potrò sembrarvi inopportuna, ma c'è qualcosa che devo dirvi, anche per tranquillizzarvi» spiega la donna.

«Non si preoccupi. Anzi, non so come avremmo fatto senza di lei. E so quanto anche lei stia soffrendo» dichiara Gondra con gratitudine.

Il viso della donna diventa una maschera tremolante di dolore. Sembra sul punto di piangere, anche se con voce sommessa riprende a parlare: «Volevo solo dirvi che vostra nonna, che come sapete non ha mai voluto che nessuno si disturbasse per lei, ha provveduto anche a fare pesare il meno possibile la sua morte». I due fratelli la fissano interrogativamente. «Ha sistemato tutto affinché voi non doveste preoccuparvi di nulla per il funerale e tutto il resto. Oltre ad aver già pronto un posto al cimitero con una lapide riportante il suo nome e la sua foto, ha scelto anche l'ultimo abito che avrebbe mai indossato. Ha dato istruzioni ad un'agenzia di pompe funebri, che ho già chiamato, e che è stata già pagata per occuparsi di tutto. Compresa la funzione religiosa ed i fiori. Proprio tutto. Voi potete davvero stare tranquilli!» E sollevando un foglio di carta: «Ecco, è tutto scritto qui. Qui c'è anche il nome e l'indirizzo del notaio dove vostra nonna ha depositato il testamento. Tieni Gondra. Il vestito è nel guardaroba in alto, in una scatola dove devono esserci le anche sue scarpe».

Gondra ha l'aria spenta e come in un lamento: «Ma, donna Flavia?!»

«Non preoccuparti. Ti aiuterò io a vestirla. Dovremo farlo al più presto però».

«Sì. Capisco. Grazie». Gondra fa cenno al fratello di uscire.

Nell'atrio, vicino alla porta della camera da letto della nonna, si alza dalla sedia una ragazza alta e bruna, con gli occhi scuri e la carnagione chiara. Non appena Giancarlo esce dalla stanza lei gli va incontro. Lo prende per mano e lo stringe a sé dolcemente.

Il giorno dopo, martedì, alle 17.00. La chiesa è gremita di gente. In prima fila, davanti al feretro, ci sono Gondra, Giancarlo e donna Flavia. Subito dietro Stefano, Carola con Michele, e Laura, la ragazza di Giancarlo.

Due donne bisbigliano: «Hai visto Gondra e Giancarlo? Due gocce d'acqua. Sembrano gemelli!»

«Già, quand'era piccolo però sembrava il brutto anatroccolo. Hai visto che bel ragazzone s'è fatto?»

«Come se no! Io lo dicevo a Lena scherzando. *"Come sarebbe bello se tuo nipote e mia nipote si mettessero insieme!"* Ma Giancarlo la mia Sonia non l'ha mai neanche guardata di sguincio. Non sembra interessato alle ragazze!»

«È interessato eccome! Non dirlo a nessuno, ma... ho saputo che ha messo incinta una ragazza. La vedi? È quella lì».

«Ma dai?!»

Ogni tanto, durante la funzione, Stefano dalla seconda fila, proprio alle spalle di Gondra, si allunga in avanti per assicurarsi che lei stia bene. È visibilmente preoccupato e nel momento di lasciare la chiesa insiste per salire in macchina con lei fino al cimitero.

«Quando hai intenzione di rientrare?»

«Non lo so Stefano. Dovrai avere un attimo di pazienza. Ho da sistemare tante cose qui. Devo stare vicina a mio fratello».

«Vuoi che rimanga un paio di giorni con te? Magari posso

esserti utile».

«Grazie. Non mi sarei mai aspettata una tale disponibilità da parte tua. Ti ringrazio davvero! Ma sono questioni familiari. Mio fratello sta per prendere un'importante decisione, che forse determinerà tutto il corso della sua vita. Ed io voglio esserci per lui».

«Non so di cosa si tratti, ma ritengo che tuo fratello sia grande abbastanza da prendere da solo le sue decisioni. In fondo ha ventidue anni. Non è più un pischelletto!»

«È cresciuto solo con la nonna mentre io mi facevo i fatti miei, come giustamente ha detto lui. È il momento di cambiare le cose. In fondo, siamo l'uno per l'altra l'unica famiglia sulla quale poter contare ormai, e questo è per lui, per noi, un momento molto difficile».

«Certo. Non vorrei però essere io a cominciare a sentire la tua mancanza. Perciò, fai quello che devi fare, ma fallo in fretta e torna presto, ok?»

«Ok» risponde Gondra con aria preoccupata.

Sono passate poche ore dal funerale. Gondra piange silenziosamente, ma in continuazione. Ha gli occhi gonfi e rossi e si vergogna di non riuscire a trattenersi.

Seduti attorno al piccolo tavolo della cucina ci sono ancora Giancarlo, Carola e Michele, che rimangono a dormire a casa della nonna per poi ripartire domani. Hanno appena finito di cenare.

«Non vi dispiace vero se me ne vado a letto?» chiede loro Gondra mentre chiude un sacchetto della spazzatura.

«Senti, io rimango qui anche domani. Non mi va di lasciarti sola» le dice Carola.

«Non se ne parla proprio! Hai già dovuto prenderti due

giorni di ferie. Sei un tesoro, ma non ce n'è bisogno. Allora... buona notte». Si asciuga gli occhi con un fazzolettino di carta appallottolato e lascia la cucina.

Giancarlo inizia a sparecchiare, ma poi raccoglie solo le sue stoviglie, le mette nel lavello e si accomiata: «Anch'io non ce la faccio più. Avete bisogno di qualcosa?»

«No, grazie Gian. I letti sono pronti. Buona notte» risponde Michele.

«Notte». Giancarlo lascia la stanza camminando curvo come un cane bastonato.

Carola e Michele si scambiano da un lato all'altro del tavolo uno sguardo preoccupato.

Con gli occhi come due lente fontane, Gondra invece che a letto è tornata nella camera della nonna. Apre l'antico armadio intarsiato con uno specchio centrale e passa in rassegna i vestiti, accarezzandoli ed aspirandone il loro familiare odore di buono. Poi prende in mano il portafotografie poggiato al centro del comò, su un centrino bianco all'uncinetto. Era la foto più cara all'anziana donna: l'ultimo Natale passato insieme alla famiglia della figlia, prima di perderla insieme al genero nel fatale incidente d'auto a Roma. Sono tutti ritratti in posa vicino all'albero di Natale, mentre Giancarlo, seduto a terra, gioca con un piccolo robot. La nonna in quella foto sorride felice con la figlia ed il genero da una parte e la nipotina dall'altra. Estrae la foto dalla cornice.

Si addormenta sul letto della nonna, ancora con le scarpe ai piedi. Al petto stringe la foto.

Il mattino successivo, mercoledì, Gondra entra in cucina guardandosi attorno. Ha indosso gli abiti sgualciti del giorno prima. La tavola è apparecchiata per la colazione e Giancarlo, Carola e Michele hanno già preso posto.

Carola si alza ed offre a Gondra una tazza di cappuccino. «Prendi, prima che diventi freddo».

«Grazie. Ma che bravi! Chi ha preparato la colazione?»

«Michele» risponde prontamente Carola. «È anche uscito a comprare i cornetti caldi. Noi dobbiamo sbrigarci, altrimenti perdiamo l'aereo. Mi ha chiamato Lidia e le ho ripetuto di non preoccuparsi e di non farsi sensi di colpa nei tuoi confronti se non è venuta, che con la caviglia slogata non l'avrebbe preteso nessuno».

«Sì, certo!» annuisce Gondra. Poi rivolgendosi al fratello: «Come stai?»

«Bene, grazie. E tu?» risponde lui alzando la testa dal suo tazzone di latte e cornflakes.

«Bene. Avrei voluto sognare la nonna. Ma non ci sono riuscita. Ho fatto invece uno strano sogno metafisico».

Carola le sorride e commenta: «Tu fai sempre strani sogni metafisici. Se ne potrebbero ricavare romanzi e film horror da far invidia a Stephen King!»

«Ma non è stato un incubo! Mi trovavo in una zona di confine...» inizia a raccontare lei, «e ad un certo punto mi sono accorta di essermi scordata il passi, importante oltre che per l'accesso all'altro segmento, come guida elettronica ai nuovi luoghi. Così, per evitare di consumare energie vitali che avrei sprecato tornando indietro a prenderlo, mi sono decisa a spiegare la cosa alle guardie. Avvicinandomi a loro ho notato che le loro uniformi, che in lontananza brillavano di luce propria, da vicino diventavano sempre più scure, sino a scomparire completamente alla vista, offrendo del corpo solo l'immagine del cuore pulsante. Ho creduto di parlare quando ho detto loro *"vorrei entrare, però non ho il passi"*, ma dalla mia bocca non era uscita neanche una parola. E neanche una parola avevo ricevuto in risposta. Solo il battito del cuore più forte, sempre più forte, che mi metteva in guardia. Ero in stato di allerta totale quando si è avvicinato l'altro cuore. Si vedevano le arterie pulsare, venate del bianco del colesterolo. Doveva essere una guardia alle soglie della pensione». A questo punto tutti ridono continuando, però, a prestarle la massima attenzione. «Ho capito che dovevo rimanere in attesa, e quel messaggio mi è arrivato lento e dolce, dandomi la sensazione di stare a casa. Ma ovviamente non ero a casa. Portavo con me una pesante valigia rigida, una di quelle enormi con quattro rotelle, che dovrebbero aiutarti a trascinare meglio la roba e che quando di roba appresso ne porti tanta alla fine ha la meglio su di te. Insomma, ad un tratto si era alleggerita al punto da non avvertire il suo peso! Ho diretto lo sguardo in basso, accorgendomi che, in effetti, non avevo più nulla in mano. Poi, un altro messaggio telepatico mi ha dato istruzioni di avanzare. Ho cercato di chiedere dove fosse la valigia, ma non riuscivo a parlare. Bloccata. Mani... Piedi... Tutto sembrava attaccato al suolo, o meglio, attratto dalla terra. Non vedevo nulla al di là dei miei piedi. Tutto attorno era un misto di luce e nebbia e poi c'erano quei due cuori pulsanti. Ho pensato di camminare ed ho camminato. Solo non sapevo verso dove. Non avevo ricevuto istruzioni in merito. Non c'erano punti di riferimento. Ma potevo quasi toccare l'aria. A volte più densa, altre leggerissima. E non c'era vento».

«E la temperatura?» chiede Michele.

«La temperatura? Forse 23° C. Comunque non avevo né caldo né freddo. Sapevo che qualcuno avrebbe dovuto venirmi a prendere, anche se non sembrava avvicinarsi nessuno. Pensavo anche che, come per tutti i miei viaggi, il mio entusiasmo sarebbe salito alle stelle. Ma non era così. C'era assenza di tutto. Non provavo nulla, neanche paura».

Giancarlo osserva: «Non c'è bisogno di interpretarlo il tuo sogno. È chiaro. È la tua visione della morte, del momento di passaggio. In fondo non soffrivi, vero?»

«No. Però ero in attesa di qualcosa».

Carola che è sempre un po' filosofa, e non potrebbe essere altrimenti visto che insegna filosofia, fornisce la sua interpretazione del sogno di Gondra: «Si è sempre in attesa. L'attesa non è un preludio a qualcos'altro, ma un atto in sé, cioè azione. L'attendere è considerato implicitamente un atto senza moto, blando e passivo. La non azione per eccellenza. La sospensione nel dubbio in quieto smarrimento. Al contrario l'attesa è più vitale del dire, o del fare. L'attesa racchiude in sé mille significati, mille sorprese, mille epiloghi. L'attesa è permeata da sussulti e riposi, da costellazioni di eventi paralleli che tuttavia non ne pongono fine. L'attesa è intensa più della vita stessa. Dentro i suoi meandri si svolgono favole e drammi, sogni e risvegli. L'attesa fa battere il cuore più di un incontro, di un sì, di una promozione. Direi che finché c'è attesa c'è vita e c'è speranza. E poi nulla ci impedisce di vivere tante attese e, nel contempo, sperimentare attivamente, cercare di cambiare gli eventi o andar loro incontro. Nulla ci vieta di attendere. Infatti le popolazioni oppresse attendono la redenzione. Tra l'altro attendere non costa nulla. A volte è meglio del sesso, e lo si può fare ovunque, in qualsiasi posizione, in silenzio o ad alta voce. Non vedo perché debba essere così bistrattata l'attesa! Quando si dice di attendere qualcosa o qualcuno si viene quasi compatiti. A volte ci scappa un *poverino*! Ma dipende dai casi».

«Nel mio caso che diresti? Io attendo un bambino!» rivela Giancarlo ironico.

Carola e Michele trattengono a stento lo stupore. «Beh, sicuramente è un'attesa stupenda. Complimenti. A quando il lieto evento?» chiede Carola con artificiale allegria. E mentre approfitta del fatto che Giancarlo le sta voltando le spalle, rivolge a Gondra due occhi sgranati. Gondra annuisce vacua mentre prende un sorso di cappuccino.

Giancarlo si risiede al tavolo e risponde: «Non si sa se ci sarà o meno un lieto evento. Il bimbo è sottoposto alla condizione sospensiva. Anche lui è in attesa. Di giudizio!»

«Ma non può essere che lo date via, Gian!» esclama Michele inorridito.

«No, no. Qui non si tratta di darlo via. Si tratta proprio di farlo fuori!» lo corregge Giancarlo con mordace ironia.

«Belìn, che razza di espressioni usi?! Neanche si parlasse di un cinghiale!» gli urla dietro Gondra.

Carola guarda il biscotto che ha in mano ma punta l'infinito mentre brandisce: «Ci vuole tempo perché lei si renda conto che ha in pancia un bambino e non un cinghiale».

Giancarlo a queste parole si accende. «Sono ben oltre due mesi che è incinta, ne ha avuto di tempo per rendersene conto! A me lo ha detto solo tre giorni fa. Io voglio tenerlo! Solo per quello che è successo alla nonna, Laura mi ha detto di non preoccuparmi per un paio di giorni. Ma se non sbaglio di tempo non ce n'è tanto. O no?!»

«E no...» risponde Carola, «dopo il terzo mese non lo può più far fuori!»

Gondra si alza dal tavolo e ad alta voce: «Ora mettiamo fine al discorso. Ma ne riparliamo quanto prima. Vado a lavarmi in un momento e vi accompagno all'aeroporto. Scusate».

Giancarlo si avvicina a Carola e la bacia sulle guance. «Scusate anche me se vi saluto ora, ma ho un appuntamento importante. Speriamo di rivederci presto».

«Certo, dovresti venire a Roma un po' più spesso però» lo incoraggia questa mentre si alza ad abbracciarlo.

«Qui d'estate è molto meglio. Parola!» obietta Giancarlo mentre stringe la mano a Michele, che replica:

«Ah, d'estate ci puoi giurare, non sai quanto ti invidio!»

«Ok. Grazie di essere venuti. Ciao».

Appena rimasti soli, Carola e Michele ne approfittano per baciarsi. «Hai visto che succede a non stare attenti, Michele?»

«Che cosa? Se a noi spunta un figlio mica lo buttiamo! Io ti sposo».

«Allora che aspettiamo a farne uno?» propone subito Carola. Sorridono e continuano a sbaciucchiarsi.

Entra Gondra con i capelli bagnati. «Voi sì che siete una bella coppia! Affiatata».

«Chi s'accontenta gode!» le fa Michele di rimando.

«E che vuoi dire?» gli chiede Carola leggermente indispettita.

«Niente. Che io godo un casino. Dai, su, che scherzo! Anche se l'essenza è che la tua amica dovrebbe fare meno la difficile». risponde guardando Gondra e portandosi un biscotto alla bocca.

«Della serie *dove coglio coglio*?!» ribatte quest'ultima sarcastica.

E Carola: «Tu sei sempre bianca o nera».

«Sì, in effetti oggi sono nerissima. Ne ho tutti i motivi del resto. Questi biscotti...» spiega col nodo alla gola e sollevando la biscottiera di vetro messa sul tavolo per la colazione, «li ha fatti mia nonna. Per me... poco prima di...» Esce dalla cucina con la biscottiera in mano e l'asciugamano avvolto sulla testa.

12. CAPITOLO

Otto anni prima. Aprile inoltrato. Davide aveva invitato Gondra, allora ventiduenne, presso la sua casa di campagna. A dire il vero, più che di una casa si trattava di una vera e propria tenuta, *Petra*, in Toscana. La costruzione principale, interamente in pietra appunto, era alta tre piani. Dall'alto di una collinetta dominava davanti un vigneto, dietro, dove si snodava la corte, un prato lasciato selvatico, dove pascolavano animali da cortile e due cavalli. Le stanze degli ospiti, all'ultimo piano, davano proprio sulla corte. Gondra Davide aveva fatto scegliere quella che le era piaciuta di più.

Gondra portava i capelli lisci e lunghi fino alla schiena, con una semplice riga di lato. Quel giorno indossava un'ampia e corta gonnellina di jeans con sopra una corta t-shirt rossa. Dopo aver perlustrato la stanza, si affacciò alla finestra e voltandosi verso Davide disse: «Sì, mi sistemo qui se non ti dispiace».

E lui: «Figurati, certo! Se vuoi puoi occuparle tutte e quattro le stanze degli ospiti, così guardi il panorama da angolazioni diverse. Ci metti una maglietta qua, un pigiamino là».

«Dai, non scherzare! Cercherò piuttosto di non fare troppo disordine, o dovrò passare la domenica a ripulire, prima di tornarcene a Roma».

Davide la guardò come se volesse mangiarsela con gli occhi e rispose: «Per te pulirei con la lingua ogni angolo di questa casa se fosse necessario» e subito aggiunse trionfante: «Ma non sarà necessario. C'è Lucia!».

«Oh, ma come siamo galanti, Davide! O devo chiamarti

Conte? Ora però lasciami un attimo sistemare le mie cose nell'armadio. Dove ti raggiungo?»

«Fai con calma, io vado a farmi un idromassaggio».

«Belìn! Avete anche la Jacuzzi? Vi trattate bene!»

Appoggiato allo stipite della porta, Davide non riuscì a trattenere una risata. «Ma che Jacuzzi! Abbiamo la fontana dell'abbeveratoio della corte che ha un getto d'acqua poderoso. Quell'acqua proviene da una calda sorgente sulfurea. Non ti sei accorta della puzza d'uovo quando siamo arrivati. Dopo pochi minuti ci si abitua. Ti aspetto?»

«Già, ora che ci penso, hai ragione! Ma non ho portato il costume. Che ne sapevo io che in aprile in mezzo alla campagna toscana ci si può anche fare il bagno! Lasciamo perdere. Magari ci sono anche insetti, rane ed altri animaletti vari».

«Ok, non c'è problema. Ti aspetto comunque di sotto, mio amor. Fai come se fossi a casa tua. Ma attenta che negli armadi si nasconde sempre qualche scheletro di famiglia. Mio padre non s'è ancora deciso a dar loro lo sfratto».

«Ma in che lingua parli? Non rimorchierai mai nessuna di questo secolo se continui con quel linguaggio arcaico. Dico sul serio!» Gli lanciò addosso una maglietta che nel frattempo aveva tolta dal suo zainetto. Davide sorrise afferrandola al volo, per poi scomparire dietro la porta.

Lei provò il materasso e poi si affacciò alla finestra. Cercò con gli occhi il fontanile di cui aveva parlato Davide, e lo trovò in un angolo della corte, vicino ad un arco di pietra, avvolto dal sole calante. In effetti, il getto d'acqua era poderoso.

Era rilassata. Contemplava ed annusava la primavera. Non le sembrava vero di essere sfuggita ai rumori della città ed allo stress dello studio. Era il suo ultimo weekend libero prima della clausura per gli esami, ed aveva tutta l'intenzione di goderselo.

Affacciata al davanzale della finestra, in stato di completa apertura dei sensi ed estasiata dalla campagna che le si offriva davanti viva e sinuosa, Gondra avvertì dietro di sé il profilo avvolgente di un corpo maschile aderire lentamente al suo.

Non si spaventò. Non si voltò. Rimase curva in avanti sul davanzale, come ad offrire invitante la morbidezza delle sue dolci curve.

Quel corpo maschile, sempre più maschile, iniziò lentamente a strofinarsi contro di lei. Due mani trovarono i suoi fianchi, accarezzandoli, perlustrandoli, mentre un alito caldo si insinuava fra i suoi capelli lucidi e leggeri. Poi le mani cercarono la pelle nuda del suo ventre sotto la maglietta, aprendosi per accoglierlo tutto, saggiando, scivolando, aspirandone ogni millimetro.

Gondra continuò a rimanere mollemente immobile, a non voltarsi, inebriata dai profumi della campagna e dal calore di quelle mani lisce, di quel corpo pulsante dietro il suo. L'eccitazione si dilatava, incedendo fluttuante come l'alta marea. Prevaricandola. Nessuna volontà di voltarsi, di reagire. Solo di cedere al richiamo del piacere. Carezze e lievi tocchi eccitarono i suoi capezzoli. Una lingua solcò la sua nuca e poi aprì un varco sul suo collo. Ancora, mani si strinsero attorno ai suoi seni, massaggiandoli dolcemente e vorticosamente, dolcemente e vorticosamente, finché non divennero turgidi.

Gli occhi di Gondra, velati da un rapimento primordiale, si poggiavano languidamente sul rosso dei papaveri, ma il suo corpo fremeva ed esigeva immediata soddisfazione. Nella nebbia dei sensi che avvolgeva il fruscio dei vestiti, echeggiava muto il suo desiderio. Sollevò la gonna corta e svasata, ed infilò la mano destra nei suoi slip determinata ad esplodere, a liberare l'ormai incontenibile tensione sessuale. La sinistra ancorata al davanzale della finestra a reggere l'arco delle due figure.

Ma una mano del corpo maschile la fermò, appropriandosi del dominio del piacere ed imponendole altri lunghi attimi di libidinoso tormento. Le frugò tra la peluria. Saggiò l'umore delle sue intime labbra per poi spostarsi sul clitoride, tracciandovi sopra dei minuscoli cerchi. Ma senza indugiare.

Il duro del corpo maschile si liberò d'ogni involucro e divenne carne fra i morbidi glutei seminudi di Gondra. I suoi slip bianchi caddero a terra. Le sue gambe si divaricarono accoglienti.

Corpi senza più diaframmi, finalmente congiunti in un unico ritmico movimento.

Gondra non costrinse la sua cupida ingordigia a tacere oltre, e sentì la sua voce infrangere il denso silenzio: «Dammelo tutto. Lo voglio tutto. Tutto. Sì... così... riempimi!» finché non emise suoni di piacere. Vibrò molti istanti di piacere, mentre un caldo e taciturno fluido scavava dentro di lei il suo delta.

Rimase affacciata alla finestra, con gli occhi chiusi verso la campagna. Ancora senza avvertire il bisogno di voltarsi a guardare il volto del corpo maschile. Senza chiedersi. Immersa ad ascoltare gli ultimi fremiti del suo corpo. Un sasso lanciato nell'acqua le cui onde di propagazione non possono essere impedite. Non devono essere impedite. Perché impedirle?

Il corpo maschile si distaccò dal corpo di Gondra e se ne allontanò, lasciandolo nella stessa posizione in cui l'aveva trovato. Mollemente poggiato sul davanzale.

Anche l'eccitazione e la sua ebbrezza lasciarono il corpo di Gondra. Si ritrovò di colpo, ancora immobile, con quelle gocce bianche che cascavano rumorose sul pavimento in cotto. Stavolta incapace di voltarsi. Assalita dallo stupore e dallo sgomento, lanciò uno sguardo distratto alla fontana. Davide era già completamente immerso, con la testa sotto il getto dell'acqua sulfurea. Eppure non era nemmeno trascorso un minuto dacché...!

Si cambiò alla svelta indossando un paio di pantaloncini di jeans ed una canottiera di cotone bianca, da usare a mo' di costume per fare il bagno nella fontana. Quando la confusione ostruiva la via ai suoi pensieri, Gondra agiva. Sempre e comunque. Forse per esorcizzare ogni timore, ogni pericolo che i pensieri diventassero angoscia. Opponeva l'azione all'immobilità del dubbio. Non impulsività, ma coraggio. Era fiera di come affrontava l'ignoto, il pericolo o le conseguenze delle sue azioni. Senza troppe esitazioni. La faceva sentire una *donna con le palle.*

E dopo quei momenti d'inaudito abbandono erotico, il timore era il suo super-ego, il dubbio la sua morale, e l'azione il confronto.

Il sole stava tramontando, e lunghe ombre e squarci di luce si facevano strada tutto intorno alla fontana. Davide aveva ancora la testa sotto l'acqua ed i capelli che gli coprivano completamente gli occhi, perciò non la vide né la sentì arrivare.

Gondra ebbe il tempo di mettersi scalza, sedersi sul bordo della vasca ed infilare i piedi nell'acqua. Di scrutarlo qualche momento, quasi a carpirgli una risposta. Per un attimo si sentì distante da lui, distante da ciò che era successo. Completamente in un'altra dimensione, come se stesse osservando la scena in un sogno. Strinse gli occhi un istante. Poi si andò a sistemare seduta a 90° da Davide, sul lato della vasca, immersa anche lei nell'acqua fino ai seni ancora turgidi.

Lui trasalì per la sorpresa quando finalmente si accorse della sua presenza. «Scusa il movimento inconsulto, ma non ti ho vista arrivare. Mi stavo rilassando» si affrettò a dire Davide.

«Scusami tu» replicò Gondra cercando di incrociare il suo sguardo.

«E di ché, mio amor. Ti va di metterti qui al posto mio? Ti assicuro che è una favola qui sotto! Dopo un po' sentirai le spalle farti prurito» disse Davide tranquillo.

«Sì, magari. Ma prima...» esitò Gondra, «vorrei chiederti se eri tu che... Sei...?»

In quel preciso istante sbucò improvvisamente alle loro spalle un uomo molto alto ed attraente, leggermente brizzolato, con addosso solo un paio di boxer blu. Senza dire una parola l'uomo si immerse nella vasca sedendosi proprio di fronte a lei.

«Scusa i piedi» esordì lui con un affascinante sorriso, fissandola con due fari azzurro-ghiaccio.

Sorpresa ed incuriosita da quell'incursione, anche lei pareva non riuscire a distogliere lo sguardo da lui. Ne notò i lineamenti molto fini, il naso perfetto, dritto e sottile. Le labbra carnose. Il collo lungo e slanciato, come tutta la sua figura. I capelli lisci e lunghi fino alla punta delle orecchie con la riga di lato. Non era mai stata attratta dagli uomini maturi, a differenza di tante sue coetanee. Anzi, provava persino disgusto quando qualcuno che avesse già oltrepassato i trenta le faceva un complimento. Ma l'indiscutibile bellezza di quell'uomo faceva di lui un fuoriclasse. Lo sguardo giovanile, vivace ed inquietante gli conferiva un fascino magnetico.

Finalmente Davide ruppe il silenzio. «Ciao papà. Non me l'avevi detto che anche tu venivi a Petra questo fine settimana!»

«No...» rispose lui, «ti avviso mai?!»

«Ed io che pensavo di rimanere da solo con la mia bellissima amica!» disse Davide con allegra spacconeria.

«E per fare che... una maratona di scacchi?» Lo smorzò l'uomo indirizzandogli un sorriso di scherno.

A quel punto Davide si sollevò in piedi di scatto e, abbandonando la vasca, gli chiese freddamente ma educatamente: «Devo dire a Lucia di preparare anche per te?»

«Se non ti dispiace, grazie».

«Gondra, tu che fai?» continuò Davide con un piede già fuori dal fontanile.

«Esco anch'io... Aspetta».

E mentre anche Gondra, a malincuore, si apprestava a lasciare la tiepida vasca, il padre di Davide si levò con la mano i capelli dalla fronte, scivolò più profondamente nell'acqua e poggiò la testa sul bordo. Il tutto senza mai distogliere gli occhi da lei, dalla sua canottiera bianca e bagnata e da ciò che lasciava trasparire.

Gondra, più confusa che mai, decise di non confrontarsi apertamente con Davide sull'episodio della finestra. Aveva una strana sensazione. Strana. Eccitante. Non brutta. In quella casa evidentemente non erano soli. Nella dependance abitavano il fattore e la moglie, governante della tenuta. Glielo aveva detto Davide appena arrivati. E poi c'era il padre di Davide.

I due amici giocarono a ping-pong finché Lucia non li chiamò, annunciando loro che la cena era pronta.

Nella grande cucina padronale presero posto tutti e tre attorno ad un capo del lunghissimo tavolo in noce scuro. Il padre di Davide si era strategicamente seduto di fronte a Gondra, lasciando al figlio il posto a capotavola. Lei lo aveva osservato furtiva sin dal suo ingresso in cucina. Era un bell'uomo anche vestito, se non ancora di più. Pantaloni in canapa écru ed una camicia blu scura, che conferiva ulteriore intensità al suo sguardo. Poi si fece volutamente distrarre dalle tante grandi pentole di rame appese alla parete di fronte. Le alte dispense in legno nero, con la parte a giorno piena di vasi di conserve e confetture. La cucina economica brillante, come nuova. Il forno a legna pronto per essere acceso, con le venature di fumo tutt'intorno all'imboccatura. Continuò a guardare sulla sua sinistra, dove pendevano dal soffitto due prosciutti e numerosi salami e salsicce. Le salì un forte appetito e cominciò a versarsi nel piatto un po' di tutto il ben di dio distribuito sulla tavola apparecchiata. Assaporava tutto il gusto e la vista di quelle cose buone di campagna, di quello scenario domestico antico e rurale, così distante dalle sue visioni metropolitane.

«Io mi chiamo Romualdo» disse il padre di Davide allungandole la mano dall'altro lato della tavola.

«Gondra. Piacere» farfugliò lei stringendogliela mentre masticava ancora un boccone di salame.

«Sì. Lo so. Ho sentito Davide varie volte chiamarti al telefono. Siete molto amici voi due, eh?»

«Sì» rispose secco Davide.

Gondra cercava di non guardare Romualdo per non arrossire. Si sentiva letteralmente denudata dal suo sguardo penetrante. E poi era come se lui potesse leggerle dentro, e lei non potesse che dirgli cose che sapeva già, sebbene non si fossero mai visti prima di quel pomeriggio, e solo per alcuni momenti. Parlare le sembrava inutile e pericoloso.

Ad ogni modo, nessuno dei tre quella sera pareva essere particolarmente loquace, e più che le parole fu il vino rosso delle vigne di Petra a fluire. Anche la seconda bottiglia stava per finire quando arrivarono alla crostata di visciole.

«Che progetti avete per domani?» chiese Romualdo a Gondra.

«La porto a visitare Siena» rispose Davide precedendola.

«E lei cosa farà di bello?» rimbalzò Gondra, resa più audace dal vino.

«Mi chiuderò nella mia camera per selezionare ed elaborare al computer i miei ultimi scatti».

«Ah, è un amante di fotografia!»

«Sì, è un hobby che mi consente di studiare l'aberrazione ed il decadimento umani. Mi piace specialmente osservare l'animale, la bestia se vuoi, che si nasconde in ciascuno di noi. Catturo e colleziono immagini e momenti che la ritraggono. La bestia. È il mio passatempo preferito. Tuttavia, è possibile che gli dedichi più tempo del dovuto. Ma che ci posso fare, è più forte di me! Anch'io talvolta mi faccio vincere dalla bestia che è in me, sai? Ed in questa consapevolezza cerco di indurre anche chi mi sta *davanti* allo stadio animale. Talvolta mi riesce». Romualdo accompagnò l'enfasi di queste ultime parole ad un chiaro sguardo allusivo. E Gondra finalmente realizzò interamente di chi era il corpo maschile al cui contatto aveva perso ogni controllo. Arrossì, ma riuscì a sostenere il suo sguardo, mentre un oscuro languore si irradiava nel suo corpo e nella sua mente. «Ti farò vedere i miei album» continuò Romualdo focalizzando le labbra schiuse di Gondra «Alcune foto sono state pubblicate. Altre sono state esposte in mostre personali e collettive».

«Papà, lascia perdere! Sono immagini traumatizzanti. Le farai venire gli incubi».

Romualdo non diede cenno di stare a sentirlo.

Gondra si stava incendiando sotto il suo sguardo. Era davvero inquietante. Aveva voglia di fuggire per evitarne la subdola influenza. Pensò che sicuramente c'era qualcosa di viscido in lui. Ma purtroppo si rese conto che i suoi istinti primordiali parevano rispondere al suo richiamo. Anzi, gli avevano già risposto. Avvertì ancora una volta quella sensazione di deliberata incapacità a ribellarsi, come se una parte di sé fosse complice degli inconfessabili piaceri, che la sua parte più morale rendevano ancora più inconfessabili. Volere e non volere → dubbio → resa come azione.

Ancora una volta l'intervento di Davide la salvò dai suoi pensieri e dallo sguardo di Romualdo. «Che ne dici se andiamo a dormire? Sarebbe un peccato svegliarci tardi domani e sprecare la mattinata».

«Sì, hai ragione, anche se è ancora presto per me, e mi toccherà leggere un po' prima di riuscire a prender sonno».

Davide e Gondra si alzarono contemporaneamente dalla tavola, mentre Romualdo fece solo cenno di sollevarsi, per salutarla.

«Allora ci vediamo. Buona notte» disse lui.

«Buona notte» gli fecero eco i due.

Nell'accompagnarla alla sua camera al terzo piano, Davide disse a Gondra: «Ti conviene non far caso a ciò che dice mio padre, anche se può apparire affascinante. Lui è un tipo assolutamente non lineare. Purtroppo non ho potuto mai sentirlo come un padre. Tratta il prossimo con abominevole cinismo, e non risparmia nemmeno i consanguinei. Usa la gente per i suoi insani esperimenti di potere mentale. È stato radiato dall'ordine dei medici, lo sai? È, era uno psichiatra. Manovra le persone e solo quando le ha soggiogate è soddisfatto. Ma a quel punto perde per loro ogni interesse. In realtà è un uomo molto solo.

Non so come faccia a non sentire il bisogno di amare e di essere riamato. Tratta mia madre con indifferenza, da anni ormai. Si fa vedere poco a casa» concluse Davide con la voce impastata di tristezza.

«Ora capisco perché non ti ho mai sentito parlare della tua famiglia. Di lui. Mi dispiace per te, perché so cosa significa non avere un padre. Forse nel tuo caso è persino peggio. Avercelo e non poterlo considerare tale! Non ci pensare. Tanto tu non gli somigli affatto».

Si scambiarono la buona notte e Gondra si mise a letto con un libro.

Era trascorsa mezz'ora, e la sua abat-jour era ancora accesa. Il libro aperto all'ingiù sulla coperta e lei a contemplare le travi di legno sul soffitto. Qualcuno bussò molto piano. Ma Gondra lo sentì al primo colpo. Si alzò quasi in un balzo, ed a piedi nudi aprì la porta. Lo stava aspettando.

Romualdo portava sottobraccio due grossi album neri. Senza dire una parola si andò a sedere sul letto, accanto al comodino, vicino al cono di luce.

Gondra lo seguì come un automa e si sedette di fianco a lui, che nel frattempo aveva già aperto la copertina del primo album, e ne esponeva la prima pagina.

«Non c'è bisogno di tante parole. Le foto si commentano da sole» disse Romualdo a bassa voce. Gondra annuì per poi focalizzare il suo sguardo sulla foto. «In questo album» proseguì lui, «ho raccolto immagini che ritraggono la realtà degli ospedali psichiatrici in parti del mondo dove non li hanno ancora chiusi così come li vedi. Sfortunatamente tali brutture esistevano una volta anche in Italia. Mi interessano i loro ospiti, pazienti abbandonati a sé stessi. Vedi questa donna?» continuò lui.

«Sì».

«Con la ragione ha perso anche ogni barlume di identità e dignità umana. È una maniaca omicida. Ha cominciato con lo strangolare il suo gatto. Poi il suo cane. Poi, una sera ha fatto fuori il marito e due figli nel sonno usando l'ascia della legna. L'anno trovata il giorno dopo in stato catatonico, seduta nella pozza di sangue nella quale si era rotolata».

La foto mostrava una donna di mezza età, seduta sul pavimento di una stanza angusta che dalla grata alla finestra si desumeva una cella d'isolamento. Coperta solo da una gonna, esponeva due grossi seni cadenti su un ventre grasso e prolassato. Era intenta a modellare, al centro delle sue gambe distese e spalancate, una materia marrone della quale aveva interamente sporche le mani. Tutt'intorno nient'altro che la desolazione di muri scorticati e segnati da macchie e scritte indecifrabili ottenute con non si sa quali tecniche e quali colori.

«È quello che penso che sia?» chiese Gondra.

«Sì» rispose Romualdo. «Vedi il rossetto rosso sbavato sulla smorfia delle sue labbra? Gliel'ho applicato io. La ciliegina sulla torta!»

«È un'immagine talmente forte da darmi la nausea» si lamentò Gondra voltando lo sguardo vacuo verso il muro.

Romualdo sorrise e passò alla seconda fotografia. C'era una rete di cinta metallica. Erba a ciuffi su un lastricato di cemento. Al centro due uomini, uno vecchio ed uno giovane, in piedi l'uno quasi di fronte all'altro. Avevano addosso solo le mutande, ed erano tanto lerce da poterne quasi avvertire il fetore. Il loro aspetto ovunque deturpato dalla follia. I loro occhi fissamente sgranati sugli oggetti che si stavano scambiando: un pugno di grossi scarafaggi contro un pugno di mozziconi di sigarette.

«Queste foto mi appiccicano addosso una brutta sensazione. Un disagio che non so spiegare. Non mi piace!» insistette Gondra.

«Eppure sono visioni che esistono nella realtà. E le sensazioni che provi fanno parte dell'inventario dei sentimenti umani. Devi essere orgogliosa e felice di provarle. È questo che ci distingue dagli altri animali!» spiegò Romualdo. E continuò: «Il più giovane non ricordo che turbe avesse, ma quello vecchio era un caso di compulsione sessuale a sfondo ossessivo. Non guardava in faccia nessuno e lo infilava a chiunque o ovunque potesse. Il suo strumento era ridotto una piaga, mi spiegava il primario. Anche la terapia farmacologica inibitoria aveva dato scarsi risultati. Finché un altro paziente psichiatrico, un vero luminare, non decise che il modo migliore di curarlo era *recidere* il problema. L'hanno salvato per puro miracolo, ed al tempo della foto aveva già perso quel poco senno che gli era rimasto».

Dopo aver visto sfogliare ed aver ascoltato ancora una decina di ritratti di miseria e depravazione umana, Gondra non riuscì più a contenere il proprio disgusto. «Sono morbose. Devo proprio continuare a guardarle?»

«No. Non devi» rispose lui con tono deluso, «possiamo fare qualcos'altro».

Gondra era pervasa dalla sgradevole sensazione di quelle foto, che avevano temporaneamente sostituito la sua eccitazione alla vista ed alla compagnia di Romualdo. Un momento di sospensione. Entrambi complici nel non voler far parola di ciò che era accaduto nel pomeriggio, davanti alla finestra di quella stanza.

«Sei stanca?» chiese lui sempre a voce bassa dopo aver deposto gli album sul comodino.

«Non tanto. In fondo non ho fatto nulla di faticoso se non viaggiare in macchina tre ore da Roma a qui».

«Allora avrai i piedi gonfi» concluse Romualdo «Sdraiati che te li massaggio».

«Ma no!» reagì debolmente Gondra, sorpresa e a disagio per quella proposta.

«Scommetto che mai nessuno ancora ti ha massaggiato i piedi!» incalzò Romualdo.

«No» ammise lei.

«Per me sarebbe una gran soddisfazione se me lo consentissi. Un autentico piacere» continuò lui con voce suadente.

«Non sapevo che massaggiare i piedi potesse regalare *piacere*» osservò lei, che evidentemente non riusciva proprio a figurarsi quell'uomo maturo ed avvenente intento a prendersi cura delle sue estremità.

«Io adoro i piedi delle donne. Li trovo estremamente eccitanti. Ed i tuoi sono irresistibilmente belli». Dicendo questo, Romualdo si alzò per poi chinarsi a raccogliere tra le sue mani i piedi nudi di Gondra. Li sollevò e li ripose dolcemente sul letto, costringendola a distendere le gambe. Poi le si inginocchiò di fronte, sotto la sponda inferiore del letto.

Lei rimase semisdraiata, poggiata sui gomiti, ad osservare cosa le faceva Romualdo. A causa della semioscurità, non riusciva a cogliere i dettagli del suo viso. Era solo una figura a mezzo busto, stagliata davanti alla finestra che era stata teatro del suo selvatico amplesso. Pochi, intensi e singolari elementi, *la penombra, una finestra, ed un uomo inginocchiato ai suoi piedi,* che i suoi occhi non avrebbero mai dimenticato.

Romualdo sembrava impegnarsi con la diligenza e la perizia di un podologo. Con una mano le teneva fermo il piede, mentre con l'altra prendeva un dito alla volta e lo stiracchiava, lo roteava e lo comprimeva. Poi ne massaggiava la pianta e dunque il tallone. Dopo ripeté il tutto sull'altro piede, ricominciando, dal dito per dito.

«Rilassati e mettiti supina» le disse in tono pacato ma perentorio.

Lei obbedì, e finalmente si distese, ma ripiegò il cuscino così da tenere la testa alta abbastanza per seguire quella scena surreale.

«Dovresti rilassarti» ripeté Romualdo, accortosi che Gondra era ancora vigile. «Desidero che tu goda delle sensazioni e non della vista. Chiudi gli occhi».

Ma stavolta lei non gli obbedì. E poté intravedere il viso di lui chinarsi ed accarezzare a turno i suoi piedi con le guance, mentre continuava a massaggiarli e a distribuire piccole eccitanti pressioni. Poi iniziò a sfiorarli con le labbra ed a poggiare un delicato bacio su ogni dito. Gondra fu attraversata da brividi d'eccitazione e sentì la testa cominciare a fluttuare. Il suo stato di vigilanza pareva diminuire e Romualdo determinato a ridurlo a zero. Così lui la smise di profondere teneri baci, è passò alle maniere calde. Iniziò percorrendo con la lingua il contorno della caviglia, poi i piedi. Lentamente, come stesse assaporando una prelibata pietanza. Lei lo vide e lo sentì succhiarle le dita. Ancora uno per volta, stringendoli delicatamente fra le labbra, o fra i denti, con pressioni che comunicavano direttamente con il suo basso ventre. Cominciò a contorcersi di piacere ed a contrarre il bacino. Istintivamente si portò una mano alla bocca, leccandone le dita, e poi passandosele umide più volte sulle labbra. Romualdo continuava a leccare e a mordicchiare le estremità di Gondra, mentre allungava le mani sulle sue gambe lunghe e affusolate per accarezzarle, sempre lentamente, come se non importasse quanto tempo occorreva fino alla sua resa totale.

«Spegni l'abat-jour» le ordinò Romualdo.

Lei obbedì.

Rimaneva solo il chiarore della luna attraverso i vetri di quella finestra. Le loro figure come ombre cinesi.

Romualdo si rialzò in piedi per poi sedersi sul letto, senza mai interrompere la sua erogazione di piacere. Seguitò a carezzare le gambe di Gondra, ripassando sullo stesso punto finché la frizione non lo aveva riscaldato. Pian piano le sue carezze si spostarono in alto, sollevandole i lembi della camicia da notte, mentre con la lingua percorse tutte le possibili strade che conducevano al monte di Venere.

Gondra estasiata, compiaciuta e grata per quel trattamento, rimaneva immobile in attesa della prossima prelibatezza. Nessuno mai l'aveva posta al centro di tante piacevoli attenzioni. Per lei era un'iniziazione. E la sua resa, in realtà, una consapevole totale disponibilità a sperimentare il nuovo.

Quando lui finalmente la spogliò e le si mise sopra sussurrandole: «Sei così giovane che mi sembra quasi di abusare di te» lei lo colse in tutta la sua retorica. Che pensasse pure a lei come ad una vittima, se questo poteva sfamare il suo ego! Era Gondra la padrona. In fondo, era stato lui ad inginocchiarsi letteralmente ai suoi piedi.

Romualdo era molto più vecchio di lei, il padre del suo migliore amico e, specialmente, un uomo ufficialmente ancora sposato. Ma l'unico rimprovero che Gondra si fece il mattino dopo al risveglio, fu di non aver usato precauzioni.

13. CAPITOLO

Gondra percorre il lungo ed ampio corridoio della casa di Genova diretta verso una minuscola stanza a pianta quadrata: lo studio della nonna.

«Cosa vuoi mangiare per pranzo?» le chiede urlando Giancarlo dalla cucina.

«Un attimo, per favore. Faccio due telefonate e vengo» risponde lei mentre i suoi occhi osservano l'incuria del tempo sulla tappezzeria in seta azzurra che ricopre i muri e l'unica sedia, a braccioli. Le mani scivolano affettuosamente sull'antica scrivania in noce scuro, qua e là rigata dai suoi scarabocchi di bambina.

«Quante volte ti avrò detto che non devi giocare in questa stanza, Gondra?» la rimproverava donna Lena.

E lei da quella sedia, il visino serio diceva: «Non sto giocando, nonna! Sto facendo i tuoi conti, vedi?» mostrandole un foglio di carta stropicciato. La donna allora si infilava gli occhiali che teneva sempre appesi ad un laccio sul petto, e piegata su quei fogli prendeva atto che non si trattava di scarabocchi, di case, alberi o soli, ma sempre di colonne di numeri, veri e inventati, e di somme certamente non aritmetiche.

«Vedi nonna, questo mese hai guadagnato duecentomiliardioni con l'affitto delle case. Tanto, vero?»

Come s'illuminò il viso della nonna quando disse orgogliosa: «Per Bacco, tesoro, hai ragione! Vuol dire che questo mese potrò comprarti un regalo molto speciale. Che cosa ti piacerebbe ricevere?»

«Ma nonna, non è Natale e neanche la Befana e neanche il mio compleanno!»

«Hai ragione, ma dimentichi che domani è la festa dei nipotini! Beh, stavolta ti farò una sorpresa».

Gondra si siede sulla poltrona azzurro-liso mentre la mano destra va automaticamente al vecchio telefono nero a disco, rimanendoci sopra inerte. La mente ancora posseduta dai ricordi.

«Tesoro, è la seconda volta che vomiti stamattina!» le aveva detto la nonna dalla soglia del bagno otto anni prima.

«Che posso farci?» aveva risposto lei alzandosi dal bordo del water ed asciugandosi la bocca con la carta igienica. In realtà era l'ennesima volta, in tre mattine consecutive. La nonna allora era entrata in bagno e dopo averle spostato i capelli da un lato e notato due occhiaie nere e profonde, le aveva chiesto con estrema delicatezza: «Non prendi droghe, vero? Ma se fosse, con me puoi parlare».

Allora Gondra si era staccata da lei con una violenza mai mostrata prima, e fulminandola con gli occhi le aveva risposto: «Come fai a pensare che sia stupida a tal punto? E se stai pensando che siano i postumi di una sbornia no, non è neanche quella. Esci, ti prego, e lasciami in pace!»

Ammutolita ed ancor più allarmata da quell'anomala esplosione di aggressività, apparvero sul volto dell'anziana donna tutti gli anni e le rughe che il suo perenne sorriso riusciva così bene a dissimulare. Il corpo, sembrava piegarsi sotto il peso dell'impotenza e della delusione. Tuttavia, prima di abbandonarla a sé stessa, riuscì, con voce spezzata, a dire alla sua unica nipote quello che dalla morte dei genitori era sempre stata una realtà: «Gondra, io ci sono sempre per te, ricordatelo, qualunque problema tu abbia».

Riaffiorano rimorsi e sensi di colpa, gettandola nella disperazione. Se solo allora si fosse confidata con la nonna invece di darle un dolore, quanto sarebbe diversa oggi la sua vita!

Ritrae dal telefono la mano fredda e percorsa da un lieve formicolio. Lo stesso che le attraversa le labbra livide. Con la testa fra le mani ed i gomiti sulla scrivania, fissa vacua le sue gambe calzate da un tubino nero. Al centro si apre lentamente una voragine di nebbia.

Mosso da un robusto appetito e dall'assenza di rumori, Giancarlo si risolve a sollecitare Gondra perché si pranzi al più presto. Tuttavia, giunto silenziosamente alla soglia dello studio, indietreggia alla vista della sorella in preda ad una nuova crisi di pianto. Torna in cucina per dedicarsi ai fornelli, ed accende la radio su una stazione di musica rock.

Quando qualche minuto dopo lo raggiunge, Gondra lo trova ad armeggiare tra pentole e scodelle. La tavola è apparecchiata alla perfezione ed al centro troneggia una bottiglia di rosso delle Cinque Terre.

«La apro?» chiede lei.

«Certo, perché l'ho tirata fuori sennò!» risponde il fratello. «Telefonate lunghe, eh?».

«Mhmm. Meno male che nell'attesa hai fatto da mangiare!» Dopo aver stappato il vino, getta il sughero nel secchio dell'immondizia accorgendosi che il sifone del lavello perde acqua, e ne è pieno tutto il vano inferiore. «Non potresti occuparti di questa riparazione prima che si allaghi casa?»

«No, non ci so fare con queste cose» risponde distrattamente il fratello, mentre scola la pasta e le fa cenno di spostarsi dal lavello.

Lei si appoggia allo stipite della credenza ed incrocia le braccia. «Già, tu sei molto bravo a fare *altre cose*».

Il giovane non vorrebbe raccogliere la provocazione, ma lo stesso non riesce ad impedirsi di chiederle, anche se nel più addomesticato dei modi: «E sarebbe?»

«Suonare la chitarra elettrica, scrivere canzoni, fare volontariato in ospedale, studiare...» elenca grave Gondra.

«...ingravidare studentesse di fisica» aggiunge lui con la stessa intonazione.

«Non volevo dire questo!»

«Ah, non volevi dire questo?! Siediti dai, che diventa colla!».

«Pace... pace…» supplica Gondra congiungendo le mani. «Noi ci adoriamo, Giancarlo, ma non riusciamo a dialogare in maniera civile più a lungo di due minuti. Quando eri un adolescente e lo capivo. Ma ora ho davanti un giovane esemplare adulto di uomo. Abbiamo bisogno entrambi di tanta serenità in questo momento. E se non c'è, dovremo crearcela noi questa serenità. Capisci che intendo?»

«Ce la metterò tutta. Anche tu però!»

«Ovvio!»

Continuano a mangiare in silenzio. Poi Gondra lascia la tavola il tempo di spegnere la radio. «Credi che se invitassi voi due fuori a cena Laura accetterebbe?»

«Basta chiederglielo!»

Quasi stupita dai modi fin troppo concilianti del fratello, Gondra prende la palla in balzo. «Chiamala subito allora! Poi me la passi».

Qualche leggera resistenza fatta di pause e '*non so*', e Laura accetta l'invito. I due fratelli brindano alla loro salute rimuovendo, per qualche attimo, personali e comuni tristezze.

«Gondra...»

«Sì?» risponde lei carponi da sotto il lavello. Sta cercando di capire l'origine della perdita.

«Mi sono dimenticato di dirti che stamattina, mentre eri fuori, ha telefonato il notaio incaricato delle disposizioni testamentarie della nonna». Giancarlo è in piedi dietro di lei, con le mani infilate nelle tasche dei pantaloni in cotone bianco.

«E. . .?» chiede la sorella senza distogliere lo sguardo e la torcia elettrica dal sifone.

«Ha detto che il testamento si aprirà fra sei mesi, meno i giorni fino ad oggi trascorsi dal decesso. Spedirà oggi per raccomandata una comunicazione formale di quanto ha detto, insieme, naturalmente, alla data della convocazione».

Gondra si solleva di scatto da terra sbattendo la testa sulla sporgenza del lavello e si ritrova la camicia a quadri del fratello ad una spanna dal suo naso. «Aiah! Ma...» si schiarisce la voce, «belìn, se la nonna ti avesse lasciato qualche soldo, ti sarebbe utile *adesso*, non fra sei mesi!»

«Hai appena detto anche tu che non sono più un ragazzino. Posseggo un conto corrente con qualche *soldo* dentro. Con le ripetizioni di matematica e fisica tirerò alla grande finché non troverò qualcosa di meglio». Lui esplora con un dito la fronte di Gondra sul punto in cui comincia a comparire un leggero rossore, ed affatto turbato dalla notizia, che invece sembra aver sconvolto la sorella, continua soave: «Non devi preoccuparti. Me la so cavare da solo almeno quanto te».

Gondra cinge la vita del fratello con le braccia e gli rivolge uno sguardo pieno d'affetto. «Ti ho già detto che non sei *solo*.

Io sono qui apposta per aiutarti come posso, come tu aiuti me, a superare questo momento difficile. Ed il supporto si intende esteso al versante economico. Posso assegnarti una piccola rendita mensile, che potrai magari restituirmi in seguito, quando ne avrai le possibilità».

«Anima mia, ma se sappiamo entrambi che neanche tu navighi nell'oro! Stai ancora pagando le rate per lo studio e poi hai una marea di costi aziendali fissi da sostenere. Me l'hai detto tu stessa lo scorso Natale, per giustificarti del fatto che il giubbotto di pelle che mi hai regalato non è di marca. Ma chi se ne frega dei vestiti e scarpe di marca!»

«Comunque da Natale ad oggi la situazione è leggermente migliorata. Non preoccuparti».

«Io non mi preoccupo affatto!» ribatte il fratello con veemenza, divincolandosi dal suo abbraccio. «Sei tu che non devi preoccuparti. Perché non riesci a capire che non posso accettare soldi da te, eh?» La fissa indignato.

«Ok, ok. Ma un lavoro sì, da me o tramite me, lo accetteresti?!»

«Certo che sì! Questo è tutto un altro discorso» risponde scandendo ogni singola parola. «Se non ti dispiace ora andrei a riposare un attimo. Ho mal di testa». Lascia la cucina.

«Io ho preso il colpo e lui il mal di testa. Questa è bella!» Esclama Gondra tornando alla sua esplorazione del sottolavello.

14. CAPITOLO

La terribile afa degli ultimi giorni ha provocato grossi accumuli di umidità. Il cielo è scuro e promette pioggia. Una Porsche 968 rossa ha appena imboccato l'autostrada Milano-Genova, e procede ad alta velocità sulla corsia di sorpasso. Il conducente, che indossa una giacca nera su una camicia grigia, solleva entrambe le mani dal volante per allentare il nodo della cravatta. Poi compone un numero telefonico sul cruscotto e, mentre aspetta risposta, si dà un'occhiata allo specchietto retrovisore. Il tono indica libero, ma è già il quarto squillo senza risposta. Asciuga con il fazzoletto che ha estratto dalla tasca la fronte imperlata di sudore. Pigia pesantemente il pulsante dell'aria condizionata, che non accenna a dar segni di vita, e mentre impreca contro la casa costruttrice, finalmente una voce femminile avvia la comunicazione telefonica.

«Sì?»

«Sono Riccardo, Gondra, come stai?»

Gondra prende fiato. Dopo essersi alzata da sotto il lavello della cucina ed aver cercato invano uno strofinaccio per togliersi il grasso dalle mani, ha percorso tutto il corridoio di corsa per afferrare l'apparecchio. Inoltre è costretta a reggere la cornetta del telefono con due dita, per evitare di sporcarlo, mentre l'altra mano stringe ancora una chiave inglese. «Non benissimo, purtroppo».

«Sì, immagino» incalza Riccardo. «Ho saputo di tua nonna. Condoglianze. Mi dispiace! Mi dispiace davvero per te. Hai perso di nuovo tua madre». I suoi occhi sono puntati sulla strada che comincia a bagnarsi. Aziona i tergicristalli e diminuisce la velocità di crociera.

Lei depone la chiave inglese sulla mensola del telefono. Sente che le forze la stanno abbandonando. Un nodo le sale alla gola e le impedisce di parlare. Deglutisce a vuoto avvertendo il sordo scatto della carotide.

«Gondra, ci sei?» Intuendo il motivo del suo silenzio, Riccardo continua: «Volevo scusarmi per il modo incivile con cui ti ho salutata a Roma. E per farmi perdonare...»

«Ma come hai fatto a sapere della morte della nonna? E come hai avuto il mio numero di Genova?» lo interrompe Gondra con riconquistata energia?

«Il tuo cellulare continua a dar buca e ti stavo lasciando un messaggio in segreteria, a Roma, proprio per scusarmi del mio comportamento, che afferra il telefono la tua collaboratrice domestica... come si chiama... Maria».

«Non è possibile! Eppure le ho detto milioni di volte di non dare il mio numero a nessuno... di non dire dove mi trovo... insomma, di rispettare la mia privacy!»

«Non arrabbiarti con lei!» sorride Riccardo. «Me la sono comprata circa tre anni fa, quando l'ho accompagnata a casa in macchina perché… mi sa che la figlia avesse le doglie o qualcosa del genere. Comunque mi ha spiegato che lei ha saputo di tua nonna ascoltando i messaggi che venivano lasciati in segreteria e che si è *permessa* di prendere la mia telefonata solo perché sapeva *quanto bene* ti avrebbe fatto avermi vicino in questo momento. Poi mi ha pregato, *ho dovuto giurare*, di non dirti nulla perché altrimenti ti saresti molto arrabbiata. Dunque non tradirmi. Tra l'altro, mi ha solo comunicato la brutta notizia. Il tuo numero di Genova ce l'ho sulla mia super agenda elettronica. Devi avermelo dato un po' d'anni fa e te ne sei scordata».

«Già, perché non l'hai mai utilizzato fino ad oggi». Si pulisce le mani sporche di grasso sul tubino nero, ed afferra la cornetta per intero.

Riccardo è costretto ad aumentare la velocità dei tergicristalli. L'acquazzone si è trasformato in un vero e proprio diluvio. «Gondra, ho dovuto rallentare perché la strada è a dir poco bagnata, ma fra circa un'ora e mezza conto di stare da te».

«Stai venendo a Genova? Davvero? Ti do l'indirizzo». L'ha detto con un filo di voce. Di nuovo un nodo alla gola e lo scatto della carotide, ma stavolta per l'eccitazione.

«Ce l'ho il tuo indirizzo, trovato su internet inserendo il telefono. Ci vediamo fra poco».

«Ok, grazie. Ciao». È euforica, ma pensa di fare un torto alla nonna, e spegne l'incantevole sorriso che ha appena illuminato il suo volto.

Maria in fondo ha ragione. La visita di Riccardo le farà un gran bene. Da una parte. Dall'altra, forse, sono troppe le emozioni che in questi giorni non ha avuto il tempo di metabolizzare. Anche per lei, probabilmente, davvero troppe.

Più veloce ed aggressiva di tutte, la Porsche rossa avanza a colpi di fari per farsi cedere il passo dalle altre automobili. Riccardo compone un altro numero telefonico e poi abbassa i finestrini. Ora il vento crea un rumore assordante nell'abitacolo. Ma la pioggia improvvisamente finita, ha rinfrescato l'aria e già si comincia a ragionare.

«Amore mio!»

«Ciao».

«Sicuramente tarderò stasera per cena, perché sto andando a trovare un cliente a Genova. Mangia pure prima di me se non ce la fai ad aspettarmi».

«Hm. E come si chiama questo cliente?»

«Serena, non ti sento, puoi ripetere? Ci sono disturbi sulla linea, accidenti!»

«Come si chiama il cliente di Genova?» ripete urlando la donna non senza una certa irritazione.

«Tesoro, cosa hai detto? Non ti sento. Dannazione!» Riccardo pigia un pulsante ed interrompe la conversazione. Poi ne pigia un altro e spegne il telefono borbottando: «Saranno cazzi amari!»

Fra pochissimo lui sarà sotto casa e suonerà allo stesso citofono d'ottone che ha sentito la sua voce di bambina, poi d'adolescente, e quindi di donna. Gondra ha come il sospetto di far parte di un progetto più grande di lei. Ma il destino non è cosa sulla quale un comune mortale possa interrogarsi e ricevere risposte sicure. Doveva morire la nonna per riuscire a vedere Riccardo in quella casa? La casa in cui tante volte lei lo ha sognato, senza mai spiegarsi *perché* proprio in quella casa e non in quella di Roma. Ed ora qualcosa di quei sogni si avvera.

Ha rimesso a posto gli attrezzi. Il sifone è riparato. Si avvia a fare una doccia per togliersi il grigiore di dosso, e mentre toglie anche i vestiti fa due conti. Sono le 15.00 e non ha ancora letto l'e-mail di Stefano con le novità dallo studio. Inoltre, stasera vuole convincere Laura a non abortire, ma più che farle la maternale, deve riuscire ad offrirle soluzioni che non può rifiutare. E lei non ha fatto ancora nessun piano d'azione, né ha ancora pensato all'approccio per introdurre il discorso. Pensava d'avere tutto il pomeriggio per queste cose, ma il resto del tempo fino alla fatidica cena volerà in compagnia del suo amico... amante... come deve chiamarlo?! I gesti di Gondra cominciano a diventare concitati nel tentativo di rubare al tempo minuti preziosi. Deve sviluppare strategie, trovare soluzioni, rispondere a doveri, soddisfare necessità proprie e altrui, lavorare e mostrarsi al contempo una donna brillante e premurosa. Vacillano i suoi bastioni, ne vede già rotolare i sassi. Ma li raccoglie e li rimette a posto.

«Per favore, Giancarlo, se stai uscendo portami quest'abito in lavanderia. Digli che le macchie sono di grasso. Non guardarmi in quel modo... ho riparato il lavello!»

«Ok...» risponde questi con una cartella in mano. «Vado in facoltà. Lì mi vedo con Laura. Con te ci troviamo *Da Lino* alle 20.00. Io non ripasso da casa, ma ti lascio la macchina. Prendi le chiavi».

Gondra afferra le chiavi e lo saluta. Lui non sa niente della visita di Riccardo e, del resto, meglio così. Dopo la doccia ha indossato un semplice abito di lino bianco, con un profondo scollo a V sulla schiena. Porta i capelli raccolti a chignon, con qualche ciocca lasciata vagare qua e là sulla fronte e sulla nuca. Sempre con gesti affrettati accende il suo pc portatile e scarica la posta elettronica. Lascia chiuse tutte le e-mail, eccetto quella di Stefano, che ha priorità alta.

Cara Gondra,

ti avevo detto di non preoccuparti e che me la sarei cavata qualche giorno senza di te. Ma il lavoro si accumula inesorabilmente. Le chiamate cui ho risposto oggi non si contano più, e per tante cose, dobbiamo ammetterlo, non siamo interscambiabili, servi tu.

Barbara non è in grado di aiutarmi granché. Sa appena fare il suo lavoro di centralinista e battitura documenti. O c'è o ce fa, ma sono stanco di spiegarle come funziona una banca dati e come ci deve entrare. Ogni volta finisco per fare da solo. Del resto questo lo sai meglio di me! Abbiamo bisogno di uno stagista, qualcuno che ci faccia le ricerche di documentazione così possiamo dedicarci al nostro vero lavoro senza perdere tempo in fregnacce. Oppure licenziamo Barbara ed assumiamo qualcuno con contratto di formazione; con i contributi dello stato non sarà un salasso.

IMPORTANTE - Abbiamo ricevuto l'invito di convocazione ad una riunione straordinaria del Consiglio d'Amministrazione della Pingle&Pingle; fra tre giorni arriverà da loro un auditor della casa madre e sono in subbuglio sia per i bilanci che per la stesura del piano biennale. In qualità di consiglieri, non possiamo mancare. Specialmente tu che hai acchiappato il cliente per il rotto della cuffia mentre stava per filarsela con la S.A.P.I. Consulting. Dimenticavo, il C.d.A. è dopodomani. Sto aspettando il Pony che ci scaricherà quintali di materiale cartaceo da verificare. Tutto il resto l'ho ricevuto via e-mail. Te l'allego così cominci a darci un'occhiata.

Ti allego anche l'elenco delle telefonate di oggi e due documenti che ho redatto dove occorre anche la tua firma e quella non puoi mandarla in digitale. Ma perché hai voluto riconoscere a Barbara uno stipendio da ragioniera quando non sa fare nemmeno la segretaria?! Soldi buttati!

Mi dispiace! Ci vediamo domani.

Baci

Stefano

Gondra crolla sulla sedia. Come farà ad organizzare la sua partenza di domani mattina con tutto quello che le rimane ancora da fare a Genova? E, specialmente, come farà a lasciare solo Giancarlo? Si tocca la fronte pulsante e poi decide di chiamare la biglietteria aerea. Un passo per volta. In qualche modo farà, magari tornando dopo che le acque in ufficio si saranno calmate. Ma sì, deve solo avere la forza d'andare avanti, come sempre ha fatto. Fiducia in sé stessa, e tutto si rimetterà a posto.

È concentrata sulla lettura dei documenti inviati da Stefano, che si sente toccare una spalla. Emette un urlo e si alza di scatto dalla sedia.

«Mio Dio, Riccardo, mi hai fatto davvero spaventare!» Si abbracciano.

«Ho trovato il portone aperto e sono salito fino al pianerottolo. Al pianerottolo ho trovato la porta aperta. Ho chiesto *permesso* e sono entrato. Ma non hai sentito?»

«Eh no!» Sorride pensando allo sperpero di romanticismo intorno al fatto che lui avrebbe suonato al suo vecchio citofono. «La porta è troppo distante da questa stanza ed io, probabilmente, con la mente anche». Si scioglie dall'abbraccio e lo invita a seguirla in soggiorno, una camera ordinata e impersonale, che a differenza del salotto e del resto della casa, per espressa volontà di Giancarlo, è arredata in stile moderno. «Ti trovo singolarmente silenzioso» osserva Gondra.

«Posso togliermi la giacca?» Chiede lui già quasi in maniche di camicia.

«Certo, fai pure».

Preso posto l'uno sul divano, l'altra sulla poltrona di fronte, si scambiano un imbarazzante, intenso silenzio. Lei è assorta nel gesto di rigirare ripetutamente l'unico anello che usa portare intorno all'anulare della mano destra. Poi riprende a parlare, pur senza ancora riuscire ad agganciare gli occhi di lui. «Mi hai fatto una meravigliosa sorpresa. Davvero... chi se lo sarebbe mai aspettato!»

Finalmente lui la fissa negli occhi, ma il suo sguardo è casto e pieno di tenerezza. «Non sono bravo in queste situazioni. Volevo farti capire, insomma, dirti qualche parola di conforto. Solo, non riesco a pensare a nulla di sensato!»

«Non preoccuparti, non sei l'unico che si trova in difficoltà in queste circostanze. È lo stesso per me. Comunque, apprezzo molto la tua visita. Non lo dimenticherò... Ma ora cambiamo discorso. Visto che sono mesi che non ci vediamo, a parte i cinque minuti rubati di venerdì scorso, avrai sicuramente molto da raccontare. A proposito, il successo a Roma con i Cinesi come si è convertito poi in termini di rewards?».

La tensione è calata e l'atmosfera sembra normalizzarsi. Riccardo comincia a raccontarle, senza omissione di particolari, come lo hanno accolto *il capo e lo stracapo* in ufficio al suo rientro a Milano. Poi continua parlando del suo ulteriore aumento di stipendio, incentivi e benefits, e di come intende investire il denaro extra per creare ulteriore *benessere*. A quel punto Gondra gli chiede *come*, e lui risponde che, naturalmente, acquisterà una vasca doppia da idromassaggio, a ultrasuoni, con ottanta getti differenziati acqua-vapore e gli infrarossi, praticamente una Beauty Farm personale. Lei ritrova il suo solito caro Riccardo, l'edonista, l'allegrone, e dimentica del tutto impegni e problemi. Le sfugge persino il motivo per cui la loro conversazione si svolge su quelle fredde sedute in pelle nera e non sul suo accogliente sofà rosa cipria.

«Ti dispiace se tolgo la cravatta?»

«E me lo chiedi? Non ti ho offerto ancora nulla da bere. Cosa prendi?»

«Un succo d'ananas, ce l'hai?» Ripone la cravatta blu sul tavolino di vetro che ha di fronte.

«Ce l'ho. Niente aggiunte?»

«No, no. Fra un po' devo riprendere a guidare. Grazie». Riccardo slaccia i primi due bottoni della camicia scoprendo il collo ed un triangolo di petto abbronzato.

«Io invece prendo qualcosa di forte. Ne ho bisogno. Ehi, dai graffi che hai sotto il collo si direbbe che Serena sia una vera belva a letto!» nota Gondra mentre abbandona la stanza per andare a preparare i drink.

«Probabilmente. Ma questi me li ha fatti per rabbia, non per passione» ribatte lui a bassa voce, convinto che lei non sia nemmeno arrivata a sentirlo.

Invece Gondra torna indietro portandosi appresso un'espressione sbalordita. «E cosa avresti fatto di tanto grave da meritare una violenza del genere?»

«È incredibilmente gelosa» risponde lui serafico, come fosse la spiegazione più naturale del mondo.

Gondra si abbassa su Riccardo, per dare un'occhiata ravvicinata a quelle lesioni. Allarga con le dita lo scollo della sua camicia e scorge lesioni ancora più profonde, senza ombra di dubbio provocate da varie serie di unghiate. «Incredibile!» Esclama col viso accigliato.

Lui sbottona in silenzio il polsino sinistro, e le mostra i segni di un morso inferto allo scopo di fargli molto male, se non addirittura tirargli via un pezzo di carne. Poi prende la mano di Gondra e la guida fino ad una protuberanza dietro la testa, nascosta dai capelli. «Questa non ci crederai ma è una padellata. Una vera padellata a tradimento» sorride amaro. «Stavo preparando la cena e proprio non me l'aspettavo!»

I grandi occhi azzurri di Gondra si riempiono di rabbia. Lui è una persona così buona e chiara che lei non può sopportare che qualcuno lo tratti in quel modo.

«Ma gliele hai date anche tu di santa ragione?»

«No. Non la picchierei mai. Di solito le lascio sbollire la rabbia da sola e riappaio quando le acque si sono chetate».

«Come fai a stare con una donna simile? Mio Dio, Riccardo, fino ad oggi non ti ho detto nulla, anche perché che ti picchiasse fino ad oggi lo ignoravo. Non ho mai osato interferire nel tuo rapporto, anche per timore che prendessi la mia opinione come di parte. Ma ora... come faccio a starmene zitta?! Devi assolutamente lasciarla!»

«Ci sto pensando. Lei credeva che l'avrei sposata subito dopo la sua sentenza di divorzio, tre anni fa. Lo pretendeva, avendo lasciato il marito per me. Ma io ho preso tempo proprio in ragione del suo carattere irascibile. Avevo bisogno di riflettere se fosse il caso di metter su famiglia, ovvero avere dei figli con lei. Ad ogni modo, due mesi fa le ho comprato un anello, un brillante di fidanzamento. Te l'avevo raccontato?»

«No» risponde semplicemente Gondra, senza commentare e cercando di non tradire il suo sconcerto.

«Credevo...» continua con una punta di rassegnazione, «che questo l'avrebbe resa più sicura nei miei confronti. Ho rischiato. Ed ironia della sorte, sembra che le turbolenze siano addirittura aumentate. Lei esce la sera con i colleghi e torna quando le pare, senza dirmi dove va, senza mai invitarmi. Ed a me non dà assolutamente fastidio, lo sai che non sono geloso! Invece, io non posso permettermi di andare a prendere una birra con un collega o un amico, neanche sotto casa, che lei mi fa il terzo grado. Oppure vuole esserci a tutti i costi. E si aspetta che visto che lei non ha orari fissi, quando torna a casa io le faccia trovare la pappa pronta. Tu sai bene quanto mi piaccia cucinare, però occorre anche fare la spesa, lavare i piatti... e poi ci sono le altre faccende domestiche. Spesso mangiamo fuori perché tra lavoro e casa io non ho mai un attimo di tempo per me. Non vuole personale di servizio, ha paura che frughi tra le sue cose. Ma non vuole darsi da fare, è disordinata, un'accumulatrice e vivrebbe serena in un porcile. È per questo che quando vengo a Roma cerco di divertirmi come posso. Mi lavo dallo stress di un rapporto estremamente conflittuale che non riesco a risolvere. Intanto ho preso una donna ad ore per le pulizie, volente o nolente. Per il resto, si vedrà!» Riccardo improvvisa un mezzo sorriso e guarda il soffitto.

«Troppo! Insano, direi». Gondra lo guarda inebetita, come se lo stesse vedendo per la prima volta. Il suo Riccardo non può essersi abbassato a tanto. Non può essere la vittima passiva di una donna. Per quanto questa possa essere eroticamente intensa ed eccitante, *sessualmente anche molto creativa*, come le aveva confidato una volta, un uomo della sua portata e intelligenza non può diventarne schiavo al punto di annullare la sua dignità. Qualcosa non quadra. «Perché... perché non la lasci? E perché non l'hai già fatto da anni?»

«Perché lei minaccia sempre di suicidarsi. E ne sarebbe capace».

«Credi?»

«Ne sono convinto. Io sono tutto per lei. Dice che non riesce a concepire la sua vita senza di me, ed essendo un tipo terribilmente emotivo non escludo che ne sarebbe capace». A riprova di quanto asserisce, lui la mette al corrente di un episodio accaduto quando, una volta, anni prima, ha *finto* di averla lasciata.

Ma Gondra continua a rimanere scettica. «A me sembra semplicemente molto egoista ed egocentrica o meglio... una narcisista. Ti tiene al guinzaglio maltrattandoti peggio d'un cane, fa i suoi porci comodi, e ti ha convinto che sei la sua linfa vitale. Strabiliante! La detesto, e tu non meriti assolutamente una donna così». Vorrebbe dirgli che è lei la donna che merita! La sua donna ideale, quella con cui potrebbe avere dei figli tranquillo che crescerebbero in un ambiente sereno. Ma, anche stavolta evita di *offrirsi*. «È possibile che tu le abbia dato dei motivi per essere così gelosa? Se vogliamo essere sinceri, per quanto mi riguarda, avrebbe ragione di esserlo».

«Nessuna scappatella, se è questo che intendi. E non ho neanche amicizie femminili. Tu sei l'unica con la quale l'abbia mai *tradita*. E naturalmente ne è all'oscuro. Se lo sapesse potrei scavarmi la fossa!»

Nonostante Gondra consideri l'argomento scabroso, e ciò sin da quando hanno cominciato a parlare delle crudeltà subite da Riccardo, lui ha sempre mantenuto un tono giornalistico. Ma non perché prenda le distanze dalla sua storia, quanto perché la sua filosofia di vita gli consente di eliminare drammi e conflitti, anche i più evidenti, trasformandoli in questioni d'ordinaria amministrazione. «Comunque...» continua lui, sempre in tono neutrale, «io le volte che sono stato con te non le considero tradimenti. Sono stato talmente bene, che se anche a lei capitasse qualcosa del genere, come potrei negargliela?! Io le direi: *"Goditi questi momenti di paradiso!"*

A queste parole, Gondra rimane totalmente scioccata, ma ovviamente fa di tutto per dissimulare il suo disappunto. Come fa lei a giustificare la sua posizione nel quadro di *paradisiaca goduria* da lui dipinto? Si fa coraggio e gli rivolge la domanda banale e retorica che tante volte ha sentito fare nei film: «Allora per te è stato solo sesso alla grande?!»

«Non hai capito niente, Gondra» ribatte lui agitando la testa ed immergendo il suo sguardo negli occhi di lei. Sembra sinceramente ignaro delle ovvie conclusioni cui portano le sue parole. «Ho detto paradiso perché proprio non manca nulla ai nostri incontri. Non mancano i luoghi e le cose, e non manchi tu, che arricchisci ogni momento trascorso insieme di pace ed armonia, mentre allo stesso tempo mi fa eccitare anche solo l'idea di vederti. O addirittura sentire anche un solo istante la tua voce al telefono. Per non parlare poi della nostra amicizia, che sai bene non è cosa da poco. Sei così carnale ma anche talmente eterea che non hai sesso! Lo sai che parlando con te riesco ad avere il punto di vista di una donna e quello di un uomo contemporaneamente?!»

Il corpo di Gondra è proteso verso Riccardo, come a non voler perdere nemmeno una virgola di tutto quel discorso assurdo. Se tanta perfezione esiste, perché lui non la vuole per sempre? Perché si accontenta di un sorso ogni tanto di felicità piuttosto che dell'intera cantina?

Ma si sbaglia, poiché Riccardo è già lontano dalle sue elucubrazioni. «Se mi portassi quel bicchiere di succo d'ananas in questo momento non lo rifiuterei» proferisce alzandosi dal divano e facendole capire che questa volta la seguirà in cucina.

«Giusto. Me n'ero del tutto dimenticata!» Gli sorride, ma in realtà non ne ha alcuna voglia. Comincia a riemergere il rancore provato l'ultima volta a Roma. Quel rancore vero o costruito apposta per sradicarlo dal suo cuore. Di colpo si rende conto che fra poco lui andrà via. Che tornerà alla sua vita di sempre, chiudendo la porta ad un *paradiso* ancora da esplorare.

«Adamo...»

«Sì, Eva?» risponde Riccardo senza esitare mentre la segue in cucina.

«Non dimenticare mai che il paradiso non è fatto solo di mele da cogliere, ma anche di meli da coltivare!»

15. CAPITOLO

Il Ristorante *Da Lino* è in realtà una semplice trattoria che offre solo piatti della cucina locale ma, sicuramente, fra le migliori di Genova. Sono forse due anni che Gondra non ci mette piede. Annusa il familiare e particolare profumo di zuppa di pesce di cui la cuoca non le ha mai voluto rivelare la ricetta.

Per questa grande occasione ha deciso di indossare l'unico paio di pantaloni, in lino écru, che aveva portato con sé il lunedì pomeriggio scorso, quando aveva lasciato Roma pensando ad una visita ancora più breve di quanto in realtà si sia rivelata. Sopra ha abbinato una semplice camicia bianca. L'abbigliamento fin troppo casual vorrebbe togliere all'incontro con la ragazza di Giancarlo il suo inevitabile alone di formalità.

Poiché, dopo aver perlustrato il pergolato e la sala interna, non trova traccia dei due giovani, decide di avvicinare uno dei camerieri per chiedergli di indicargli il tavolo che il fratello ha loro riservato. Ma quando raggiunge in linea diretta lo sguardo di quello che sta sistemando le posate pulite sul piano di servizio, emette un sibilo di sorpresa. «Giancarlo, che ci fai vestito da cameriere?»

«Io sono un cameriere. Part-time» dice continuando a disporre ordinatamente le posate nell'apposito contenitore di plastica verde.

«Non ci trovo nulla di vergognoso, beninteso» cerca di ovviare Gondra. «Ogni lavoro è degno, purché onesto. Ma tesoro, non ce n'era bisogno!»

«Io ne ho bisogno. E non ricominciamo con la storia dei prestiti. A volte le brutte esperienze, e mi riferisco alla morte della nonna, devono poter servire a qualcosa. Forse, nel mio caso, è perché devo ancora diventare un vero uomo».

Lei si è piegata su un fianco e gli dirige uno sguardo da monella. «Ma non abbiamo detto proprio oggi che sei *già* un uomo?»

«Dai, fammi finire di lavorare. Stacco fra due minuti esatti». Le indica il tavolo dove andare a prendere posto nell'attesa che arrivi Laura.

«Ok, obbedisco. Ma di al tuo capo di darti una divisa su misura. Questa è di due taglie più piccola» conclude sorridendo di gusto alla vista di quei pantaloni troppo aderenti e troppo corti.

Il fratello ricambia il sorriso e ribatte: «Mi hanno ingaggiato solo oggi, non pretenderai che mi diano anche l'auto aziendale!»

All'osservatore esterno, i due fratelli appaiono persone senza alcun cruccio nella vita. Nessuno di loro si consente di palesare il lutto che ha nel cuore.

Gondra siede al tavolo apparecchiato con una semplice tovaglia bianca. Osserva i bicchieri e le posate da osteria, la cui mancanza di brillantezza tradisce una storia lunga quanto quella del locale. Si accende una sigaretta e fa cenno al cameriere di portarle un posacenere. Distanzia la sedia dal tavolo ed accavalla le gambe. Uno sguardo all'orologio le dice che Laura sarà lì a momenti. Il piano messo a punto nel tardo pomeriggio le infonde un certo ottimismo. Tuttavia, non conoscendo bene la ragazza, non riesce ad alienare il pensiero che potrebbe fallire.

Il sole è ancora visibile ad ovest e l'aria, grazie al temporale del pomeriggio, è stata ripulita dal pulviscolo e dall'afa estiva. Da sotto il pergolato d'uva fragola, può osservare il passaggio delle navi sulla linea dell'orizzonte. Ricorda con dolorosa nostalgia le volte che la nonna la portava al porto, dove giocavano a chi individuava per prima il tipo d'imbarcazione in avvicinamento. Poi ricaccia indietro le immagini del passato, per sostituirle a quelle del presente e dell'immediato futuro. Non può concedere al dolore di metterla al centro della propria attenzione. Qualcun altro, in questo momento, ha bisogno di lei e deve occupare il centro dei suoi pensieri.

«Eccomi qua!» proclama il fratello avvicinandosi al tavolo in abiti *civili*. Gondra lo accoglie con un sorriso appena accennato.

«A che pensavi?» le chiede Giancarlo notandone l'aria assorta.

«Puoi immaginarlo!»

Lui le rivolge uno sguardo denso di significati. Poi con un certo imbarazzo, rivelato dagli occhi abbassati, ribatte: «Ho bisogno di tutto l'aiuto che puoi darmi con Laura. Ma ti prego, cerca di non farle il terzo grado. E, soprattutto, cerca di non prevaricarla. È una ragazza dolce, ma allo stesso tempo anche molto orgogliosa ed imprevedibile. Sarebbe capace di alzarsi e di andarsene, lasciandoci entrambi con un palmo di naso. Ti ho avvisata!»

«Farò tesoro delle tue parole, non temere, ed userò tutto il tatto di cui sarò capace».

Giancarlo ha un'espressione di sollievo. Gondra aveva sottovalutato il valore attribuito dal fratello al suo intervento: la cena sarà decisiva. Il suo rientro a Roma, non le consentirà di influire ulteriormente in una decisione che attende solo i tempi tecnici per essere attuata. In capo ad un paio di giorni il suo *nipotino* potrebbe venir privato del diritto di esistere, e con lui una parte essenziale di Giancarlo e di lei. Si ricorda ora di non aver ancora avvisato il fratello della sua anticipata partenza. Ma nel momento in cui sta per informarlo lui esclama: «Eccola!» come non la vedesse da cent'anni. Bacia la giovane donna sulle guance mentre Gondra si solleva anche lei dalla sedia e per allungarle la mano.

«Ciao Laura, come stai?»

«Bene, Gondra. E tu?»

«Si tira avanti» risponde accennando un sorriso. «Sono davvero felice che tu abbia accettato il mio invito, anche perché non avremo a breve la possibilità di rivederci». Il fratello le lancia un'occhiata interrogativa. «Domattina ho l'aereo per Roma. Impegni lavorativi urgenti non mi consentono di trattenermi anche se, a seconda di come vanno le cose, potrei tornare fra qualche giorno».

Laura la ascolta con quasi totale indifferenza. Appende la sua borsa alla spalliera della sedia e prende posto.

Giancarlo ha l'aria smarrita. Nonostante la conversazione sembri procedere in modo brillante, l'improvvisa notizia della partenza della sorella gli ha tolto l'appetito. Si fa portare solo dei crostini alle acciughe, mentre le due donne ordinano la specialità della casa: la famosa zuppa di pesce, accompagnata da cubetti di pane fritto.

«È possibile che sia il pane il segreto di tanta bontà?» chiede Gondra rivolgendosi ad entrambi.

«No…» risponde Laura, «è il cocktail di erbette che raccolgono sulle colline».

«E sai anche quali sono?» Domanda Giancarlo piacevolmente meravigliato.

«Se le vedessi me le ricorderei. Ma non ne conosco il nome. La figlia della padrona era una mia compagna di scuola alle medie, ed una volta siamo andate insieme a raccoglierle. Chi sa che fine ha fatto? Era una testa calda!» Gli occhioni scuri ed a mandorla di Laura sono attraversati da una nube.

«In che senso *testa calda*?» s'incuriosisce Gondra.

«Già a dodici anni filava con un ragazzo di venti. A tredici stava con uno di quasi trenta e fumava spinelli, mentre io non sapevo nemmeno cosa fossero. È stata una breve amicizia, perché i miei mi hanno impedito di frequentarla, dopo che hanno sentito che era una poco di buono. Loro sono Siciliani» appunta a giustificazione. Immerge i cubetti di pane nella zuppa con una tale dolcezza di gesti, da far pensare che siano diamanti e la zuppa, in realtà, il drappo di velluto rosso che li deve accogliere.

«Se vuoi, posso informarmi dai *colleghi* su che fine ha fatto la tua amica?» propone Giancarlo.

«Allora ti hanno preso!» nota Laura con piacere.

«Sì, ma non so quanto ci resisto qui dentro, anche se si tratta solo di qualche ora a settimana. Preferisco dare ripetizioni di matematica e fisica».

Gondra intuisce che è arrivato il momento giusto per esporre il suo piano e si inserisce tempestivamente nella conversazione. «Questo pomeriggio ho sentito Luca al telefono. Luca è…» Gondra rivolge lo sguardo ad entrambi i suoi interlocutori, «un amico che è primo assistente alla cattedra di Fisica 1. alla facoltà di Fisica della Sapienza, a Roma. Gli ho chiesto se siano stati banditi concorsi per ricercatori o aiuti ricercatori, o se da loro sia in progetto l'impiego di personale retribuito senza concorso. In poche parole gli ho chiesto se si può trovare un lavoro per te, Giancarlo. Gli ho detto che ti mancano cinque esami e la tesi, e che quindi dovresti anche avere il tempo di studiare nel frattempo. Non guardarmi così... fammi finire! Dicevo… Luca mi ha richiamato dieci minuti dopo per dirmi che a Fisica 2. serve un aiuto assistente e che la cattedra lo pagherà con il suo budget, perché non c'è tempo di indire un concorso. Solo che pare che quel posto vogliano assegnarlo ad uno dei beniamini del Professore. *'Insomma... una cosa collosa?'* ho chiesto io e lui si è messo a ridere. Perché... indovinate chi è il Professore di Fisica 2?»

«Boh!» rispondono i due in coro senza particolare entusiasmo.

«Il cognato!» continua Gondra euforica. «E, praticamente, il posto è tuo se lo vuoi, Giancarlo».

«Ti ringrazio per l'impegno, ma io non ho nessuna intenzione di lasciare Genova».

«E se venisse con te Laura? Un momento... scusatemi... lasciatemi parlare solo un momento ancora, poi vi lascio la parola. Allora...» Gondra continua ora a testa bassa come un toro, decisa a non lasciarsi interrompere o intimidire da sguardi scettici: «Laura sta preparando la tesi, dunque è ancora più leggera di impegni a lunga scadenza» s'interrompe e, voltandosi verso il fratello commenta: «Siete coetanei eppure lei è avanti di cinque esami!»

A tale constatazione, Giancarlo reagisce solo con una smorfia del viso. Laura invece lo difende a spada tratta «Naturale, io ho cominciato ad andare a scuola a cinque anni, quindi sono un anno avanti!»

Prima di perdere il turno, Gondra riprende immediatamente la sua presentazione, puntando ora lo sguardo su Laura. «Grazie della precisazione. Ma tornando a te... A Roma c'è un lavoro che ti aspetta da domani se vuoi. Io ed il mio socio abbiamo bisogno di un assistente part-time che ci aiuti a sbrigare il lavoro di ricerca dati e documentazione. È un lavoro d'ufficio, tranquillo, fatto esclusivamente al computer, e di tanto in tanto dovresti sollecitare telefonicamente l'invio a qualche cliente». Si stupisce di poter continuare senza ostacoli. «Nel limite delle possibilità ed assegnandoti noi di volta in volta le priorità, potresti persino venire in ufficio la mattina o il pomeriggio, a seconda di come ti viene ogni giorno più comodo. Se, per esempio, la mattina hai le nausee e vuoi rimanertene a casa, vieni a lavorare il pomeriggio».

«Sei molto carina a preoccuparti per me...» la interrompe stavolta Laura, «e ti sono grata del fatto che tu mi abbia addirittura cucito addosso un lavoro. Ma sembri ignorare la mia decisione. Giancarlo deve avertelo detto che ho già prenotato l'intervento in clinica per abortire». Rivolge uno sguardo al ragazzo e questi alla sorella, che ne prende atto. Ognuno dei commensali, ha la faccia contratta, e su ogni faccia sono scolpite mille parole. Ma è il silenzio per un attimo che ha la meglio, interrotto solo dagli urli capricciosi di un bimbo seduto al tavolo accanto. Le due giovani donne si girano contemporaneamente a fissarlo, come accorgendosi solo ora di quella rumorosa quanto gaia presenza. I genitori si danno entrambi da fare per tenerlo a bada, lanciandosi occhiate di sfinimento.

Decisa a non perdersi d'animo, Gondra restituisce al suo volto la vivacità e l'entusiasmo necessari a persuadere Laura, e riprende la parola: «Capisco benissimo che alla tua età un evento del genere, non essendo programmato, può solo che portare scompiglio nella tua vita. Capisco che hai progetti per il futuro che non vuoi posticipare, se non del tutto rivedere, per dedicarti ad un bimbo. Ma Giancarlo ti starebbe vicino, ed io sarei entusiasta di fare da baby-sitter alla mia nipotina quando vi serve un po' di svago. Sono convinta che se voi due veniste via da Genova per qualche tempo, lontani da sguardi e commenti indiscreti, e coabitando per consolidare il vostro rapporto, riusciresti a vedere tutto sotto un'altra luce».

«Mia sorella non ha tutti i torti, Laura». Sono le sole parole che Giancarlo riesce a dire. Forse perché già stanco ed avvilito da tante infruttuose discussioni?

«Inoltre...» riprende Gondra, «ho molte conoscenze a Roma e riuscirei in poco tempo a trovarvi *un nido d'amore* ad un canone accettabile, ne sono certa. Lavorando entrambi non avreste problemi economici tali da non poter essere superati. Ed in quel senso, lo dico anche a te, Laura, io posso sempre anticiparvi qualcosa se non riusciste ad arrivare alla fine del mese. Poi fra sei mesi si aprirà il testamento. Sicuramente la nonna aveva depositi bancari e titoli ai quali ora non abbiamo accesso. Il suo conto corrente è miserando e basterà soltanto a coprire per qualche mese le utenze e le tasse per la casa». Osserva i due per coglierne il più piccolo indizio di approvazione, ed in cuor suo sa già che il fratello partirebbe anche domani, se Laura l'accompagnasse.

Ma Laura, che ha ormai messo le posate da parte, nonostante abbia ancora davanti il piatto mezzo pieno, continua a mantenere il suo atteggiamento di rifiuto. «Gondra, i problemi economici o le chiacchiere della gente non sono gli unici motivi per cui devo interrompere questa gravidanza. Io e tuo fratello ci frequentiamo da appena quattro mesi, anche se ci conosciamo da più tempo. Per quanto lui sia disposto ad assumersi le sue responsabilità, e di questo gli sono grata...» spiega cercando gli occhi di Giancarlo, «nessuno mi assicura che possa funzionare fra noi!»

Gondra non riesce ad accettare la motivazione per buona ed il suo tono assume una leggera sfumatura di rimprovero. «Credi che i tuoi genitori, o i miei, e tutte le coppie sposate abbiano avuto questa certezza al momento di decidersi per il sì?»

«Forse non tutte, ma certo la maggior parte. I miei, per esempio…» ribatte con orgoglio Laura, «hanno dovuto aspettare che mia madre avesse la maggiore età, ovvero cinque anni, prima di formare famiglia. E non li ho mai sentiti pentirsi una volta».

«Beh, ti assicuro che l'esempio dei tuoi genitori è più unico che raro, e puoi considerarti fortunata di aver vissuto in una famiglia felice. Ma là fuori non è come credi tu, e la *certezza* che rincorri è evanescente quanto un arcobaleno d'inverno». Giancarlo sembra essersi messo deliberatamente nell'angolo. Segue il dialogo tra le due donne come fosse una partita da ping-pong, lasciando che se la sbrighino fra loro. Gondra non aveva contato sull'appoggio concertato del fratello, ma nemmeno si era aspettata tanta mancanza di partecipazione. Può darsi che Laura in fondo abbia ragione a non voler scommettere sul loro rapporto. Ma questo non ha niente a che fare col bambino. Tuttavia, se stasera questa è la sua battaglia, lei la combatterà fino in fondo, anche senza paladini. «Comunque, nessuno ti obbligherà in futuro a sposare mio fratello, se alla fine non te la sentissi o non foste innamorati. L'importante e provarci. E negli oltre sei mesi che ti restano, potrai decidere se tenere il bambino o mettere una firma su una liberatoria per l'adozione».

Laura seguita a prestarle ascolto, ma il suo viso tradisce tutta la sua insofferenza.

«Tu credi che io non capisca cosa provi?» continua Gondra. «Credi che non conosca i conflitti che ti svegliano nel cuore della notte, se e quando riesci a dormire?»

«Esatto!» risponde Laura con tono di sfida.

Gondra allora si alza dalla tavola e la invita a seguirla, mentre blocca il tentativo di Giancarlo di accompagnarle. «No, aspettaci qui. Noi facciamo quattro chiacchiere *fra donne*».

Prende per mano Laura e la conduce alcuni metri più avanti, sulla piccola costiera di massi. Si siedono in silenzio di fronte al mare, una accanto all'altra, e dopo aver esalato una boccata di fumo Gondra ricomincia a parlare: «Io so cosa significa un aborto. Avevo la tua stessa età quando, pensando di non avere altra scelta, ho interrotto una gravidanza indesiderata. Oggi il mio bambino avrebbe sette anni». Laura non mostra sorpresa nell'apprendere la notizia. Deve aver già immaginato qualcosa nel momento in cui ha cercato di parlarle da sola. «Non voglio farti il racconto patetico della mia esperienza...» riprende, «ma solo incoraggiarti a pensare che nel tuo caso c'è speranza per questo bambino. Il mio era il frutto di un paio di scopate con un tizio perverso quanto affascinante, sposato e molto più vecchio di me. Impossibile pensare ad un futuro insieme! E nella solitudine in cui ho dovuto decidere, perché non ne ho parlato con nessuno, non ho preso nemmeno in considerazione l'idea di portare avanti la gravidanza per poi dare il bimbo in adozione. Mi vergognavo troppo. Poi ho creduto di aver superato bene tutta la cosa... Nessuna traccia... Non era mai esistito! Invece lo porto ancora dentro di me. Un senso di colpa che non mi abbandona mai e che diminuisce la stima che ho di me stessa, impedendomi di vedermi come gli altri mi vedono. Un enorme danno, Laura, a te ed a quella creaturina che vive e cresce aspettandosi che tu la protegga, non che tu la uccida. È una crudeltà, una vigliaccata che non ti perdonerai mai... perché sei cresciuta in un ambiente cattolico. Perché la tua famiglia ti ha sempre assicurato protezione. Perché dentro di te non c'è in realtà il male che gli vorresti fare».

Laura la ascolta pietrificata e senza più appigli per reagire.

Le sue dita tracciano nervosamente dei segni invisibili sulla roccia ruvida e porosa. I suoi occhi sono pieni di lacrime che non riesce a versare. Gondra le fa una carezza sui serici capelli bruni e poi l'attira a sé, stringendola fra le braccia.

«Mi hanno detto che non è un bambino, ma un ammasso di cellule» esordisce la ragazza fra i singhiozzi.

«Lo so. Lo hanno detto anche a me, Laura. Ma non è così, anche se io l'ho voluto credere. Le cliniche ci fanno sopra milioni con gli aborti. Cosa vuoi che ti dicano? Hai provato a cercare sui motori di ricerca internet le parole *aborto, feto abortito*, magari anche in inglese? Le immagini ed i video che troverai sono agghiaccianti e cruenti. Bimbi in miniatura e membra perfettamente formate ridotte a brandelli. Se leggerai *come* viene praticato l'aborto, *le tecniche* usate, non troverai niente di più truculento nemmeno se fai visita al macello. Promettimi che lo farai. E promettimi che penserai all'offerta di trasferirvi a Roma. Anch'io ho bisogno di voi. Siete l'unica famiglia che mi sia rimasta» conclude in un soffio.

«Va bene, Gondra. Grazie!».

16. CAPITOLO

Quella stessa sera all'imbrunire, a Petra, in Toscana.

«Ora le faccio visitare le camere e le sale aperte agli ospiti e poi andiamo a cenare». Romualdo scende dal suo cavallo arabo e porge le redini al fattore. La signora dai capelli tinti di rosso ha qualche difficoltà e lui l'aiuta a scendere da un secondo cavallo. «Pasquale, portali nel recinto grande e da loro una razione d'avena sativa. Li ho sentiti nervosi». Licenziato l'anziano fattore, prende a braccetto la donna. Superata la corte con al centro il fontanile in pietra, i due si incamminano verso l'ingresso principale, delimitato da cespugli di margherite bianche e minuscole aiuole di fiorellini multicolore. In quel momento va loro incontro Lucia.

«Tina, mi perdoni un attimo» si scusa Romualdo lasciando la signora indietro di qualche passo mentre raggiunge la governante. «Cosa c'è?» le chiede.

«Signor Conte, c'è una donna di là nella sala rustica. Ha chiesto se abbiamo una stanza libera per questa notte. Non so mica cosa risponderle io!» spiega con forte accento toscano.

Senza dire una parola, Romualdo toglie gli stivali da cavallerizzo ed i calzini lasciando che Lucia li raccolga mentre si avvia scalzo all'interno della grande casa padronale seguito a poca distanza dalle due donne. Nella *sala rustica*, com'è stata denominata dopo le opere di restauro e ristrutturazione dell'intera tenuta, c'è una serie di piccoli salotti e tavolini in stile toscano destinati ad accogliere gli ospiti dell'agriturismo all'ora del tè. La grande libreria che copre tutta l'altezza della parete nord, indica anche l'uso del vano a sala lettura. Alla vista di Romualdo, la donna minuta, il cui viso è nascosto da una cascata di capelli mossi e castani, si alza da una poltrona. Lui la squadra dall'alto del suo metro e novanta analizzandone ogni singolo dettaglio.

«Buona sera» esordisce la sconosciuta.

«Buona sera signora» risponde lui continuando a scrutarla con le mani sui fianchi e provocando nella donna un certo imbarazzo.

«Volevo sapere se c'è una camera singola libera per questa notte».

«No, non c'è».

«Ho visto il cartello *Agriturismo Petra* e mi sono fermata... dunque pensavo...» esibisce un portafogli nero come ad assicurare che, nonostante l'abbigliamento semplice, lei è una che paga.

«Siamo al completo. Arrivederci!» la interrompe Romualdo tetro, costringendola a seguirlo all'uscita. La donna si allontana con passo lento e mesto.

«Ma siamo pieni di stanze libere, povera figliola!» esclama Lucia dispiaciuta in direzione di Romualdo.

«Occhi cerchiati di rosso e leggermente gonfi. Mani tremanti. Testa appesa al collo. Quella donna aveva appena litigato col marito. Non voglio ospiti che portano rogne! E poi l'inaugurazione ufficiale sarà solo domani».

«Allora poteva dirle che non siete ancora aperti!» rimanda Tina pensando che la malcapitata non avrà sicuramente creduto al tutto esaurito, vista la calma nell'ora prossima alla cena.

L'uomo ha un'espressione contrariata. «Se non avessi così bisogno di voi vi manderei volentieri entrambe a quel paese».

Tina agita i suoi capelli rossi e risponde irata: «Beh, ci vado molto volentieri a quel paese. Può scommettere che con il mio Tour Operator non avrà nulla a che fare, né oggi né in futuro! Gli albergatori con la sua maleducazione ed arroganza sono anche maledettamente *rognosi*. Grazie per la passeggiata a cavallo!»

«Che se ne vada pure!» grugnisce Romualdo del tutto indifferente, mentre Lucia lo fulmina con gli occhi.

«Ha rovinato tutto! Ma buon Dio, perché l'è così sgradevole? Aveva ragione la su mamma!»

«Taci ed occupati della cucina tu!»

«Già fatto. Io mi ritiro se non c'è altro» comunica la donna con rassegnazione.

«Domani alle 09:00, quando arriva il nuovo personale di servizio, distribuisci i piani di lavoro che trovi sulla mia scrivania, mostragli le loro stanze e digli di non uscirne finché non l'avranno imparato a memoria. Alle 10:00 comunque li voglio tutti a lavorare».

«Ma lei non c'è domattina?» chiede preoccupata.

«No, sono stato convocato con urgenza a Siena dal direttore di banca e non so esattamente quando sarò di ritorno».

«Perché non ci sei? Dove sei?» Romualdo sbatte la cornetta del telefono del suo studio. È in piedi con gli occhi chiusi e respira affannosamente. Porta la sua mano sulla patta dei calzoni e ne palpa il rigonfiamento. Il suo profilo incorniciato da un paio di occhiali tondi di metallo è davvero nobile, ed una donna in questo momento non riuscirebbe a trovare nessuno di più attraente nel raggio di cento chilometri. Eppure è solo, e si intrattiene con un sigaro, mentre la sua mano destra accarezza la parte più sensibile di sé. Improvvisamente riapre gli occhi e guarda attraverso gli occhiali qualcuna che solo lui può vedere.

Sotto la doccia continua ciò che aveva iniziato nello studio. L'acqua scivola a rivoli sulla muscolatura non eccessiva ma così ben scolpita da fare invidia ad un ventenne. La schiena dritta e sensuale chiude in basso una perfetta V con la vita. I glutei torniti sembrano respirare al ritmo innescato dalla sua mano. Si arresta qualche momento ed ansima nel vapore. Stende entrambe le braccia di fronte a sé, e poi aderisce con tutto il corpo alle maioliche fredde. Piega la testa indietro e mette il suo viso direttamente sotto il getto dell'acqua calda che scosta i capelli e rivela in pieno la sua fronte alta. Le ginocchia cedono per qualche istante sotto gli spasmi intanto che la sua voce invoca roca: «Gondra! Gondra!»

17. CAPITOLO

«Ne hai ancora per molto?» chiede Marco al fratello seduto davanti al laptop.

«Guarda, manca pochissimo per scaricare tutto il programma. Abbi pazienza».

«Tranquillo».

«Cristina si lamenta sempre che non vai a trovarla. Non ti fai sentire. Se non fossimo noi a *romperti le scatole!*».

«Hai ragione. Non vedo mia sorella e mia nipote da quasi un mese. Che vergogna!»

«Uhm. Ecco, ho finito di scaricare».

«Ma che programma è?»

«Non è che se te lo dico poi mi prendi in giro come al solito, dandomi del coglione?!»

«Non è poi così importante, dai. Mi faccio una birra. Ne vuoi una?»

«Sì, grazie».

Marco torna poco dopo con due bottiglie in mano. Le poggia sulla scrivania ed afferra una sedia per mettersi vicino al fratello che intanto sta inserendo una memoria stick nel computer.

«Con questo farò una marea di scherzi ad amici e colleghi. Mi hanno detto che è una vera figata» ridacchia Gigi.

«Che ci fai?»

«Io parlo al microfono, il programma sintetizza la mia voce e la fa uscir fuori con la tonalità che voglio io». Gigi apre la maschera del programma e clicca sulle icone. «Per esempio, posso scegliere la voce di un bambino, o quella di una donna.

Oppure la voce di questo tizio grasso. Proviamo. Prova, uno, due, tre, prova. Senti? Troppo figo!» In effetti non è più la voce del giovane, ma quella di un uomo di mezza età con tonalità grave quella che esce fuori dal laptop. «Proviamone una da donna. Questa biondazza per esempio... *Sì, sono tutta curve, prendimi!*»

Marco ride a crepapelle mentre il fratello parla con la voce acuta e sottile di una donna. «Interessante! Fammi vedere come si chiama sto programma?! Magari faccio qualche scherzetto anch'io».

«Noooh! Il mio fratellone, ricco e importante che fa gli scherzetti telefonici. Non ci posso credere!»

«Senti ti va d'andare da Cristina? Chi sa quant'è cresciuta Monica in un mese».

«È cresciuta, è cresciuta. A settembre andrà all'asilo. Ma ora non posso. A parte che a me le visite mordi e fuggi non piacciono, ed è già ora di cena. Voglio tornare a casa. Comunque io sono stato da Cristina sabato scorso ed ho pure dormito da lei. Dormito! Con la bimba, sveglia alle 06:30 mattina di domenica. Da non replicare!» Si alza dalla sedia e da una pacca sulla spalla del fratello maggiore. «Ci vediamo allora. E grazie della birrozza».

«Figurati! Torna quando vuoi».

«La birra me la porto. Ti dispiace?»

«Ma certo io che ci faccio?!» Mentre Gigi si sta già chiudendo la porta d'ingresso alle spalle e dunque non può più sentirlo, Marco commenta ad alta voce con una vena di tristezza: «Ma potevi rimanere anche giusto il tempo di bercela insieme!»

18. CAPITOLO

Quel sottile e riverente timore della morte, che per taluni è solo la consapevolezza di essere umani, sotto le pressioni della vita può tramutarsi in *panico*. Gondra protende timidamente il viso verso il finestrino. Il suo aereo sta ora solcando il cielo sopra il Mar Tirreno, ed è di un azzurro talmente intenso e luminoso da accecare gli occhi. Si ritrae da quella vista quasi subito. Lei si trova lassù, dove la gente a terra vede solo un puntino cui segue una scia bianca. Una misera cosa sospesa in aria ed in balia del destino. Il pilota ed il copilota hanno il totale controllo sulla sua vita, e Dio non voglia una distrazione, o un colpo di pazzia! E se la strumentazione di volo andasse in avaria?! Dopotutto non sono possibilità così remote! È la prima volta che le capita di pensarci così a fondo. Riesce a sentire ed a vedere il suo respiro. Lancia un'occhiata al suo vicino di posto per verificare che non se ne sia accorto. Una spiacevole sensazione di torpore alle labbra ed alle mani la fa irrigidire sul sedile, rendendola più esposta alle variazioni di quota e pressione. Ritorna con la mente alla notte scorsa.

Tornati a casa dal ristorante, dietro insistente richiesta di Giancarlo, gli aveva rivelato quali *ulteriori* argomenti aveva usato per convincere Laura a tenere il bambino. Dopo averla ascoltata, lui si era chiuso in un enigmatico silenzio per poi ritirarsi in camera sua senza nemmeno darle la buona notte.

Anche se aver perso la faccia col fratello non le ha fatto chiudere occhio, in questo momento avverte un certo sollievo al pensiero di non aver più segreti in famiglia. Non si ottiene nulla senza cedere qualcosa in cambio. A questa legge non sfugge nessuno.

Ha cominciato a girarle la testa. Lo stomaco è in subbuglio. Non serve a nulla guardare dritto il sedile davanti cercando di non pensare che si trova a ottomila metri di quota, le serve assolutamente una pillola contro il mal d'aria. Mai avuto bisogno in passato. La hostess le spiega che avrebbe dovuto prenderla mezz'ora prima del decollo e che quindi è probabile che non faccia effetto, ma lei la trangugia ugualmente con il suo bicchiere d'acqua. Le sembra di non riuscire a respirare mentre il mal di testa diventa insopportabile. Con sua enorme sorpresa ed imbarazzo è costretta ad utilizzare il sacchetto di carta in dotazione ad ogni passeggero. Ora si sente un po' meglio e cerca di rilassare il suo corpo contro lo schienale della poltrona. Finalmente, il capitano annuncia le operazioni di atterraggio e lei chiude gli occhi respirando profondamente, nel tentativo di respingere la nuova ondata di apprensione.

Sono solo le 08:30 di mattina, ma la temperatura esterna ha già raggiunto 27° C all'ombra; quasi la regola ad agosto. Le piste dell'aeroporto Leonardo da Vinci sono particolarmente trafficate e nella bruma estiva i profili degli aerei assumono tutti un colore grigiastro. Scendendo le scalette Gondra è investita da una folata di caldo-umido e di nuovo sente che sta per vomitare. Quei quarantacinque minuti di volo sono stati i più lunghi della sua vita, ma ora è a terra al sicuro. Cosa le è successo? Si aggrappa ad una maniglia della navetta, mentre gli altri passeggeri spingono e le si accalcano ai lati, convinta che non ce la farà mai ad arrivare in bagno. Invece riesce miracolosamente a trattenere la nausea fino allo scalo.

È nervosa e, nonostante nella toilette abbia appena dato di stomaco, non vede l'ora di fumarsi una sigaretta. Si avvia all'uscita dell'aeroporto sciogliendo i capelli dalla coda ed infila gli occhiali scuri. Stefano dovrebbe già essere parcheggiato fuori ad attenderla per accompagnarla direttamente in ufficio.

«Tesoro, come mi sei mancata!» Esclama calorosamente il suo socio prendendole di mano i bagagli.

«Non ne ho alcun dubbio» risponde Gondra infilandosi nella BMW nera, mentre Stefano sta ancora sistemando le sue cose nel cofano.

«Tutto bene in volo?» chiede lui mentre allaccia la cintura di sicurezza ed avvia l'auto.

«Sì, come al solito. Grazie per avermi prelevata. Come te la passi tu?»

Accarezzandole una gamba scoperta sorride e racconta: «Ieri sera mi sono ubriacato come un cretino ad una festa. Sono andato sul balcone ed ho cominciato a fare un comizio. Poi più nulla. Non ricordo proprio nulla. Devo chiedere chi ha riportato a casa me e l'auto, perché sicuramente non ci siamo arrivati da soli».

«Belìn, dev'essere stata dura per te alzarti presto allora!»

«Hai rischiato di non trovarmi, perché ovviamente non ho messo la sveglia. Ma sei fortunata tu, perché mi sono svegliato per andare a fare una grossa scarica in bagno».

«Risparmiami i dettagli. E togli quella manaccia dalle mie gambe». Gondra gli dà i due soliti colpetti sul dorso della mano e lui la ritira. «Appena arriviamo in ufficio preparo due caffè doppi per entrambi. Con tutto quello che c'è da fare oggi, dovevi proprio ubriacarti?!»

«Tu sei la mia censura. Il mio super-ego. Come farei senza

di te? Cosa sarei senza di te? Mi sono sempre chiesto se sei così *seria e morale* anche nel privato. Anche a letto. Perché io e te non andremmo d'accordo in quel senso se così fosse». Lui toglie lo sguardo dalla strada per dirigerlo su Gondra in maniera seria ed insistente.

«Non cercare di cambiare discorso, e attento alla guida. Meno male che le tue depravazioni non intaccano la tua etica professionale. Non fosse così, non saresti mio socio».

«Depravazioni?» chiede stranamente risentito Stefano. «Io non faccio male a nessuno. Mi godo solo la vita! Non mi faccio mancare la compagnia femminile. Qualche volta tiro un po' di coca. Ma tutto sommato non credo d'essere un depravato! Tu, santarellina, chi sa cosa fai quando esci dallo studio e ti levi di dosso i tuoi tailleur grigi e le tue camicette bianche. Almeno io ti racconto le mie bravate!»

«Senti, cambiamo discorso e facciamo i seri. Al novanta per cento ho trovato una collaboratrice part-time. Dobbiamo vedere un po' dove sistemarla, dato che la stanza di Barbara, *che non licenzieremo mai e poi mai perché è brava e leale*, è già troppo piccola per lei e non abbiamo altri vani liberi in ufficio. Inoltre dovremmo acquistare una postazione di lavoro... computer, scrivania».

«Ah che bello! *Una collaboratrice*. La mettiamo da me allora! È carina?»

«È incinta» rivela Gondra divertita.

«Ah, no, non va bene allora... non voglio avere pancioni fra i piedi! Poi chi sa quante volte si metterà in malattia! Ma come ti è saltato in mente?» osserva accigliato.

«Ti prego, Stefano, se non sapessi che è in gamba non le avrei offerto il posto, anche se si tratta della mia futura cognata».

«Ma bene! Dunque avremo una dipendente raccomandata».

«Allora rimaniamo d'accordo che se accetta sta da te» esulta lei. «Con l'ufficio quasi il doppio più grande del mio, in fondo ti tocca» conclude con uno schioccante bacio sulla guancia ed una carezza sui capelli.

«Senti... io avrei una cugina down...» dice Stefano accarezzandosi il mento, «se l'assumiamo, metà stipendio ce lo paga lo Stato».

Lei scoppia a ridere e gli dà un buffetto sulla guancia. Lo contempla un minuto buono con l'orgoglio e la benevolenza che riserverebbe ad un fratello, e si chiede come mai tra loro non sia mai scattata la scintilla. Eppure lui ha dei lineamenti così perfetti, dei capelli così lucidi e morbidi e sempre tagliati alla moda, l'abbigliamento sempre tanto curato! E poi è così brillante e divertente, affettuoso, intelligente! Non si meraviglia di certo che tante donne lo chiamino ogni giorno a studio per prenotarsi una serata con lui. Probabilmente tra tutti i motivi possibili per cui lei non si è mai interessata a Stefano come uomo, c'è anche l'orgoglio. Ha sempre evitato come la peste i play boy, non fosse altro che per non sentirsi *una del mazzo*. Comunque il suo socio non ha mai ostentato atteggiamenti egocentrici o da prima donna, come solitamente fa chi è consapevole d'essere bello. E questo è un altro punto a suo favore. Lui si accorge di essere osservato, e le rivolge uno sfolgorante sorriso.

Appena arrivata a studio Gondra apprende da Barbara che in sua assenza le attività sono state abbastanza tranquille. Lì per lì si chiede come mai Stefano le abbia dipinto tutt'altra situazione. Poco dopo, trova sulla sua scrivania praticamente solo il materiale inviatole via e-mail, che ha già smaltito, ed il fascicolo

Pingle&Pingle imbottito di documentazione da studiare e da elaborare per la riunione straordinaria del consiglio d'amministrazione, che si terrà domani nel pomeriggio. In fin dei conti, molto meno lavoro di quanto si aspettasse. Dopo aver chiesto a Barbara di preparare due caffè doppi per lei ed il socio, aderisce allo schienale e chiude gli occhi tentando di focalizzare i pensieri. Il mal di testa non è ancora andato via completamente.

Fino a questo momento non ha avuto il tempo di realizzare che si trova di nuovo nel suo ufficio... che la vita continua come sempre, nonostante dal suo mondo di affetti sia scomparsa e per sempre un'altra parte importante. Sa che non arriveranno più le telefonate di sua nonna ad interrompere piacevolmente il suo lavoro, così come sa che nei momenti più neri non potrà essere lei a chiamarla per sentirne, anche a distanza, la rassicurante presenza. È un pensiero che va scacciato, come la sua profonda solitudine affettiva. Cercherà di organizzare presto qualcosa con le sue amiche. E poi sentirà Marco. E poi sicuramente verrà a Roma Giancarlo. E poi, in ogni caso, c'è sempre tanto da lavorare.

19. CAPITOLO

«Vorrei gettare tutto all'aria e fregarmene per qualche giorno di tutto e di tutti. Lasciarmi andare. Non pensare a niente... a niente! Si può liberare la mente dai pensieri? Faccio un corso di meditazione... Oppure mi faccio praticare l'ipnosi e dico al terapeuta di levarmi qualche chilo di troppo da qui dentro» confida Gondra a Marco per telefono, indicando il cervello e riprende: «Sai, quando vorresti fare qualcosa di pazzesco, ma di talmente pazzesco da obnubilare tutto quello che ti sta intorno? Anche una scemata, magari due... Eppure non mi viene in mente nulla. Sono troppo ordinaria, non credi?»

«Hai solo bisogno di puro, autentico riposo. Niente apparecchi ricetrasmittenti, niente stalker, niente lavoro. Vieni a stare a casa mia questo weekend, e non dire a nessuno dove vai».

«No, cioè sì... è una buona idea quella di venire da te, cattiva quella di non comunicare dove sono o tenere spento il cellulare. Aspetto da mio fratello una risposta importante. Sai... verrà ad abitare a Roma con la sua ragazza ed ho bisogno di sapere esattamente quando contano di partire per organizzargli un appuntamento con la loro nuova padrona di casa. È proprietaria del palazzo dove abito, e sono riuscita ad ottenere in affitto la maisonnette che conservava vuota per la nipote che non va mai a trovarla. Lei non ha figli e, quando le ho detto che l'appartamentino doveva servire ad una coppia in attesa, non si è fatta pregare. Già che ci penso... quello di mio fratello sarà l'unico bebè del palazzo! Qui abitano solo coppie in pensione e single, oltre allo studio legale a pianto terra. Sono davvero contenta!» esulta Gondra.

«Stanca... contenta... confusa... Sei anche una brava cuoca?» chiede Marco suadente.

«Non ci provare!»

«Ok, cucino io».

«Non mangeremo soltanto tutto il fine settimana?»

«Naturalmente!»

«Vuoi farmi ingrassare?»

«A me le donne in carne non dispiacciono».

«A me piacciono gli uomini che pensano al cibo».

«Io penso anche alle donne, benintesi».

«Ovvio, intendevo dire che *procurano* il cibo, i *provider*».

«Allora alzati da quel divano rosa e metti in un borsone quello che ti serve per due giorni di isolamento dal mondo».

«Che idea strana però quella di partire in pieno agosto destinazione: appartamento zona metropolitana! Non è meglio una fuga dalla città?!» protesta Gondra delusa.

«Non avevi voglia di fare una scemata, anzi due?» Le ride dietro Marco.

Dopo aver messo insieme l'indispensabile, Gondra introduce nel borsone anche il coltello a punta della carne. L'anonimo ha ingaggiato con lei una guerra psicologica all'ultimo sangue tartassandola di telefonate mute ogni sera.

Il portone dell'appartamento di Marco, un attico al settimo piano, è blindatissimo. Occorrono due chiavi ed una combinazione per aprirlo. Una vera cassaforte. Lui le fa strada conducendola attraverso l'ingresso, coperto di tappeti persiani di tonalità rossa, verso il salone doppio. Gondra osserva estasiata l'opulenza ed il gusto di quell'ambiente spazioso ed arredato in stile coloniale, senza per questo apparire pesante. Ancora tappeti persiani sovrapposti, tavolini bassi e piccoli sofà. Qua e là per terra grandi cuscini damascati arancioni e fragola. Ai muri dipinti ed arazzi con scene di caccia.

«Evvai!» commenta Lidia euforica all'altro capo del telefono, dopo che Gondra le ha comunicato di aver passato il weekend a casa di Marco.

«Non puoi capire che attico, a parte il lusso degli interni, una terrazza che è in realtà un giardino giapponese. E tu sai quanto mi piace lo stile giapponese, ci ho arredato la mia stanza da letto!»

«Lascia perdere il giardino, e raccontami i particolari piccanti» la interrompe l'amica.

«Veramente sono talmente privati che arrossisco solo al pensiero di metterne a parte qualcuno. Comunque, a parte Carola, non vedo a chi altri potrei raccontare certe cose».

«Non voglio perdermi una virgola, dai!» la incoraggia Lidia.

«Abbiamo cucinato insieme. Il frigo ed il congelatore alto due metri erano pieni da esplodere di qualsiasi cosa si possa desiderare, dalle aragoste a frutta esotica mai vista. Da lì ho capito di aver a che fare con un cuoco stellato travestito da CEO».

«Allora avete preso le aragoste e la frutta esotica e… ?!» cantilena Lidia facendo intendere che il discorso sul cibo non è il punto cruciale del racconto.

«No, ci siamo fatti due spaghetti aglio, olio e peperoncino. Pure troppo peperoncino. Lo abbiamo stemperato con due bottiglie di Bordeaux. Mai bevuto tanto vino rosso in vita mia! A me piace il vino bianco, lo sai, prosecco e champagne. Comunque…» continua Gondra con voce teatralmente argentata, «a parte la cena...»

«Dai... dai!»

«... devo dire che l'atmosfera era perfetta. Io ero felice come non mai. Tranquilla. Sicura. Senza preoccupazioni. Mi sono addormentata sul divano, mentre lui annaffiava le piante in terrazza».

«Noooh!»

«Sììi! Ed il sabato mattina mi sono svegliata con un mal di testa della miseria. Lo dico sempre che il vino rosso mi fa male!»

«Vabbè, pazienza, tanto avrete recuperato il sabato e la domenica!»

«Aspetta!!! Dopo una corsa in farmacia a comprarmi le aspirine, Marco torna con la notizia che sua sorella, cognato e nipote verranno a trovarlo. Io pensavo ad un paio d'ore, invece è arrivata con un pacco di roba. La nipote è un bebè di sette mesi, dolcissimo, ma piagnucoloso. L'abbiamo cullata a turno il resto del fine settimana, perché aveva le coliche».

«Che palle!»

«Ho dormito da bestia, ma so già cosa mi aspetta fra qualche mese con il mio nipotino o nipotina. Lo considero un allenamento».

«Ma porca la moglie dell'ufficiale inglese!»

«Che c'entra?!»

«No, è un modo alternativo di dire porca... Scusami, tentavo di non essere troppo scurrile. Solo che mi viene rabbia al pensiero che hai davanti il principe azzurro e te lo ritrovi in mezzo a pannolini e piagnistei».

«Non credo che sia tutta colpa della visita inaspettata. Avrebbe anche potuto dirle di non venire, Lidia. Non capisci?!

Magari sarebbe andata buca anche stavolta, e quella della sorella con bebè era solo una copertura. Non ha mai tentato di avvicinarsi. Mentre io sento che mi piace sempre di più, perché ha tutte le qualità che cerco nel mio futuro…»

«Sposo!» la incalza Lidia.

«Compagno» corregge Gondra con una punta di malinconia. «Mi sta dando una lezione. Sto imparando a non mandare avanti la mia bella presenza, e a fargli sentire la mia irresistibile essenza ed assenza. Pare che gli uomini amino le donne assenti! L'amore si sviluppa nel ricordo di una donna, non nel momento in cui ce l'hanno tra le braccia. Almeno è quello che ho letto su un giornale femminile dalla parrucchiera. Ma se pensi a me e Riccardo, vale lo stesso per le donne».

«Ma che essenza e assenza! Bisogna scopare ed avere intimità con una persona per sapere davvero come funziona un rapporto! Uno che dà mentre scopa, è generoso anche nella vita quotidiana, e non il contrario. Tante volte mi sono illusa di aver trovato quello giusto, finché non siamo entrati in camera da letto e… flop! Con i miei quarant'anni sono un tantino più avanti di te in certe cose della vita. E… vorrei dissuaderti dal prenderti infatuazioni per tizi dall'apparenza perfetta, ma che non rendono sul quel lato lì. Perché, come ti ho detto, se manca la spinta iniziale, può darsi che sia perché non ci sarà mai, e non perché è il preludio a qualcosa di più intenso. Non mi dire che non vi siete nemmeno baciati?!»

«No, e non lo trovo tanto sconcertante. Lui rispetta anche il mio lutto. Abbiamo cercato di non parlare di mia nonna, ma si è preso cura di me proprio come avrebbe fatto lei. Inoltre ci siamo visti pochissime volte e tutte le volte per poco tempo, esclusa la prima gita a Corfù. Si è trattato di aperitivi, o di un cinema. Sarà la decima volta che ci vediamo!»

«La decima?! E nemmeno un bacio?» Ma questa è davvero pura amicizia, mia cara! E tu che fai? Te lo guardi e basta? Non hai mai pensato di dargli un bacio tu? Si parte con quello, e si va avanti!»

Gondra esita un momento prima di rispondere «Veramente non ci ho mai pensato! Il fatto è che comincio ad avere fantasie sul da farsi solo dopo che ci siamo salutati. Mentre sto con lui sono del tutto bloccata. Forse sta pensando la stessa cosa di me! Potrebbe benissimo raccontare al suo amico più caro amico che io sono *una fredda*. Sono troppo abituata a che sia il maschio a farsi avanti. Non è un fatto di stile. Non è orgoglio, ma una connaturata incapacità a fare il primo passo. Se lui fa il primo, io faccio il secondo ed il terzo. Ma così, davvero, non me la sento, Lidia!» Gondra abbassa le gambe dalla scrivania e rassetta la gonna. «Ora ti devo salutare, perché fra poco arriva il Conte Amerighi ed il mio socio ed io dobbiamo illustrargli un complicato piano di battaglia contro i debiti. Non sai quanto è divertente questa cosa!» dice con tono ironico. «Mi ci devo preparare psicologicamente».

«Il Conte Amerighi? Ma non si chiamava Amerighi anche il tuo amico Davide, quello che si è suicidato per un amore gay impossibile?»

«Sì, è il padre».

«E perché ti devi preparare psicologicamente a questa riunione? Ti ricorda il tuo amico, vero?»

«Sì. E non solo quello. Vabbè. Ti saluto. Ah… ho fatto un po' di telefonate in giro ed al tuo vernissage credo che verranno un paio di dozzine di persone da parte mia, contane pure venti sicure. Non dimenticarti di procurare champagne per il mio giro, o dubito che acquisteranno qualcosa!» sghignazza Gondra prima di salutare e riagganciare. Volge lo sguardo sulla destra, e lo posa sulla foto-ritratto della nonna. Periodo intenso. Il lavoro non manca, le preoccupazioni pure, ma alcune stanno dileguandosi, dato che Giancarlo e Laura fra una settimana traslocano a Roma. «Tu, da lassù...» sussurra continuando a fissare la foto della nonna, «prega che il prossimo sia l'amore vero che cerco da sempre, quello che ti dà forza per combattere qualsiasi difficoltà della vita, perché io non ce la faccio più di affrontarla da sola. Sono stanca di vagare. Voglio tornare a casa e trovare un uomo ad aspettarmi. Voglio dividere il mio lettone sempre mezzo vuoto con il *mio uomo.* Mettici tu una buona parola! Anzi, se puoi, occupatene personalmente. Io ci rinuncio».

Non è la prima volta che parla con la foto della nonna, e non sarà l'ultima. Invia alla foto un bacio con la mano e poi va a truccarsi in bagno. Stavolta vuole darsi un'aria sofisticata. Niente look acqua e sapone. Romualdo dovrà vedersela con una donna che la sa lunga su come si gestiscono le riunioni di lavoro. Una delle cose che ha imparato molto bene in uno stage di management a New York, è proprio la padronanza e lo stile che regolano un incontro di lavoro, anche con i clienti più difficili.

Il tizio tutto vestito in lino bianco, che la sta aspettando in sala d'attesa, non può certo considerarsi un cliente facile. Romualdo l'aveva chiamata a studio e, su richiesta di Gondra, avevano chiarito le circostanze in cui lui ed il suo socio si erano conosciuti. Probabilmente questi era al momento troppo alticcio o fatto di coca per ricordarsene. In contraddizione con l'iniziale atteggiamento selettivo in favore di Stefano le aveva poi imposto di occuparsi anche lei del suo caso o si sarebbe rivolto ad un altro studio di consulenza. Ed il lavoro è sacro per Gondra.

Dopo due ore e quarantacinque minuti, Stefano, Romualdo e Gondra escono dalla sala riunioni. Gli sguardi seri tradiscono stanchezza e preoccupazione da tutte le parti. Il Conte Amerighi ha ipotecato la tenuta per poterla ristrutturare e trasformare in un eco-agriturismo, e le banche si sono arrogate il diritto ad una grossa percentuale sugli ingressi al netto delle imposte, che ai due consulenti è sembrato un atto di vero strozzinaggio. Il peso economico dell'iniziativa imprenditoriale di Romualdo ha superato ogni sua previsione, ed a parte un colloquio con le banche, inteso a ridefinire i termini del finanziamento, Stefano e Gondra hanno intenzione di modificare alcune voci del business plan e di attivare sinergie con catene di agriturismo internazionali, che dovrebbero garantire un alto flusso di clienti.

Romualdo stringe la mano dando una pacca sulla spalla di Stefano. «Giovani, ma pieni di idee buone voi due! Perché mai non sono arrivato da solo a certe soluzioni? Sono davvero contento di essermi rivolto al vostro studio. Sono sicuro dell'efficacia del vostro piano. Finalmente si allenterà la tensione che non mi lascia dormire la notte e mi rende irascibile di giorno. Cosa che si riflette negativamente sulla gestione dei miei dipendenti e dei miei affari. Ma si attiverà senz'altro un circolo virtuoso. Grazie!»

«Facciamo del nostro meglio, Amerighi» risponde ricambiando la stretta di mano Stefano mentre esibisce uno dei suoi migliori sorrisi, quelli che portano clienti allo studio e li fanno tornare.

Romualdo si volta verso Gondra. Le bacia il dorso della mano e le chiede «Potrei parlarti da solo un attimo? È importante».

«Veramente ho un appuntamento fra due minuti esatti, quindi giusto un minuto, l'altro mi serve per lavarmi la mano».

E mentre Stefano si chiude dietro la porta del suo ufficio, sede della riunione, Gondra fa cenno a Romualdo di seguirla nel suo. Lei resta in piedi, facendo capire che il breve colloquio durerà davvero non più del minuto rimasto.

Romualdo sembra aver esaurito la sua aria nobile e spavalda. «Io non so perché tu ce l'abbia con me, Gondra. In fin dei conti abbiamo avuto un paio di bei momenti in passato, da adulti consenzienti e mi è anche sembrato che ti fosse piaciuto. Quando ti ho rivista la prima volta a studio, dopo tanti anni, ho avuto dei flash di cui non riesco a liberarmi».

«Finito? Perché il minuto è già scaduto. Io sono disponibile a parlare con te di qualsiasi cosa, ad eccezione di quanto è accaduto otto anni fa». Gondra si scopre atona, glaciale, mentre prova rancore misto a qualcosa che non sa spiegarsi. Qualcosa cui non sa dare un nome, perché non lo ha ancora definito.

In quell'abito *da lavoro* l'uomo vede ora solo la donna. Il blu ed il bianco di tailleur e camicia misto al rosa della pelle di lei. «Lasciami aggiungere che tu sei sempre bella, ma l'età ti ha conferito un carisma che non ricordavo. Io so meglio di chiunque altri leggere sotto le righe…»

«… e sotto le camicie e le gonne» lo incalza lei con un sorriso ironico.

Romualdo ne approfitta per agganciarle il suo sorriso a trentadue denti, sicuramente rifatti e sbiancati, e quindi impeccabili. Riacquista la sua statura. «Mi piacerebbe vederti e conoscere di nuovo Gondra. Cominciamo daccapo! So che sei single, ho chiesto in giro, e che probabilmente non sono nel tuo girone degli angeli, e né ci voglio entrare, ma… ti assicuro che sono una persona interessante e che riesco ad arrivare in fondo ad una cena anche senza fare avance. Che ne dici se ti prendo all'uscita?»

«Belìn, hai già fatto tutto il programmino! E dopo cena dove mi porti, nel letto tuo o nel letto mio?» Stavolta Gondra spalanca la bocca in una risata rumorosa.

«Si capisce che è un no. Ma almeno mi dai del tu adesso. È già un passo avanti. Ma ancora non mi hai detto perché sei così ostile!»

«Ostile? Indifferente!»

«Indifferente? Io so cosa c'è lì dentro...» le dice puntando l'indice verso la piega del suo seno, che la camicia bianca sbottonata mette in risalto, «e so che i flash devi averceli avuti anche tu, altrimenti non avresti cercato di evitarmi come la peste fino ad ora, persino al telefono, e così tante volte. Ed ora ne approfitto per dirti cosa ne penso, e quel che penso è che tu hai paura di cascarci di nuovo come una pera» sussurra con tono di sfida e gli occhi grigi infilati dentro i suoi.

«Forse hai ragione. E se fosse? Il risultato non cambia. Non intendo uscire con te e spero che vorremo mantenere relazioni esclusivamente professionali fino a che non ti abbiamo rimesso in piedi, Romualdo, perché se mi molesti dovrò rinunciare al tuo mandato. Ora scusami, ma ti prego di uscire!» Lui fa per prenderle la mano ma lei la ritrae. Gli chiude dietro la porta con un sospiro di sollievo.

20. CAPITOLO

Sono le 21:10 della stessa sera. Una giornata interminabile come tante in ufficio, specialmente quando ci sono lunghe riunioni con i clienti ed il tempo per lavorare si deve recuperare nelle ore o nei giorni in cui gli altri se la spassano. Gondra non pensa mai ai sacrifici, alle privazioni, quando si tratta di portare avanti i suoi progetti. È stato così per lo studio. Ora continua con lo stesso zelo ad occuparsi dei suoi clienti. Per loro sente quasi un istinto materno. Forse è questo il motivo per cui, in fin dei conti, il rancore che nutriva per il Conte si è dileguato. Scopre che è rimasto solo un atteggiamento, non un reale sentimento di repulsione. Lui, poi, non ha poi tutti i torti! Non era una minorenne… Non l'ha costretta ad aver rapporti con lui... Ma sta di fatto che l'ha sicuramente circuita... altrimenti come avrebbe potuto?! Non ha colpa lui se ha ucciso il suo bambino. Non ha mai saputo che è esistito! Ma un padre come quello non lo augurerebbe a nessuno. Eppure oggi glielo direbbe e, certamente, mai e poi abortirebbe la sua creatura. Ha cercato per tantissimi anni di rimuovere i suoi sensi di colpa e c'era quasi riuscita. Ma tutto ciò che le accade, compreso Romualdo che riemerge dagli abissi, le fa capire che è necessario affrontarla la realtà, non sfuggirla. Rimuovere non è la soluzione. Occorre elaborare e darsi il tempo di capire le situazioni e sé stessi.

Sale faticosamente le scale che portano al suo appartamento e vi incrocia Maria. «Salve Maria, che ci fai a quest'ora nel mio appartamento. Non dovevi finire alle 19:00?» Non l'ha detto in tono di rimprovero, ma la donna non vede l'ora di chiarire:

«Signorì, vi ho fatto una pizza alla mozzarella di bufala. Me ne ha portato due chili mio genero ed ho pensato che l'avreste gradita. Poi, siccome non c'è niente in frigo… ma come campate signorì? Ultimamente avete perso due taglie! Niente, ho pensato... meglio una pizza che una mozzarella. Sta ancora nel forno. Ma toglietela e mangiatela presto perché sennò si secca!».

Il donnone fa per continuare a scendere le scale che Gondra la blocca, l'avvolge in un abbraccio e le dà un bacio con lo schiocco sulla guancia. «Sono felice che tu ci sia. Lascia che ti accompagni a casa in macchina che è tardi!».

«No, no, no! Andate a riposare voi, io prendo il bus qua sotto. Anzi mi devo sbrigare altrimenti lo perdo! Buona notte signorì e grazie».

Mentre la donna riprende a scendere le scale, Gondra la costringe a fermarsi e voltarsi indietro. «Maria… grazie di cuore!» mentre le invia un altro bacio con la mano. Infila la porta di casa. Dentro profuma di pasta lievitata e di pizza, ma non ha nessun appetito. Non ha perso due taglie, ma una sì, ed i vestiti le vanno ora tutti visibilmente più larghi. Comunque, per non fare un torto a Maria, taglia uno triangolino di pizza e lo mette su un vassoio insieme ad un bicchiere d'acqua. È tutta la sua cena. Se la porta in soggiorno, e la poggia sul tavolino di fronte al suo divano rosa cipria. Cerca il telecomando, ma squilla il telefono. «Gondra Bogdanova».

«Spogliati, troia, ed apri quelle gambe che voglio ficcare!» La voce dell'uomo è rauca ed irata. «Non chiudere… che io so dove abiti e ti brucio la casa!»

«Disgraziato, non darmi più il tormento o ti denuncio!» urla tra rabbia e paura.

«Non chiudere e dimmi che ti stai toccando puttana! Toccati e dimmi quanto godi. Ce l'ho duro e pronto a sborrarti sulla faccia. Apri la bocca. Non chiudere, che ti aspetto sotto e ti faccio secca, troia! Ammazzo pure la tua donna delle pulizie, hai capito? Dimmi che hai capito! Hai capito?!» urla lo stalker.

Gondra non vuole dargli soddisfazione e non gli consente di dire altro. Tronca la telefonata senza una parola, ma ha la gola stretta dal terrore. Va a fare due giri di chiave alla porta ed estrae il coltello a punta della carne dalla busta di plastica dove lo tiene sempre. Si siede sul divano in posizione di loto, mantenendo il coltello nella mano destra. Ha una sensazione di appiccicoso... di sporco addosso. È come se la sua casa fosse stata visitata dai ladri o, peggio, come se l'avessero violentata. Si sente persa, inerme ed esposta al pericolo nella propria casa, il luogo sicuro per antonomasia. Ripensa alle minacce e comincia a piangere. Non ha un partner che la protegga. Tanti amici, ma non vuole fare la piagnona con nessuno. Sicuramente ora ha gli estremi per denunciare l'accaduto alla polizia. Si fa coraggio e telefona al 113.

Le hanno detto che deve andare a sporgere denuncia di persona. È esterrefatta! Come può uscir di casa da sola? E se quello l'aspetta di sotto?! Incredibile! Vittima di minacce di morte chiama la polizia perché necessita d'aiuto, giustizia e conforto, e questa risponde con burocrazia! Tenta di rimettersi a piangere per scaricare la tensione, ma ora non ci riesce. Non esce fuori una lacrima… solo un acuto e lungo lamento, come quello di un lupo la cui zampa è rimasta attanagliata in una trappola.

21. CAPITOLO

A Milano novembre ha un colore grigio piombo. I milanesi non ci badano, ma Riccardo ha il cuore romano, e quel cuore non si è ancora abituato alla nebbia.

Infila la chiave nella serratura. È di buon umore, come al solito, nonostante la nebbia. Ma appena mette piede in casa, il suo viso assume un'espressione corrucciata. La sua compagna lo ha sentito arrivare e dopo aver in fretta abbandonato un libro sulla consolle dell'ingresso, gli si staglia davanti con l'aria da guerriera. Lei gli lancia uno sguardo ancor meno rassicurante, mentre lui la saluta col capo e fa per togliersi la giacca. La donna ne strattona con violenza il colletto ed afferra la giacca per poi lanciarla sul pavimento del corridoio. Riccardo si impone di restare calmo. Continua a far finta di niente.

Percorre a lunghe falcate i due metri che lo separano dal bagno dove si lava le mani. Lei lo segue e lo osserva con occhi colmi di rancore. Non ha proprio capito che sta facendo sul serio, e che far finta di ignorarla ha il solo effetto di amplificare la rabbia di lei.

«Dove sei stato? Con i tuoi amici al bar?! O sei ancora caldo caldo di incontri ravvicinati del tipo biondo?!» Lo costringe a voltarsi verso di lei, mentre si piega col corpo sul suo viso. Porta scarpe con i tacchi alti a punta e lo sovrasta. «Dimmi che eri con la tua segretaria, la biondina ossigenata sbarcata dalla Grecia per mostrare le sue tette enormi ai Milanesi!».

«Tu sei malata, Serena, devi farti curare! Io ero davvero di sotto al bar con Francesco e Tatiana. Era il loro anniversario e mi hanno offerto da bere». Riccardo la fissa negli occhi per mostrarle che non ha nulla da nascondere. Le lunghe ciglia nere che incorniciano due iridi perfettamente verdi, restano spalancate per lunghi istanti. Non c'è sfida alcuna in quello sguardo fisso e diretto, ma così non pare a Serena.

«Tatiana! Un'altra scoperta internazionale! Con la scusa che è la donna del tuo amico, puoi scopartela senza farti beccare da me. Non vede l'ora di cambiare bandiera e mettersi col miglior offerente. Scommetto che lui guadagna almeno tremila euro al mese meno di te!» gli urla lei dietro mentre lo segue in cucina. «E voglio vedere cosa ci faccio io con uno che non è capace di aspettarmi a casa e farmi trovare qualcosa di pronto ogni tanto, ed approfitta di un minuto di ritardo per sfilarsela e farsi i cazzi suoi con le amichette di turno!»

«Amici, Serena... Amici! Ho il diritto di avere degli amici e di distrarmi dopo aver lavorato un'intera giornata. E quanto a prepararti la cena, ti ho detto l'ultima volta che abbiamo litigato al riguardo, che se non ho il tempo, o non lo trovo, si mangia qualcosa di freddo. O sei allergica al pane, formaggio e mortadella? Puoi ordinare pizza e quant'altro e farteli consegnare a domicilio se non ti accontenti di quello che c'è in casa, visto che non sei buona a far la spesa e non sai cucinare nemmeno un uovo sodo!» Riccardo parla in tono spazientito ma riesce ancora a non alzare la voce. Sa benissimo quali conseguenze hanno i loro litigi, e di quelle conseguenze ora ne ha proprio piene le scatole. Lei sta per rispondergli, mentre lo osserva con lo sguardo torvo dell'aquila che punta dall'alto una lepre. «No! Non interrompermi! Non ho finito, Serena! Sono stanco di dirti che ti amo e che non esistono altre donne all'infuori di te. Sono stanco di dovermi giustificare, mentre tu ti prendi dalla vita tutto quello che vuoi e che ti serve e mi usi... mi tratti come uno zerbino. Sono stanco di sentire le tue abominevoli cazzate di donna viziata. Cosa pensi di avere di speciale per pretendere che io ti sopporti ancora, anche se ti ho promesso di sposarti?! Porti il mio brillante di fidanzamento al dito e non te ne può fregar di meno di quello che ho voluto comunicarti con quello! Non rifletti prima di reagire... non lo fai mai! Hai davvero grossi problemi emotivi, mia cara! Io non sono stato in grado di risolverli. Devi ricominciare dalla prima elementare dei rapporti con un uomo. Perché sono un uomo, non il tuo concierge, cuoco e scaldaletto. Io ho diritto al mio pezzo di vita fuori dal lavoro e fuori dalla vita con te. Ma dopo averti fatto ripassare il concetto migliaia di volte e dopo aver osservato, con grande rammarico, che non ho a che fare con una persona ragionevole e normale, che si impegna a migliorare il rapporto invece di accendere conflitti dal nulla ad ogni buona occasione… Dopo averti dato migliaia di possibilità, me ne vado!» Riccardo lascia il pane sul tavolo e fa per uscire dalla cucina, che la donna afferra la mortadella dal piatto dove lui l'aveva appena poggiata e gliela tira in faccia. «Brava... Complimenti! Bel finale! Proprio da te!»

Mentre lei cerca di bloccargli la strada verso il guardaroba della camera da letto, lui si divincola ed afferra la ventiquattrore parcheggiata dietro la porta. Un silenzio che non dice nulla di buono e che dura molto poco.

«Sei un disgraziato! Come fai a lasciarmi così dopo averti dato tutta me stessa?! Ti ho consegnato tutta la mia vita!» Urla Serena in mezzo alle lacrime, mentre si strappa letteralmente i vestiti di dosso.

«Il tormento mi hai dato. Questo mi hai dato! Ma l'amore acceca e davvero… davvero non capisco proprio come io abbia fatto…» Riccardo muove lo sguardo verso il soffitto totalmente avvilito e sorpreso, «per così tanto tempo poi, a stare con un'arpia, una Prima Donna del cazzo! Ma chi sei tu per dirmi come devo vivere? Ma che stai facendo?!»

Serena si è spogliata e cerca di attirarlo verso il letto. Lui si ritrae con forza mentre la donna con il volto rigato di lacrime miste al nero del rimmel e del kajal, lo spinge e lo stende a terra. Lo cavalca con bestiale violenza e comincia a leccargli il volto.

Riccardo sa già dove Serena andrà di lì a poco a parare e non riesce a trattenere un moto d'ira. Le urla in faccia: «Non funziona più col sesso! Non funziona più nemmeno con le minacce di suicidio! Non funziona più, capisci?!» mentre è ancora disteso a terra inerme, sotto il peso, la furia e la disperazione di Serena.

«Tu non puoi lasciarmi. Non mi lascerai mai! Me l'hai promesso, vedi?!» Gli mostra l'anello di fidanzamento, mentre con l'altra mano tira giù la zip dei pantaloni di Riccardo.

«Ecco. È il momento di ridarmelo indietro. Lo darò a qualcuna degna di portarlo. Degna di portare il mio nome ed il mio amore. Tu il mio lo hai avvilito, strapazzato, violentato, affamato fino a morire». Cerca di sollevarsi e di toglierle l'anello dal dito. Serena scalcia e con la mano inanellata gli dirige un pugno verso l'occhio sinistro, che Riccardo riesce prontamente a bloccare mentre questo riesce finalmente a liberarsi ed alzarsi.

Lui si avvia quasi di corsa alla porta di casa con le poche cose che è riuscito ad infilare nella valigetta. Ma prima di uscire si volta a guardarla, sprezzante, disgustato, come fosse la prima volta che la vede: un magro manichino nudo e in tacchi a spillo, dal volto disfatto dalla propria pazzia. Un essere ed un corpo che adesso sente estranei fino alla repulsione.

Gli occhi di lui sono trasparenti come l'acqua, e come acqua sparata da un compressore, scavano nel cuore della donna l'inconfutabile certezza della morte di un amore. Ciò che seguirà non sarà una sorpresa. Lei porta già il lutto dentro. È pietrificata. Le braccia e le mani pendono sul corpo come lancette di un orologio fermo alla sei e ventinove. Il volto è una smorfia vivente. Della belva di qualche secondo prima non vi è più traccia. Su di lei è visibile la sconfitta, l'impotenza ed il dolore nella loro estetica autentica purezza. Occhi senza bianco fissano il vuoto oltre Riccardo.

È così che la fotografa lui mentre con disgusto e con fermezza le infligge l'ultimo e meritato colpo. «Non ti voglio mai più vedere in vita mia! Non ci sarò mai ed in nessun caso per te! Non provarci nemmeno a chiamarmi! Hai due settimane per sgombrare casa. Cercatene una da domani. Cambierò le chiavi del mio appartamento *esattamente fra due settimane!* Ricordatene, o ti ritroverai con la tua roba sulle scale. Dio Santo, come sono stato stupido! L'amore ha davvero un effetto devastante sull'intelligenza umana!» Riccardo si chiude dietro la porta di casa con un profondo sospiro di sollievo.

Doveva arrivare questo momento prima o poi. Solo non sopporta il pensiero del tempo, degli anni e della vita persa dietro a *quella*. Non si spiega nemmeno come ciò possa accadere, di colpo, come una diga che si apre e spazza via un'intera vallata di escrementi. Ora è tutto pulito.

Riccardo lancia la valigetta sul sedile passeggero e velocemente avvia la sua auto verso il buio e la nebbia di Milano.

22. CAPITOLO

«Belìn se fa freddo, e siamo ancora in autunno!»

«Ti avevo detto di portare la giacca pesante, che ad Ostia è sempre più freddo e ventoso che a Roma!» ribatte Marco.

«Sì, me lo avevi detto, *babbo*! Ma se ti avvicini e mi pari il vento da destra, magari ce la faccio a resistere dieci minuti».

Marco balza prontamente alla destra di Gondra e le regala un sorriso. Poi la prende a braccetto e sussurra: «Dai, arriviamo in fondo al pontile. Non c'è nessuno. E davvero un posto romantico!»

Quante volte si erano incontrati ed erano stati così complici negli ultimi mesi? Gondra non se lo chiede più. La sua essenza e le sue assenze hanno avuto il solo effetto di consolidare un'amicizia. Marco ora è il terzo nella lista di quelli che considera davvero amici, dopo Lidia e Carola. Continua a trovarlo affidabile, interessante, seppure non più tanto attraente come prima. Forse ha ritappato il genio nella lampada, perché non è riuscito a soddisfare l'ultimo dei suoi desideri. E tutto è rimasto congelato *in quel senso.*

Camminano entrambi assorti ognuno nei propri pensieri. Arrivano alla balaustra e si fermano ad ammirare le onde alte e la spuma che avviluppa i pali di legno del pontile. Il cielo è grigio e le nuvole si muovono velocissime sopra le loro teste. «Romantico e freddo!» esclama Gondra rabbrividendo. «Devo avere una specie di K-Way in borsa. Perché non ci ho pensato prima?!» Mentre cerca di trovare la sottile giacca a vento, Gondra porge a Marco una busta di plastica azzurra annodata.

«Reggimelo un attimo, altrimenti ho paura di farmi male». Rovista con la mano fino in fondo alla borsa, ma non trova ciò che cercava e riprende la busta logora che Marco osserva con interesse.

«Non dirmi che vai ancora in giro col coltello in borsa?!»

«Ovvio! Quel bastardo continua a chiamare, ora anche al cellulare. Quando ho sporto denuncia alla stazione di polizia mi hanno consigliato di cambiare i numeri di telefono e non hanno fatto nulla! Cambiare i numeri di telefono è impossibile per me, sarebbe anche un danno economico. Per cosa poi? Lo stalker potrebbe riuscire ad ottenere i nuovi. Comunque sotto casa staziona anche di notte la scorta di un inquilino del palazzo, un anziano giudice che nessuno farebbe fuori, data l'età, ma pare invero che abbiano trovato il suo nome in una lista nera. Per cui, agenti armati con il giubbotto antiproiettile controllano chi entra e chi esce dal nostro condominio. Mi sento sicura come in un bunker». Sorride. «Parcheggio davanti casa, il posto lo trovo sempre. Ho vicini educatissimi oppure un sedere che non finisce più».

«Il tuo sedere finisce dove deve finire. È carino, tondo e sicuramente non grosso. Stai attenta!»

«Mi stavo compiacendo del complimento che riviene fuori il tono paterno!» Glielo dice in faccia e con stizza malcelata. In fin dei conti, lui ferisce continuamente il suo orgoglio femminile con il suo disinteresse, e lei non è in grado, né desidera veramente rinunciare a sentirsi donna, anche quando è seria, quando lavora o quando esce con amici-solo-amici.

Intuendo l'origine di quell'appunto lui spiega: «Te lo dico sempre quanto sei carina e desiderabile. Credo che ormai sia scontato. Non hai più bisogno di certe conferme, o no?!» Marco le prende il mento tra le dita e la guarda in viso con l'ennesima espressione paterna.

Gondra si chiude il colletto della camicia e fa segno di voler tornare. «No. Non me lo dici sempre. A dire il vero, mi hai riempita di complimenti quando ci siamo conosciuti. Ho pensato che con quelli intendessi abbindolarmi e portarmi a letto. Ed invece mi sono sbagliata». Ha detto tutto con un fil di voce, senza guardarlo in faccia ed iniziando a camminare per tornare alla macchina. Ce l'ha fatta finalmente a sputare il rospo.

Marco resta un attimo perplesso. Poi infila le mani in tasca e ne estrae un cofanetto da gioielleria in panno blu, impreziosito da un fiocco di raso color oro. Lo mette davanti agli occhi di Gondra, che si ferma di colpo e lo fissa con stupore. «Aprilo!» la incita lui.

«Ma cos'è?» gli sorride birichina Gondra.

«Sai, mi chiedo sempre come faccia una persona ad avere facce tanto diverse! Anche se è la prima cosa che mi ha colpito in te... devo anche avertelo detto. Sei una donna forte e sicura sul lavoro ma estremamente tenera e fragile nel privato».

«Oh… *fragile ce sarai tu!*» scherza lei in un romanesco.

«Io sono sempre uguale a me stesso. Solo a lavoro rompo le scatole di brutto, molto più di te». Ride di gusto e rimette il cofanetto sotto gli occhi di Gondra che stavolta lo afferra. «Aprilo, o finirò per rimetterlo in tasca».

Perché Gondra esita ancora ad aprire il lussuoso cofanetto blu e oro che fa mostra di sé sulla sua mano? Paralisi da sorpresa! In questo momento si rende conto che Marco non è solo l'ombra di una scomparsa idea, ma un'idea che camminava a fianco, silenziosa, e l'accompagnava ovunque. Casa e lavoro e poche uscite solo con le amiche. Queste ultime cominciavano a pensare che Gondra potesse ancora non aver superato la morte della nonna. Ma sicuramente c'era di più! Ed ora ha un testimone in mano che ha paura di aprire. Non si regalano anelli prima di baciarsi. Non si regalano anelli prima di dire *Ti amo*. Non si regalano anelli ad un'amica del cuore. Ha paura di aprirlo quell'astuccio, perché le rivelerà esattamente come stanno le cose. Una volta per tutte!

Sono fermi tutti e due ad un terzo dalla fine del pontile. Il vento e qualcos'altro hanno dipinto le guance di rosso alla donna che tiene fra le mani qualcosa di più di un gioiello... una costellazione di speranze. Lancia uno sguardo ai gabbiani che sfiorano i loro profili prima di finire in volo tra gli alti flutti verde-marrone. «È ora della pappa, per pesci e gabbiani» osserva Gondra.

«Anche per noi sarebbe ora di cena. Apri quell'affare, che ti porto a casa a mangiare le aragoste al limoncello». Marco scrolla le braccia con leggera impazienza.

Lei gli lancia uno sguardo comprensivo. Non c'è l'incarto regalo, ed il fiocco è incollato sull'astuccio. L'unico minuscolo gesto da fare è quello di premere il bottoncino ed aspettare quei due microsecondi necessari al coperchio per sollevarsi e mostrare l'interno. E solo ora si rende conto di non averlo ancora ringraziato. «Marco, sei stato un tesoro e non so proprio come ringraziarti. Sono davvero sorpresa, devo ammetterlo!»

Il bottoncino lo preme, finalmente, Marco ed il cofanetto si apre per rivelare un incantevole braccialetto d'oro puntellato di piccoli diamanti, rubini e smeraldi. Un design moderno che impreziosisce qualsiasi tipo di abbigliamento. «Ecco, ora puoi ringraziarmi, se vuoi. Questo è solo il primo di una lunga serie di regali del gen...»

Gondra non lo interrompe con due baci sulle guance. «Grazie. È bellissimo, ed è proprio il tipo di gioiello che porto volentieri. Solo ha un valore immenso, ed io sono senza parole.

Mi aiuti ad indossarlo? Ha la chiusura di sicurezza ed ho paura di…»

«Intanto io ho i nostri gioielli a prezzi di costo. Ma questo è il modello originale, il prototipo dal quale vengono poi riprodotti i pezzi venduti nelle gioiellerie associate. Gli smeraldi ed i rubini sono decorativi, ma anche loro di prima qualità. Puoi star certa però che non mi sono svenato per averlo, e non c'è polso più incantevole del tuo per cominciare a mostrarlo al mondo. Vorrei che diventassi la nostra testimonial. Ecco, te l'ho detto!»

Gondra ha superato immediatamente la delusione. L'astuccio, del resto era troppo grande per contenere *solo* un anello. E quel pezzo è talmente bello e prezioso che lei ne è genuinamente entusiasta e lo dimostra continuando a distribuire bacini sulle guance di Marco, che intanto le assicura la chiusura.

«Una sorpresa dopo l'altra! Ma in che senso testimonial?! Io non sono una persona famosa... ancora!» Sorride radiosamente.

«Ti ho incontrata la prima volta con un abito di raso nero elasticizzato con il collo all'americana e, come in un flash ci ho visto brillare sopra tutte le nostre collezioni».

«Mi sembra coerente, Marco! Mi hai vista come un bel manichino portagioie invece che come donna potenzialmente attraente. Ora mi spiego! In tutto questo tempo hai cercato di lavorarti la modella per la tua collezione».

Ridono entrambi a crepapelle e continuano camminando fino alla macchina. Marco le apre lo sportello, le prende il viso tra le mani e la bacia. È un bacio profondo e dolcissimo. E mentre lui sembra non volerlo abbandonare quel viso, Gondra avvicina il suo corpo e lo stringe in un abbraccio. Le tremano le gambe. Dentro di lei esplodono onde di troppo a lungo contenuta femminilità. È il bacio più lungo della sua vita e lei è felice.

In macchina mantengono un vellutato silenzio. Percorrono parecchi chilometri prima di decidersi a spezzare l'incanto. Hanno persino evitato di guardarsi in faccia, come se quel che è loro accaduto sia troppo prezioso per ridurlo a sguardi e parole. Da quel bacio qualcosa è cambiato per sempre. Ora sono un uomo ed una donna. Un maschio ed una femmina, nel senso *naturale* del termine. Due sentimenti e due corpi che parlano. Indietro l'amicizia. Ora ci sono nuovi eccitanti orizzonti da esplorare, assaporare, tastare, annusare, sentire. L'inebriante esperienza della propria femminilità, oltre che della sensualità dell'altro perdura. Si diffonde come un balsamo che ammorbidisce i pensieri. Gondra è ferma una stazione prima del Paradiso.

Marco la riporta idealmente in macchina, sul raccordo anulare, ancora lontani da casa. «Come se la passano tuo fratello e Laura? Gli piace stare a Roma?»

«Sì, molto bene direi! Laura è la terza donna forte della famiglia e sono davvero felice per Giancarlo. Non tutti i mali vengono per nuocere! Lei ha reso più accogliente il loro appartamentino. Come sai, viene a lavorare mezza giornata a studio. Poi torna a casa con i mezzi, fa la spesa a piedi, pulisce, prepara la cena in anticipo e si dedica alla tesi finché non arriva il suo compagno, e futuro sposo, spero. Il tutto col pancione. Le ho consigliato di non viziarlo troppo, altrimenti potrebbe pentirsene in seguito, quando arriverà il bimbo ed avrà assolutamente bisogno della sua collaborazione. Del resto mio fratello si dava molto da fare a casa di nonna, specialmente da quando ha avuto il primo infarto. Per cui, meglio continuare le buone abitudini».

«E all'Università?»

«Giancarlo ha molti esami e poco tempo per girarsi attorno, È stato molto ben accolto. Del resto, sai già che è raccomandato per quanto al posto di aiuto assistente. Mi sento leggermente in colpa se penso a tutte le volte che ho dato addosso ai raccomandati. Ma ci sono momenti nella vita in cui occorre chiudere un occhio su certi principi, e fare quello che bisogna fare. In fondo, non è un reato portare acqua al proprio mulino».

«Mater familias! Nell'accezione più positiva del termine, non fraintendermi». Marco si distrae un secondo dalla guida per verificare che non abbia davvero frainteso.

«No, stai tranquillo. Lo prendo davvero come un complimento. Ho ereditato il ruolo di nonna Lena. Tengo insieme la nostra microfamiglia come posso, seppure conduciamo vite separate. Se c'è una cosa che non faccio volentieri, è interferire nelle vite degli altri, anche quelli che amo. Nel caso di mio fratello, ho dato un aiutino. Ho capito che la base era forte e che sarebbe stato un peccato non costruirci sopra un futuro a tre. Credo che loro abbiano capito cosa hanno rischiato di perdere. Sono ogni giorno più innamorati ed almeno per quel che mi è dato di osservare, pare siano diventati maestri di comunicazione. Nessun conflitto più. Nessuna discussione. L'amore vero, quello che vuole la felicità dell'altro, lo sto riscontrando in questa giovane coppia in attesa». Gondra realizza adesso di sentirsi soddisfatta di come vanno le cose, nonostante lo stalker, che l'ha costretta a convivere in costante stato di allerta.

«Apparecchiamo il tavolo del salotto?» suggerisce Gondra dal salone mentre Marco armeggia nella sua cucina.

«Cosa?»

«Che dici se invece di cenare sul tavolo normale non apparecchiamo in salotto per una volta?» ripete avvicinandosi all'amico per farsi sentire meglio.

«Dove vuoi tu. Peccato che faccia troppo freddo per mangiare in terrazza! E, a parte quello, l'ultima volta volevi che ti legassi al tavolo» risponde Marco in tono canzonatorio.

Le si scurisce il volto. «Non scherzare su queste cose, non ho idea di come improvvisamente mi sia venuta la fobia delle altezze, anche se ho letto che di solito è di matrice traumatica. Gli ultimi mesi, dalla morte della nonna, non sono stati facili ed io, probabilmente, non sono forte come pensavo. Da qualche parte si trova un tallone d'Achille, ed il mio credo sia negli affetti familiari. Per il resto, può passarmi sopra un tir con rimorchio, che ne vengo fuori apparentemente illesa. Pare che sia la vita ad avere l'ultima parola sul dare e togliere, nonostante gli sforzi che facciamo per modellarla a nostro piacimento. La verità è che ho difficoltà a mostrare le mie debolezze e se invece le tirassi fuori, ogni tanto, eviterei certe implosioni letali».

Marco le infila una mano tra i capelli biondi e le accarezza un braccio. «Siamo esseri umani. Di carne, non d'acciaio. La cosa che frega gli esseri umani sono le aspettative che hanno di sé e degli altri. Probabilmente hai pensato di poter seppellire tutto sotto i faldoni del tuo studio, e per primo il dolore per la perdita della tua prima persona di riferimento. Ti aspettavi che funzionasse, ma gli psicologi sono unanimi nel sostenere che i lutti, le perdite, devono essere vissuti. Bang! Ti senti a terra, distrutto, incapace di risollevarti. Ed il lasso di tempo che resti a terra, quello è *tecnicamente* importante, poiché consente alla psiche di elaborare lutti e drammi di altro genere, per poi ordinarli e quindi poterli archiviare. Evitare di pensarci. Evitare il dolore come la peste, non funziona». Prende una forbice per tagliare gli elastici che fissano le chele di due aragoste e sollevando un bicchiere invisibile, suggerisce a Gondra che è ora di un aperitivo.

Lei annuisce. «Sì, hai del tutto ragione e c'ero arrivata anch'io a questa conclusione. Ma è difficile darsi il tempo di stare a terra quando c'è tanto da fare e tante persone dipendono letteralmente da te. Dai, qualcosa da bere ci vuole proprio. Hai dello champagne a casa? Dobbiamo festeggiare il tuo regalo ed il…»

«Bacio. Si che ce l'ho!» Marco si toglie i guanti di plastica gialli ed afferra Gondra per la vita, mentre questa lo fissa con gli occhi più teneri e grandi che mai. Se dovesse darle un'età, sarebbe sedici anni.

«Il mio tallone d'Achille sono le persone che amo» sussurra lei timidamente mentre le loro bocche stanno per toccarsi.

Marco però non vuole tenerla a digiuno e le dice: «Non possiamo lasciare il lavoro a metà. Se vuoi puoi cominciare a portare qualcosa sul tavolo. Qui ho preparato tartine di baguette alla crema di tartufi, al pomodoro, ed ai frutti di mare. Lo champagne ci sta sopra a meraviglia».

«Dove lo tieni?»

«Nello sgabuzzino, nella cantinetta di legno che trovi proprio in fondo».

«Aspetta, porto prima questa roba in salone ed accendo lo stereo». Dopo aver adagiato piatti, bicchieri flûte e tartine su un tavolo basso in legno tra la tv ed il maxi divano, Gondra accende lo stereo digitale e seleziona musica Lounge e Chillout. L'atmosfera si fa inebriante prima ancora di aver stappato la bottiglia di champagne. Mette in ordine i coloratissimi cuscini, acquistati da Marco durante le sue visite alle miniere di diamanti in Africa. Si accende una sigaretta, apre l'ampia porta finestra che dà sulla terrazza, e la lascia su un portacenere adagiato sul lastricato un po' più in là. Ora sa perfettamente che tutto questo le è mancato ed è esattamente quello che voleva e di cui aveva bisogno. Con Marco si sente rilassata ed a suo agio. È un uomo generoso di cui si fida ciecamente e che stima professionalmente e come persona. Sembra troppo bello per essere vero, e quando ha pensato che fosse troppo bello per essere vero, puntualmente succedeva o non succedeva qualcosa a conferma che non era vero. Le aspettative disattese… Se solo si potesse vivere senza aspirazioni! Ma cosa sarebbe la vita senza sogni e aspirazioni?! In fondo sono quelli che creano ed attivano le condizioni per cui qualcosa accada. Di fatto, lì dentro c'è un uomo che si sta dando un gran da fare per farla sentire al settimo cielo. Un uomo che anche solo per quel che ha fatto per lei fino ad ora, standole semplicemente vicino quando possibile, le ha regalato la certezza che un certo tipo di partner esiste, anche se non per tutte, che può farle felici. I baci appassionati, della passione che Gondra collega agli istinti animali, alla perdita totale di controllo, quelli verranno. Lei è stata risvegliata. Ora si gode l'incantevole magia del preludio, e la fragranza di sandalo e cedro lasciatele addosso da Marco. Riprende la sigaretta e tira un paio di boccate dall'interno, esalando il fumo fuori dalla porta finestra. Poi si avvia verso il corridoio, per prendere la bottiglia di champagne. «Ma a proposito… Dov'è lo sgabuzzino, Marco?» strilla Gondra dal corridoio.

«Ah, vero… non ci sei mai stata!» osserva lui strillando anche lui dalla cucina per farsi sentire, e continua: «È uno strano palazzo questo, ed allo sgabuzzino si accede dal terrazzino della mia camera da letto Te lo ritrovi immediatamente sulla sinistra appena esci. Ce la fai o hai paura di cadere di sotto? Non badare al disordine!»

«Grazie, ma camminerò rasente il muro cercando di non guardare di sotto». Ha deciso di contattare un terapeuta per risolvere questo delirio di fobia. Andrà via come è arrivata, in qualche modo. Si vergogna, ed odia doverlo ammettere, ma nell'ultimo mese ha evitato con cura viaggi in aereo e gallerie commerciali. Anche quelli sono diventati una fonte di stress per lei, dopo l'attacco di panico scattatole mentre acquistava nella Galleria in centro, al quarto piano, una trousse per il teatro. Non lo aveva rivelato a nessuno, nemmeno a Lidia e Carola. Come fare a rivelare che non ha paura di cadere di sotto, ma di buttarsi di sotto, come se un secondo io si impadronisse della sua volontà e la costringesse ad avvicinarsi alla balconata per scavalcarla e lanciarsi nel vuoto. Apre la porta della stanza di Marco, nella quale era stata un paio di volte soltanto, e solo per qualche attimo, nonostante siano amici da qualche mese e nonostante il suo weekend tutto casa e nipotina. Lui lascia la porta sempre chiusa, e lei ha un rispetto religioso della privacy propria e altrui. Il pensiero però l'attraversa di prendersi due minuti di tempo, per sentire cosa ha da raccontarle quella stanza di lui. Ma l'impressione di intrudere e curiosare è insopportabile e, subito dopo aver lanciato un timido sguardo al letto disfatto ed ai boxer neri abbandonati per terra, continua a camminare verso la porta del balconcino. La apre, ed evitando con cura di guardare di sotto, dirige gli occhi a sinistra, dove solo due passi la dividono dalla porta di metallo nero dello sgabuzzino. Fa molta forza per aprirla, a causa della ruggine, e tasta subito a destra e sinistra in cerca di un interruttore della luce, che non trova. Annaspa nel buio, battendo la testa contro scaffali, scatoloni ed una lampadina che pende al centro del soffitto. Questa le torna indietro colpendola sul volto. La agguanta e si accorge che c'è attaccato un filo-interruttore. Lo tira, e luce fu. Non vede l'ora di uscire da quella trappola per topi e si chiede, come mai con tutto lo spazio che c'è in casa, lui debba tenere la sua cantina proprio lì dentro! L'unica risposta che le viene in mente, è la vicinanza alla camera da letto ed alla possibilità di avere da bere a portata di mano. Ma Marco non è un alcolizzato. Beve volentieri, alcune volte esagera pure, ma solo quando è in compagnia. Già… in compagnia! Trova subito la cantinetta in legno di noce scuro, incastonata nella polvere, come il resto delle cose che le stanno attorno. Tira fuori svariate bottiglie di vino, ma nessuna di champagne. Non è comodo ed efficiente conservare le bottiglie con il fondo davanti… le etichette dovrebbero rimanere a vista! Al decimo tentativo si decide a cercare in basso, ma lo sguardo le scivola a destra, dove, dietro una scatola, intravede la poppa di un veliero fatto di stuzzicadenti. Gondra si solleva di scatto e porta le mani sulla bocca. Ha un attimo di esitazione, ma poi estrae lo scatolone e scopre il veliero in tutta la sua lunghezza, circa settanta centimetri. «No!» È come se le avessero trafitto il petto. È come se un'ondata di nero catrame l'avesse investita in faccia. È come se un terremoto di dodicesimo grado le avesse sconquassato il corpo e l'anima. Lo conosce bene quel modello, lo ha visto pazientemente costruire nel corso di svariati mesi. Un lavoro da certosini, che solo un grande amore per il mare e per l'amico al quale voleva regalarlo, poteva giustificare tanto impegno e passione. Un modello bellissimo e completo in ogni dettaglio, interamente costruito incollando insieme stuzzicadenti di legno. Solo per i due alberi e le vele, e piccoli dettagli in metallo, l'autore aveva usato altri materiali.

Non un solo pezzo era stato acquistato già pronto. Gondra lo sa perché ne conosce perfettamente la storia. Lo afferra cercando di portarlo in avanti per osservarlo più da vicino. Non c'è dubbio alcuno che sia lui, il modello di veliero costruito da Davide per il compleanno di un suo segreto amico, lo stesso per il quale doveva essersi suicidato. A quella conclusione era giunta Gondra cercando di capire le circostanze attorno alla morte del suo più caro amico. Lui parlava con la luce negli occhi dell'effetto che avrebbe fatto quel regalo sul suo amico, ed alla domanda di Gondra, Davide aveva risposto che si trattava di qualcuno che non ha direttamente a che fare con il mare, ma che sapeva apprezzare le cose ben fatte e l'amore che portavano. Dal momento che una parte della famiglia del suo amico risiedeva ad Amburgo, non le venne mai in mente di approfondire il discorso, pensando si trattasse di un amico di famiglia. Solo alla sua morte, e ricercando minuziosamente elementi che potessero liberarla dalla pena di non essere stata capace di evitare una tanto inaspettata tragedia, le fecero capire che gli ultimi mesi di Davide furono interamente dedicati ad un amore impossibile, o ad un amore per un uomo che lo aveva fatto soffrire, al punto da indurlo a rinunciare alla vita. Una vita che senza di lui non avrebbe mai avuto alcun senso di essere. Gondra comincia a piangere come non aveva fatto da quando era morta Donna Lena, e si accascia come un sacco vuoto sul pavimento disseminato di insetti morti. Ora ha in mano l'identità di quell'uomo, poiché un altro oggetto lo ricollega a lui: il costume da bagno gemello a quello della sorella di Marco, che Davide doveva aver regalato anche a lei al rientro da una crociera in Sud America con la nave dell'Accademia Navale. Singhiozza come una bambina e sente le labbra e le mani intorpidirsi. Marco è gay? Bisex? E se non lo è, come ha fatto a permettere che un giovane si struggesse per lui fino al punto di togliersi la vita? E perché non glielo aveva detto subito che lo conosceva? C'erano state almeno un paio di occasioni per farlo, come a Corfù, proprio quando gli aveva parlato del bikini gemello ed aveva pronunciato il nome del suo amico. Oppure quando gli aveva confidato quante e quali importanti persone aveva perso per sempre nella sua vita. Non si può parlare di delusione! La scoperta fatta da Gondra è un vero trauma. La magia di pochi minuti prima ha ceduto il posto al dramma. Il dramma di non potersi fidare più proprio di nessuno, nemmeno di chi, come Marco, appare senza macchia, ma evidentemente non lo è. È talmente attonita che non pensa di lanciarsi fuori da quel lugubre antro per chiedere spiegazioni a chi di dovere. È impietrita! Disperata! Dovrà tornare a casa, e da quel momento niente sarà più lo stesso. Dovrà lasciarsi dietro Marco ed il sogno di un futuro finalmente roseo. Lui era riuscito a patinare la lacca di Riccardo. Fino al momento di conoscerlo, nessuno era riuscito a competere con lui. Quei mesi di frequentazioni l'avevano aiutata a ricredere nelle possibilità dell'amore. Nell'apertura del destino alle anime del mondo. Il suo cuore non si era impegnato, ma si stava preparando a farlo. Era in lista d'attesa. Quel pomeriggio e quella sera romantici dovevano dare il via ad un nuovo fantastico capitolo. Invece avevano segnato il principio della fine!

Certe sfortunate coincidenze dovrebbero appartenere solo alla letteratura rosa, pensa Gondra. Si pulisce il viso dalle lacrime con un lembo del leggero pullover di lana azzurra. Si alza e scuote i jeans per liberarli dalla polvere e dalle carcasse di insetti. Esce dalla porta di metallo senza spegnere la luce e a testa bassa, ma non riesce a fare nemmeno un passo. Marco è lì, fuori, sul balconcino, con le braccia penzolanti ed in mano un crostino ai frutti di mare che lascia cadere appena i loro sguardi si incrociano.

«Scusami Gondra. Scusami!»

«Da quanto tempo sei qui?» gli chiede aspramente, mentre cercando di evitare il suo corpo rientra in casa come una furia.

«Fermati, lasciati spiegare!» le dice implorante prendendola dalle spalle e facendola voltare verso di lui.

Gondra nota che lui ha gli occhi pieni di lacrime, ma questo dettaglio non la intenerisce. «Hai avuto tanto tempo per spiegazioni o *rivelazioni*!»

«Aspetta, sediamoci a mangiare, come avevamo previsto di fare, e parliamone. Non ci crederai, ma proprio stasera avevo intenzione di dirtelo!»

«E come mai?!» urla arrabbiata.

«Perché troppo a lungo ho mantenuto un segreto che avrei fatto bene a rivelarti subito, a Corfù, e che ha poi pesato su tutto il nostro rapporto. Non potevo lasciarmi andare, non potevo prenderti senza dirti come stanno le cose. Sapevo quanto fosse importante per te il tuo amico e tu hai avuto troppe situazioni pesanti da gestire per poter tollerare anche questo. Ma ti ho amata dal primo momento che ti ho vista, dovendomi accontentare di esserti soltanto amico, in attesa del momento propizio per comunicarti dettagli che sapevo non facili per te da digerire».

«Di nuovo… e perché farmi un regalo importante e preparami una cena principesca?» Gondra sta cercando la borsa e sembra intenzionata a non farsi trattenere. «Certo, per annacquare il colpo!»

«No Gondra…» continua in tono supplichevole Marco. «È perché ti amo e perché questi regali e baciarti è quello che ho sempre sognato di fare dal primo momento! Ma come ti ho detto, non volevo tradire la tua fiducia ed iniziare un rapporto a due senza raccontarti come sono andate le cose. E volevo farlo questa sera! Aspetta, resta, ti prego siediti e parliamone!» Lui la afferra per un braccio mentre Gondra apre la porta per uscire.

«Sono vittima delle coincidenze, a quanto pare! Ad ogni modo, non sono assolutamente in grado di essere ragionevole ed obiettiva in questo momento. Mi è letteralmente cascato il mondo addosso. Conservami dentro di te, se mi ami!»

«Ti chiamo!» le fa eco con la voce strozzata mentre la vede scomparire nell'ascensore.

23. CAPITOLO

Quello stesso giorno nel tardo pomeriggio. Davide e Laura hanno trascorso la domenica in casa, forse perché mancano i soldi per andarsi a divertire. O forse perché la voglia di dolci di lei, in questa fase della gravidanza, li ha trattenuti in cucina a impastare e infornare al suono di Radio Globo. Hanno realizzato la ricetta dei biscotti, che nonna Lena preparava a Gondra ogni volta che andava a trovarla a Genova, e non vedono l'ora di farle una gradita sorpresa. Ma quando insieme suonano alla sua porta, portando in mano il grosso barattolo in vetro pieno di quei biscotti, rimangono delusi sebbene non sorpresi di non trovarla. «Riproviamo più tardi» propone Giancarlo.

«Ovvio, non vorrai che li trangugiamo tutti noi!» esclama Laura sorridendo, mentre addita il suo evidente pancione.

«Tu e Gondrina li fareste fuori in cinque minuti. Ché non lo so?! Torniamo su a far fuori i nostri!» le dice sorridente mentre comincia a salire le scale verso il loro appartamentino.

«Pst, ma che strilli?! Nessuno deve sapere come si chiamerà nostra figlia prima della sua nascita. Io non so come nasconderlo, e faccio la vaga ogni volta che lei ci chiede come la chiameremo, e tu lo gridi ai quattro venti?!» lo riprende Laura in collera mentre gli molla il barattolo e lo segue su per le scale.

Quando aprono la porta sono investiti dal profumo di zenzero dei loro biscotti e Giancarlo osserva Laura per qualche momento silenzioso. Sente odore di casa. «Allora, cosa vediamo?» le chiede mentre si abbandona sul divano davanti al televisore.

La padrona di casa, a sorpresa, aveva deciso di svuotare l'appartamento che aveva arredato per la nipote prima di consegnarlo alla coppia. I due avevano rimediato portando a Roma con un furgone vecchi mobili, che Donna Lena aveva accatastati in un deposito, e provenienti da case una volta in affitto e poi vendute per necessità. Giancarlo non ha voluto depredare gli arredi della nonna, anche per rispetto alla sorella, ma soprattutto perché pensare che la casa a Genova è lì, intatta e pronta ad accoglierlo, gli dà sicurezza. Intatto è anche il ricordo della donna che si aggira per quelle stanze con la sua andatura fluida, nonostante l'età, ed un sorriso perennemente stampato sul viso. La prematura perdita del coniuge e della figlia, e la vita da eterna vedova sembravano non averle tolto la gioia di vivere.

Giancarlo pensa a sua sorella ed a quanto sia simile alla nonna, compreso il suo perenne sorriso. Le ha sempre considerate i suoi due soli, nonostante non fosse sempre stato in grado di dimostrar loro il suo affetto profondo. In questo momento si rende conto che il viso di Gondra, ultimamente, non irradia più quella luce, seppure lei non si lamenti mai di nulla. Si è talmente concentrato sul suo trasferimento a Roma, sul lavoro, lo studio, Laura e la gravidanza, che probabilmente ha mancato di ricambiare il sostegno morale offertole dalla sorella dopo la morte della cara congiunta. Afferra il telecomando ripromettendosi di essere con lei in futuro più presente. «Dai, vieni a sederti che ci rivediamo il video di Gondrina tridimensionale».

Laura lo raggiunge sul divano portandosi dietro la loro biscottiera, la pone sul tavolino di vetro che gli sta di fronte e si stende sul divano con la testa sulle gambe del compagno. «E rivediamoci la nostra *bella figìnna*, per la ventesima volta!» dice divertita.

«E tu che ne sai che è bella?» Le accarezza il pancione ed avvia il videoregistratore.

«È perfetta. Si vede! E poi per la mamma tutti i bimbi sono belli. Come dice quel detto napoletano?»

«Ah, qualcosa come *ogni scarrafone è bello a mamma soja*»

«Esatto! Ma senti un po', tu cosa ne sai di Stefano?»

«Il tuo capo? Non molto. Perché ti interessa? Non mi dire che con tutte le fighe che gli girano attorno, ha messo gli occhi su una donna incinta?»

«Mica ho la peste? E nemmeno mi pare d'esser brutta. Che antipatico!» Gli dà un pizzicotto sulle gambe mentre sono entrambi assorti a sgranocchiare biscotti e guardare le immagini dell'ecografia morfologica tridimensionale del frutto del loro amore. «No, è che secondo me non è del tutto normale quel tizio».

«E chi è normale, Laura?! Io non so nemmeno come sia uno normale. Dimmelo tu?!»

«No, intendevo che... lavorando nel suo ufficio, nella sua stanza, ho modo di osservare certe cose. Per esempio il fatto che sia sempre così gentile con tutti, ma poi quando chiude il telefono o si licenzia dalla gente, assume un'aria seria e contrita, ed a volte impreca e parla da solo a bassa voce. Lui probabilmente si scorda che ci sono io là dentro, anche perché quando lavoro mi concentro e non fiato».

«E lo stesso fa lui, stupidotta. A chi piace lavorare sotto pressione?! Normale che ha la faccia contrita!»

«No. Non hai capito! È come se indossasse una maschera, che toglie e mette appena si accende il segnale *persona in avvicinamento*».

«Belin, sarà pure padrone di avere i suoi umori e di mostrarsi gentile senza che tu gli appioppi l'etichetta di *affettato*. A me sembra un simpaticone. Se Gondra gli vuole bene e lo stima, ci dev'essere un motivo».

«Mhm. Non darmi della curiosona se te lo dico, ma venerdì mi ha concesso di usare temporaneamente il suo computer, ovvero laptop, perché era urgente ed il mio desktop aveva fatto le bizze. Ho sbirciato nella sua galleria fotografica».

«Ah! Giusto quello che uno si aspetta che la stagista faccia appena ne ha la prima opportunità!» le dice in tono di rimprovero.

«Moralista! In fondo, è un tipo che solleva interrogativi. E siccome sui social non c'è niente di personale su tutti e due i soci…»

«Ovvio, è una questione di serietà professionale!» la incalza Giancarlo.

«Vabbè… Insomma, non ci sono foto di donne come mi aspettavo. Nessuna foto piccante. Poche foto, in realtà... un paio dei suoi genitori, ed una è quella che tiene esposta a studio sulla sua scrivania. Magari le tiene sullo smartphone quelle private! Ho trovato una cosa curiosa però…» Giancarlo la segue senza troppo interesse. «Una foto digitale dal nome *mamma_ed_io*. È la scansione di una foto con una donna che sembra il clone di Gondra. È vestita con un saio arancione, e tiene per mano un bambino di circa tre anni che somiglia molto a Stefano. Presumo dunque, pur non avendo visto foto sue a quell'età, che sia lui. Ma la mamma di Stefano non somiglia affatto alla donna in quella foto. Lei è bruna e bassa ed anche un po' rotondetta».

«Non capisco dove vuoi andare a parare, Laura! Perché, innanzitutto, impicciarsi degli affari altrui?! Non ti facevo così *provinciale!*»

«Se mi fai finire! Posseggo una sana curiosità ed un intuito che sono comuni a tutta la specie femminile!»

«Dai, non arrabbiarti, ma a me non importa granché della vita privata di Stefano, o di chicchessia, finché non interferisce con la mia sfera privata. Posseggo il disinteresse tipico di tutta la specie maschile io. Tutto qui!»

Laura continua con meno verve. «Ho ingrandito la foto per capire se si trattasse di un fotomontaggio, e non ho trovato nessun pixel fuori posto. La foto è originale, e quella sembra Gondra vestita da Aranciona, che tiene per mano il suo socio da bambino. Tutto qui!». E visto che Giancarlo non sembra reagire, continua: «E dimmi che non ci trovi nulla di strano?!»

«Non so che dirti! Tutte le bionde si somigliano!».

«Vabbè, vabbè. Lasciamo perdere!»

«Ti prego, fammi capire! Ancora non ci arrivo». Il video intanto è finito, e Giancarlo spegne il videoregistratore.

Laura solleva il busto dallo schienale e si irrigidisce. Poi cerca gli occhi del compagno e gli comunica in tono serio «Dobbiamo dirlo a Gondra».

«Ma cosa, dobbiamo dirle belìn?! Che tu hai curiosato nel computer del suo socio, ed hai trovato una foto con una tizia con un bambino che somiglia a lei?»

«Non le somiglia… È la sua sosia! Non capisci? E non ho un buon presentimento su questa cosa. Non mi piace. Non so dove collocarla e speravo mi aiutassi tu. So soltanto che glielo devo dire, e così mi metto l'anima in pace».

«Certe volte sono davvero contento di essere nato uomo!»

«Beato te, allora!» Laura si alza dal divano e si avvia verso il loro studio, ovvero la camera da letto. «Vado a lavorare alla tesi. Magari fai bene anche tu a studiare un paio d'ore. Hai due esami nei prossimi giorni e sei sereno come una libellula».

«Perché li ho già pronti ed ho la coscienza a posto. Lasciami vedere cosa ha fatto il Genoa». Si allunga sul divano ed accende di nuovo il televisore.

24. CAPITOLO

Quando rientra a casa, dopo la scoperta a casa di Marco, Gondra riesce appena a vedere quello che le sta attorno. Ha un cerchio alla testa e la nausea. Ha deciso di chiudersi alle spalle la porta del cuore, come ha sempre fatto quando i motivi erano *giusti*, anche se con Riccardo i *giusti motivi* avevano solo socchiusa quella porta. L'età aumenta i dubbi su ciò che è giusto o bene fare. L'esperienza non aiuta in questi ambiti. Ma da qui a far regnare l'anarchia dei sentimenti ne passa. E Gondra ha troppo rispetto di sé per farsi vincere dalle emozioni. Deve combattere per questo amore o lasciare che muoia? Era troppo bello e puro, e lui le ha rivelato di amarla. Ma non si fida più di Marco. La delicatezza ed il rispetto che ha avuto per lei fino a quel momento, hanno subito un danno. Lei ha subito un danno. Non riesce affatto a condannarsi per non averlo voluto ascoltare. Esce virtualmente dal suo corpo e si vede piccola e bisognosa della sua comprensione. Consola il suo io ferito, perché sa quanto stia soffrendo. Un cane che si lecca le ferite? Il primo dovere è rimaner fedeli e leali a sé stessi, quindi vada pure per il cane che si lecca le ferite! Solo al pensiero le viene da ridere. Ha finito per sdrammatizzare.

Nessuno dei due c'entra nulla con la morte di Davide. Eppure quel cuneo esiste, come a dimostrare che intelligenza e maturità sono un concetto inventato dagli uomini mentre, in verità, tutto si muove secondo l'incomprensibile caos dell'universo, del destino. Gondra non perde il suo ottimismo e nemmeno il mal di testa e la nausea. Dopo aver vagato pensierosa tra cucina e soggiorno, senza toccare cibo, entra in camera da letto. Si spoglia senza rendersi conto di quanta bellezza esprime il suo corpo snello e sinuoso ricoperto dall'elegante body di pizzo nero. Decide di coricarsi invece di prendere un'aspirina, anche se sono solo le sette di sera.

Disinserisce la sveglia e spegne il cellulare che aveva poggiato sul comodino nero di bambù. Cerca l'interruttore dell'abatjour in carta da zucchero e calligrafie giapponesi, che suona il portone interno di casa. Rimane seduta sul letto con la luce accesa, sperando che se ne vadano. Ma risuonano, stavolta più a lungo. Conclude che visto che non hanno suonato da sotto, non possono che essere il fratello o la cognata che hanno bisogno di qualcosa, e svogliatamente si alza per andare ad aprire. Fa leva sulla maniglia della porta d'ingresso, senza nemmeno guardare nello spioncino. Non fa in tempo ad aprire, che qualcosa di bagnato le avvolge il viso.

«Oh mio Dio! Oh mio Dio! È Morta?!» si chiede in preda al panico Laura. Depone a terra il barattolo con i biscotti, e si avvicina al corpo di Gondra riverso sul pavimento. La donna, con addosso solo lembi del body di pizzo strappato, non dà segni di vita. Giace distesa sul dorso, nel corridoio dell'ingresso, con la testa di lato e le gambe divaricate. Le parti intime esposte che Giancarlo si affretta a coprire con una giacca afferrata al volo dall'attaccapanni, mostrano tracce di sangue. Gocce di sangue misto a qualcos'altro si trovano anche direttamente sotto, sul pavimento.

«È viva! Respira!» grida in un fiato Laura esultante sollevando la mano dal petto della cognata.

«Svegliati, ti prego svegliati!» Giancarlo ha la voce rauca. Solleva per la nuca la testa della sorella, e la regge con le mani. Quest'ultima non reagisce ed il suo viso etereo sembra dormire di un sonno dolce e profondo. «Corri di sotto al primo piano a chiamare il dottor Menotti. Speriamo che sia in casa. Sbrigati! Io chiamo la Polizia. Non muoviamola, potrebbe avere riportato qualche trauma».

Laura esce come un fulmine dal portone e rientra poco dopo con a fianco l'anziano vicino di casa, medico della mutua in pensione. Porta con sé una vecchia borsa degli strumenti in cuoio nero e bronzo, di quelle che si vedono solo nei musei di storia della medicina. Giancarlo a quella vista fa una smorfia. Comunque, meglio lui subito che qualcun altro fra chi sa quanto tempo. Il medico si inginocchia a fatica a ridosso della donna riversa a terra. Solleva la giacca in vari punti, senza scoprirla, in cerca segni di violenza e contusioni, ma non ne trova. Con la mano fa cenno di allungargli la borsa. La apre lentamente, sotto gli occhi impazienti della giovane coppia, e ne estrae uno stetoscopio ed un altrettanto usurato aggeggio, con bracciale di tela e pompa, per misurare la pressione. «Lo sfigmomanometro è ancora lo strumento più preciso che esista attualmente, sapete? Assai meglio di quegli insulsi ed inaffidabili cosi elettronici che usano molti medici oggi». Dopo aver auscultato il cuore e misurato la pressione, l'anziano dottore estrae un flaconcino ed una siringa dalla borsa. Ne aspira il farmaco, lega il braccio sinistro di Gondra con un laccio emostatico, e lo inietta per via endovenosa. Si rivolge a Laura, in piedi al suo lato ed in silenziosa e trepidante attesa di notizie: «Signora, lasci immediatamente questa stanza. Nel suo stato è pericoloso per il nascituro respirare anche piccole tracce di cloroformio. Sua cognata è stata presumibilmente narcotizzata e poi stuprata. Non ci sono tracce di colluttazione. Si sente ancora l'odore di cloroformio sul viso della Signora Bogdanova, ed è in atto un'aritmia accompagnata da pressione alta, che ne conferma l'uso e l'abuso. Le ho somministrato un betabloccante, che dovrebbe abbassare e normalizzare sia il ritmo cardiaco che la pressione arteriosa. Occorre ricoverarla immediatamente, per monitorarla fino al risveglio e svolgere gli accertamenti di routine. In ospedale saranno in grado di stabilire se ci sono conseguenze, che potrebbero essere anche gravi, a carico di fegato e reni. Il cloroformio è altamente tossico. E, ovviamente…» aggiunge finendo di richiudere gli attrezzi dentro la borsa di cuoio nera, «occorre una visita ginecologica per verificare se ci sono lesioni interne! Ora non ci resta che aspettare l'ambulanza, che ho chiamato prima di salire attraverso la mia linea privilegiata».

«Non so come ringraziarla, dottore, è stato davvero prezioso! Passeremo a regolare quanto prima la sua prestazione». Giancarlo gli stringe la mano calorosamente, aggiungendo una pacca sulla spalla. Ha fatto bene a pensare subito al vecchio dottore in fin dei conti.

«Ma che regolare la prestazione! Scherzate? È un mio preciso dovere! E di certo non vado via! Devo rimanere finché arriva l'ambulanza. Dovrebbe essere qui a momenti, traffico permettendo. Signora, la prego, torni nel suo appartamento. Ha già respirato cloroformio a sufficienza!»

«Ma come faccio ad andare via, con mia cognata in queste condizioni, dottore?!» Laura ha ascoltato nervosamente il rapporto sulla situazione potenzialmente grave di Gondra e non è più in grado di trattenere le lacrime. «Gondra, tesoro mio...» dice tra i singhiozzi, mentre si piega ad accarezzarle il volto ed i capelli, «quello sporco, viscido animale di un *anonimo* la pagherà cara! Lo troveremo e dovrà vedersela con noi!» Mentre volge lo sguardo verso Giancarlo, pallido e immobile come una statua di marmo, entrano dalla porta lasciata semiaperta per la fretta, un uomo seguito da due agenti in uniforme della Polizia.

«Sono il commissario Pervenuti ed ho sentito di un *anonimo* signora» dice l'uomo rivolgendosi a Laura e mostrando il tesserino. «Non toccate! Non muovete nulla! Sta arrivando la scientifica con la nostra ginecologa, e dovranno prelevare campioni sul corpo, attorno e nel corpo della vittima. Vi prego di mettervi da parte e di non inquinare la scena del reato».

«Ma signor Pervenuti, la vittima ha bisogno di essere portata d'urgenza in ospedale e sta arrivando apposta un'ambulanza. La sua salute ha la precedenza sulle vostre indagini!» ribatte con autorità l'anziano medico.

«Lei ha prestato soccorso alla vittima ed ha finito, dottore, mi pareva di aver capito. Stava rimettendo a posto le sue cose quando sono arrivato! Conferma?»

«Sì, confermo, ma devo monitorare le sue condizioni fino all'arrivo dell'ambulanza».

Il giovane commissario, che ha uno spiccato accento veneto ed è alto oltre un metro e novanta, non batte ciglio e fa segno con le braccia al medico di prendere posto sulla sedia attaccata al muro ed agli altri due di uscire fuori dalla porta. Lui stesso abbandona l'appartamento dopo essersi intrattenuto due minuti da solo con il dottore, e si chiude dietro la porta, per evitare di inquinare ulteriormente la scena del reato. I due agenti si dispongono ai lati dell'ingresso per piantonarlo. Fortunatamente nessuno nel condominio sembra essersi ancora accorto di nulla. Ma ora sono in cinque sul pianerottolo, e non proprio in silenzio.

«Assurdo! Non ditemi che non fate portare mia sorella in ospedale con l'ambulanza, perché dovete prelevare prima campioni e prove?!» urla Giancarlo ai due in uniforme. Il commissario sta parlando al cellulare due gradini sopra di loro.

«Non si preoccupi, che i nostri arrivano prima, e *naturalmente* si portano dietro l'ambulanza! Ma che siamo, nel terzo mondo qui!» risponde quello più basso con uno spiccato accento siciliano.

Giancarlo tira un sospiro di sollievo, ma guarda l'orologio con impazienza. Sono passati quindici minuti da quando, dopo aver suonato alla porta accostata, e non aver sentito risposta, lui e Laura si erano introdotti nell'appartamento. Il disgraziato che l'ha violentata doveva essere uscito di corsa e non averci badato, o averla lasciata apposta semiaperta per esporre la povera Gondra allo sguardo indiscreto dei vicini. Uno smacco. Oppure un modo per far sì che venisse soccorsa. Se lo avesse fra le mani lo evirerebbe. La rabbia che prova gli brucia dentro come un fuoco. Ed alla rabbia si aggiungono i sensi di colpa, per aver preso sottobanco tutta la questione. Quando la sorella lo aveva informato delle telefonate anonime, lui aveva sdrammatizzato, per non dare ancora più importanza ad un mitomane. Il commissario, che ha finito di telefonare, si accorge che il ragazzo è profondamente vessato dall'accaduto. Laura si attende seduta sul secondo gradino della rampa di scale e lui è appoggiato alla parete del pianerottolo come se da solo non fosse in grado di reggersi in piedi.

«Bogdanova Giancarlo si chiama lei?» chiede il commissario avvicinandosi.

«Sì»

«Lei è Russo?»

«No, sono Italiano, di Roma e di Genova».

«O di Roma o di Genova! Vabbè, di origini Russe, diciamo! Ora lei non può fare niente in questo momento. Si tranquillizzi e si concentri perché insieme a sua moglie dovrà raccontarmi nei dettagli e con ordine quello che è successo. Userò il registratore del cellulare, le dispiace? Ho bisogno della sua autorizzazione».

«No, no, si accomodi pure!»

«Un attimo, per favore. Chi vuol cominciare? Mi sembra di capire che ci sia un *anonimo* con qualche ruolo in questa storia. Sospettate di qualcuno?»

«Sì, io ce l'ho un sospetto. Comincia tu Giancarlo per favore. Racconta di come abbiamo trovato Gondra, delle telefonate anonime ed io aggiungerò dettagli se occorre. Quando hai terminato rilascerò dichiarazioni che hanno a che fare con una persona che forse potrebbe aver a che fare con l'accaduto». Giancarlo la guarda con stupore.

«Ma non ce li avete i soldi per pagare delle lampadine un po' più luminose in questo condominio?! Niente finestre sulle scale!» dice l'agente siciliano in tono canzonatorio. «Non si vede ad una spanna dal naso. È pure pericoloso per le donne incinte. Signora, stia attenta a non inciampare!»

«Di solito usiamo l'ascensore...» replica con un accenno di sorriso Laura, «ma grazie per l'attenzione». Il commissario e l'altro agente trattengono una risata mentre si sente avvicinarsi il suono di una sirena.

Contemporaneamente sbuca dalla porta il dottore, che comunica: «La signora Bogdanova si è svegliata ed ha freddo. Ovviamente le ho messo una coperta addosso e le ho dato un bicchiere d'acqua. Non l'ho mossa da terra. È ancora in stato confusionale».

«Ma che ovviamente? Che ha combinato la dentro, Dottore? Ci ha cancellato eventuali prove importanti, impronte digitali!» Agita le braccia in segno di collera. Peccato che non sia in suo potere controllare l'opera di un medico durante lo svolgimento delle sue prestazioni di assistenza! Non gli resta che prendersela con il suo pizzetto biondo.

Laura non riesce a trattenere il suo sdegno: «Ci fosse sua sorella lì dentro, violentata e narcotizzata quasi a morte, che cosa farebbe lei?! La lascerebbe senza assistenza medica e scoperta, per non inquinare la scena del reato?!»

«Che peperino Sua moglie!» ribatte sarcastico il Commissario Pervenuti, rivolgendosi a Giancarlo.

«Siamo ancora fidanzati. Ma non vedo l'ora di sposarlo *quel peperino*!» commenta quest'ultimo con orgoglio. Laura lo abbraccia con gli occhi.

Il Commissario sta per avviare la registrazione, che deve di nuovo interrompere. Sale verso di loro una robusta figura femminile in tuta bianca, con una croce rossa sul braccio e due valigie in alluminio. Ha i capelli giallo-ossigenato rasati, un viso grosso e tondo interrotto a metà da labbra sottilissime coperte da rossetto sbavato rosso lacca. Deve averlo messo in fretta prima di uscire dall'ambulanza. La seguono due uomini, anche loro in tuta bianca, che trasportano una barella. Intanto si sente avvicinare il suono di una seconda sirena. Laura e Giancarlo sono contenti e si abbracciano.

Il medico le spalanca la porta chiedendole: «Lei è un sanitario?»

«No...» reagisce prontamente il donnone facendosi spazio con la sua massa corporea, e costringendo l'anziano dottore ad accantonarsi a ridosso della parete, «sono un investigatore della Polizia Scientifica, laureato in medicina, specializzato in ginecologia, con una seconda laurea in biotecnologie molecolari. E lei chi è?»

«Il medico che ha prestato le prime assistenze alla vittima.

Le faccio rapporto».

Di nuovo si chiude la porta. Fuori restano anche i due che reggono la barella. Il pianerottolo è affollato ed i presenti sono quasi pressati l'uno sull'altro. Come se non bastasse, comincia a spuntare gente da sotto e da sopra le scale, che allarmata dalle sirene, chiede cosa è successo. Intanto il Commissario rimanda indietro i condomini ed il secondo gruppo di sanitari arrivati con l'ambulanza richiesta dal dottore.

Il giovane agente siciliano si rivolge a Giancarlo, che nel frattempo si era sistemato sugli scalini per far spazio ai soccorritori, ed esclama compiaciuto «L'avevo detto io che i nostri arrivano prima!»

«Stia zitto Pantello, e vada a piantonarsi di fronte al portone principale! Non faccia entrare nessuno, se non i residenti» lo riprende il Commissario.

Proprio in quel momento, rientra dal weekend fuori porta l'anziano giudice che abita al terzo piano, seguito da due agenti di scorta che portano la sua valigia ed il suo borsone. Questi ultimi ed il commissario si scambiano informazioni e dopo aver presentato il saluto, continuano a salire le scale.

Il medico della scientifica apre la porta e fa uscire il Dottor Menotti. Richiude facendo segno ai colleghi, che avanzano con la barella, che non è ancora il momento di entrare.

Il Dottore stringe la mano ai giovani parenti della vittima, che lo ringraziano profusamente, e si avvia stancamente al suo appartamento al piano di sotto. All'ingresso, silenziosa, lo attende una bella signora con i capelli bianchi, che gli poggia un bacio sulla guancia e lo accompagna dentro amorevolmente.

Il commissario richiama a sé, sempre a gesti, Giancarlo e Laura ed accende il registratore del portatile. «Forse, finalmente, riusciamo ad iniziare la registrazione. Devo chiedervi di non parlare con nessuno delle dichiarazioni che farete, per non inquinare lo svolgimento delle indagini. Ricordatevi che qualsiasi cosa direte, potrà essere usata contro di voi e che avete il diritto di non parlare o di parlare in presenza di un avvocato».

«Non c'è bisogno di tutte queste formule. Non l'abbiamo violentata noi Gondra!»

«Signora Laura, non ha mai visto film polizieschi in TV o al cinema?! Non lo sa che io ho il dovere di informarvi dei vostri diritti, prima di iniziare a registrare, in qualsiasi forma, un interrogatorio, testimonianza o deposizione qualsivoglia?»

«Ha ragione, la scusi, siamo entrambi completamente fuori di testa» lo incalza Giancarlo. «Vorremmo terminare il più in fretta possibile in modo da poter accompagnare mia sorella in ospedale. Grazie».

Il commissario cancella tutta la registrazione e ricomincia daccapo.

25. CAPITOLO

«Vorrei vedere te al posto mio!»

«In che senso scusa?» risponde Gondra a Carola mentre fanno shopping in Via del Corso, a Roma, in cerca del regalo di compleanno per Lidia.

«Cosa faresti se un grassone di sessant'anni, con incipiente calvizie si presentasse al tuo primo appuntamento dopo che per una settimana scambi mail, messaggi e foto con un aitante quarantenne?»

«Lo rimanderei al mittente, ovvio! Scusami, Carola, abbi pazienza, ma sono ancora rintronata dopo tutto quello che è successo e specialmente preoccupata dal fatto che quel bastardo sia ancora a piede libero e se la spassi, pensando di averla fatta franca. Tutta colpa della polizia che non ha fatto niente dopo la prima denuncia!» Gondra si richiude il cappotto. Ha uno sguardo assente.

Dopo quasi due settimane dal traumatico fatto, svariate sedute con uno psicologo e la necessaria pausa dal lavoro, niente e nessuno riesce ancora a toglierle la sensazione di sporco che sente addosso. Il pensare positivo di situazioni e del prossimo l'ha sempre aiutata, ma obiettivamente non è questo il caso. La minaccia del criminale che l'ha presa di mira, fra l'altro, incombe ancora. Dopo tante esperienze ed emozioni negative, serpeggia in lei un nuovo, primitivo sentimento di diffidenza rispetto al mondo intero, o almeno a quella grossa parte che sembra esistere esclusivamente per far male agli altri. Infatti, non è confortante quello che vede attorno a sé o apprende dai media: terrorismo politico e religioso; guerre che mietono centinaia di vittime innocenti; politici che si dimettono perché indagati di corruzione; femminicidi; partner vili, come Michele che ha lasciato Carola dopo che gli aveva chiaramente espresso il desiderio di avere un bimbo con lui; partner che mentono, come Marco; donne che abortiscono figli che forse avrebbero potuto salvare il mondo! Gondra pensa che nessuno è perfetto visto che anche lei ha avuto una parte in quel *mondo cattivo*! Ma è stata già punita abbastanza! Oppure no? Da quando aspetta una nipotina, le riesce più difficile perdonarsi. Nessuno è perfetto. Nessuno può scagliare la prima pietra. Ma, specialmente, nessuno è quello che sembra.

Carola punta il dito verso una T-shirt con davanti un cuore fatto di lampadine accese ed intermittenti. «Le regaliamo quella?» dice in tutta serietà.

«Lidia è un'artista eclettica, ma ha buon gusto, e quella è roba da pagliacci».

«Scherzavo, dai!»

«Meno male! Magari te la compri la T-shirt luminosa, e te la metti la prossima volta che hai un appuntamento al buio» suggerisce Gondra sarcasticamente.

Carola non vi coglie sarcasmo ma una vena di buon umore. Abbraccia l'amica, felice di esser riuscita a tirarla su, e le chiede: «Marco si è fatto sentire?»

«Sì. Ha chiamato una volta ieri, ma ho riagganciato. Non ho le forze, adesso, per affrontare la questione con lui. Tendenzialmente, ho un sentimento neutrale nei suoi confronti».

«E non sei curiosa di sapere cosa ha da raccontarti su di lui e Davide? Io non sarei andata via dal suo appartamento senza averlo ascoltato».

«Te l'ho detto. Lui mi ha pregata di ascoltarlo. Ma forse non riesci a capire la delusione profonda e la sensazione che ho provato, quando improvvisamente ho collegato lui al suicidio di Davide. Se dovessi descrivertelo è… come una coltre di gelo che ti pietrifica. E tu scricchioli e poi vai in frantumi. Molto meglio ora che non sento nulla! Spero che duri. Spero di poter tornare al lavoro lunedì senza portarmi dietro tutto questo dramma».

«Tesoro mio...» sussurra Carola con affetto mentre le afferra la mano da dentro la tasca del cappotto di cashmere color cammello, «non pensiamoci! Cambiamo discorso, anzi… sbrighiamoci a trovare sto regalo, prima che chiudano i negozi. Ma prima andiamo a prenderci qualcosa al Caffè Greco. Ho fame di dolci!»

Gondra toglie la mano dalla tasca e prende l'amica a braccetto. «Dai, andiamo. Anch'io ho fame di dolci»

Le due donne ordinano un espresso e si fanno servire una guantierina di pasticcini ed una di mignon. Nessuna di loro ha un aspetto davvero curato oggi... niente trucco e capelli raccolti a coda. Eppure riescono ad attirare parecchi sguardi maschili, ai quali si aggiunge il sorriso di qualcuno, che spera di essere ricambiato. Loro due non se ne accorgono, non ci pensano proprio a flirtare, prese come sono a confortarsi a vicenda.

Dopo la delusione con Michele, Carola aveva trascorso un periodo di totale chiusura sfociato poi in un altro di totale apertura verso tutto ma specialmente verso i social. Si era anche registrata su un'app per single.

Anche Lidia era di nuovo single dopo aver brevemente frequentato un mercante d'arte di New York, molto interessato, che poi non aveva dato segni di vita al rientro in America.

Tutto anormale!

Carola si toglie lo zucchero a velo dai lati della bocca e mentre afferra un bignè al cioccolato dichiara: «La prossima volta starò attenta a non farmi fregare!»

«A furia di cercare di non farsi fregare ci si chiude in sé stessi... questo è il pericolo! Io non ho proprio voglia di pensarci adesso. Non ho voglia di soffrire di nuovo».

«Questo voglio evitarlo. Di arrivare al punto di non desiderare l'amore, intendo. Questa è la vera chiusura, Gondra! Io ti capisco, ma pensa a me che ho sprecato sei anni dietro ad uno che si è rivelato inaffidabile e falso! E sembrava pure un rapporto quasi perfetto! Io non voglio che Michele mi marchi del suo cinismo. Non so se riuscirò a trovarlo qualcuno di cui fidarmi abbastanza da consegnargli il mio cuore, ma credo non smetterò mai di cercarlo. L'amore è necessario per sentirsi vivi. Alimenta i nostri respiri e sospiri. E forse val la pena di soffrire, qualche volta, se questo è il prezzo da pagare per sperare nell'amore, piuttosto che rinunciarci a priori. Voglio dire, è tutto un fatto di apertura e chiusura mentale ed io credo che convenga restare aperti, Gondra».

«Chiusa per ferie, io... *a filosofa!*».

«Embè? Sì... *filosofa!*» Ridono a crepapelle. «Sbrighiamoci a finirli sti pasticcini. Guarda che mangio anche i tuoi!»

«Fai pure... Io ero già sazia al primo!»

26. CAPITOLO

«Signorì, Madonna mia!» esclama sconcertata Maria.

«Non preoccuparti... Non lo bevo tutto! Solo un goccetto, il resto lo butto in quella pianta lì, vedi? Ficus Alcoholicus». Gondra sorride allo sguardo inorridito della donna mostrandole la pianta di fianco alla finestra che guarda sulla strada.

«Ma quello non è un ficus, signorì, è una Gerbera!» Maria risulta ancora più allarmata di prima. «Ma come vi è venuto in mente di farvi un cocktail nella brocca dell'acqua! Pfff… resto a dormire qui, va!»

«Cosa?! No, no, no, Maria! Non se ne parla nemmeno. Ma povera la mia cocca, non vedi che è solo tè freddo con ghiaccio?» sorride birichina Gondra.

Il donnone si prende il viso fra le mani e sorride anche lei. «Allora... se è così... non ci sono problemi. Scusatemi, signorì! Vi ho lasciato la pasta con il sugo al tonno nel forno. Mi raccomando, mangiatela tutta e…

«… *chiudetevi la porta con la doppia serratura.* Sì, Maria, sei adorabile, ma ormai lo faccio in automatico tutte le volte che entro. Anzi, ora ti accompagno così la richiudo per bene».

«Meno male che io sono brutta, altrimenti mi faceva paura di scendere le scale!» dice Maria indossando il cappotto.

«Ma non dire scemenze! Sei una bella donna matura, con un ovale stupendo, magari po' rotondetta, ed immagino che fossi ancora più carina da giovane. Ascolta, ti accompagno sotto se vuoi».

«Ma proprio no, signorì. Ah, si sentono le guardie del corpo del giudice. Sono arrivati. Sono tranquilla finché ci sono loro.

Ma non avete notizie dalla polizia sul quel diavolo?» chiede la donna proprio mentre lei sta per chiuderle dietro la porta.

«Le indagini sono in corso. Ho saputo che stanno seguendo una certa pista, così almeno ha detto il Commissario. Ma non può fornire dettagli, perché c'è il segreto istruttorio. Buona serata, Maria, e grazie».

È ancora nell'ingresso e sorseggia il tè freddo. Ne cadono diverse gocce a terra, proprio dove l'hanno trovata in stato d'incoscienza. Poggia la brocca ed il suo contenuto sulla console del corridoio e si sdraia a terra, nella posizione in cui Laura minuziosamente le aveva raccontato di averla trovata. «Ma come fa Maria a dire che è una Gerbera?! Ficus Alcoholicus est!» Si risolleva da terra e va in cucina senza la caraffa. Agita le mani in alto per poi fermarle sullo scaffale dal quale estrae un flaconcino. Riempie il bicchiere di vetro trasparente poggiato sul lavello con acqua del rubinetto e ci versa dentro trenta gocce. Sorseggia la miscela con disgusto e poi la tracanna in un sorso. Poi torna in corridoio a riprendere la caraffa con il tè e con passi poco sicuri entra nel soggiorno. Si lascia cadere sul suo divano rosa cipria. «Finalmente pace!»

Squilla poco dopo il telefono sul tavolino, e lo afferra non dopo aver controllato il numero sul display. È quello di Giancarlo e Laura, che la chiamano ogni sera per assicurarsi che sia a casa. «Sì, tranquilli. No, non devo uscire. E chi ha voglia di uscire?! No grazie, siete carini, ma fumo una sigaretta, forse mangio un piatto di pasta al tonno, e poi me ne vado a dormire. Ah, sì? Ma pensa! Complimenti, anzi, congratulazioni! Questo è l'esame con il professore che ti assegnerà la tesi, no? Stupendo! Scusami, ma ho il tono di avviso di chiamata, Gian. Sì, tranquillo. Baciami Laura e Gondrina!»

Sorride con orgoglio.

Per tirarla su, glielo avevano detto subito come si sarebbe chiamata, in ospedale, dove era stata ricoverata a seguito della violenza subita. Era stata rilasciata l'indomani, dopo prelievi e accertamenti che avevano confermato l'assenza di conseguenze dovute all'inalazione di grosse quantità di cloroformio. Solo escoriazioni, nessuna lacerazione, a livello interno, provocate dalla brutale penetrazione.

Gondra chiude la telefonata e risponde alla chiamata in attesa, senza questa volta preoccuparsi di rilevare il numero di telefono dal display. Intanto il tranquillante ha cominciato a fare effetto e la sua voce è calma: «Gondra Bogdanova».

«Sono Romualdo. Ho provato a chiamarti a studio, ma non ci sei mai, ed il cellulare è sempre spento. Per cui ho deciso di disturbarti a casa. Hai un minuto?»

Lei, che intanto si era sdraiata sul divano con la testa sul bracciolo, fa per allungare il braccio e prendere un sorso di *tè* dalla brocca, ma poi ci rinuncia. Meglio non mischiare alcolici e tranquillanti. Non sente la necessità di fare la distante, come sempre ha fatto nei mesi precedenti con Romualdo, per seguire il progetto di lancio del podere a livello internazionale, come centro agrituristico e wellness di classe. Erano riusciti ad ottenere anche il marchio ufficiale *Bio.* In questo momento non si chiede nemmeno come mai lui abbia la sfrontatezza di chiamarla a casa, per di più che non gli ha mai dato il numero.

«Non preoccuparti. Qualche problema?»

«No, no, assolutamente nessun problema, anzi! Volevo invitarti personalmente all'inaugurazione dell'area Benessere. L'impresa che ha svolto i lavori ha consegnato ieri. Le saune e le vasche di idromassaggio necessitavano di una rilocazione rispetto al progetto, e questo ha comportato un ritardo di qualche giorno. Motivo per cui non ho indagato sul perché né tu né il tuo socio non avete risposto al mio invito al ricevimento. Ho invitato anche autorità locali ed una cerchia ristretta di amici e parenti di sangue blu. Io ho pensato che dato che l'idea è stata tua, ed in poco tempo è stata anche realizzata, avrebbe potuto essere interessante e piacevole prendere parte all'inaugurazione. È sabato a mezzogiorno. Domani! Pranzo-buffet ricco dei nostri prodotti e di leccornie della cucina locale».

«Mi dispiace non aver risposto al tuo invito, di cui ti ringrazio. Ho avuto impedimenti seri che mi hanno trattenuta a casa e per i quali ho dovuto interrompere i contatti con l'ufficio. Mi scuso anche per il mio socio, che ha difficoltà a tener testa agli inviti di questo genere, visto quanti ne riceve al giorno». Gondra è talmente rilassata che ci fa un pensierino. Dopo tutto non ci vede nulla di male a partecipare ad una cerimonia ufficiale, e Romualdo aveva avuto una condotta rispettosa, anzi, ineccepibile nei suoi confronti dopo aver accettato il mandato. Ma è ancora titubante.

«Ti faccio venire a prendere se vuoi, così non devi darti la pena di guidare fin qui!»

«Sei gentile, grazie. Ma domenica una mia amica compie quarant'anni e due feste in due giorni! Io non ho una forma smagliante, tutt'altro».

«Stai male?» le chiede preoccupato Romualdo.

«No, non più. Ma...» Gondra continua a non trovare un solo motivo per rifiutare. Si era già recata a Petra, in visita di lavoro ed esclusivamente per lavoro, e con sorpresa non era stata assalita dai ricordi, anche perché sia l'esterno che l'interno erano stati completamente ristrutturati, ed a parte i mobili e gli oggetti antichi che popolavano l'antico palazzo nobiliare di campagna, le nuove disposizioni, i colori alle pareti ed i tendaggi, le avevano tolto l'aria lugubre che ricordava. Ma forse il triste ricordo di quella residenza era più legato al suo accaduto con Romualdo, l'aborto e la morte di Davide, che con la sua realtà architettonica e gli arredi. «Va bene. Perché no?!»

«Benissimo, ne sono davvero lieto!» esclama Romualdo con zelo. «Ti faccio passare a prendere? Vengono svariate persone da Roma, come ti ho detto».

«No, grazie mille. Preferisco essere autonoma con orari e mobilità» risponde Gondra, non molto sicura di quello che sta dicendo, poiché l'idea di guidare fino a lì non la attrae per niente, ad essere sinceri.

«Come vuoi. Allora ci vediamo domani alle 12:00, ma volentieri anche prima. Tu sei di casa, lo sai! Buona notte».

«No, non lo sapevo. Buona notte».

In questo momento non pensa a niente, né agli uomini che le hanno fatto male, né al lavoro ed i clienti che ha dovuto trascurare a causa dei giorni trascorsi a casa o in terapia. Ha voglia solo di chiudere gli occhi, lì dove si trova, vestita, sul divano. Mette la sveglia del telefono alle 07:00 e toglie la suoneria. Si tira su il plaid e si addormenta. Le gocce hanno avuto un effetto quasi immediato.

Le luci sono rimaste accese in soggiorno ed in cucina, dove le pennette al tonno lasciate da Maria si ricoprono di moscerini. Il display del telefono si illumina muto sul tavolino e vi appare il nome di *Riccardo*. Mentre lei è la versione più eterea e moderna della *Bella Addormentata nel Bosco*.

27. CAPITOLO

Mentre fa ingresso nella stradina privata, piena di curve e orlata di cipressi, che porta a Petra, Gondra si interroga per l'ultima volta sul perché abbia fatto oltre duecentotrenta chilometri in macchina per partecipare ad una riunione d'alta società. Fa finta di pensare che potrebbe trasformarsi in opportunità di affari. Si è portata dietro dozzine di biglietti da visita dello studio. Ma sa bene che non è questo il motivo per cui non è rimasta a casa a riposare. A quanto pare le sorprese non riguardano solo gli altri. Cambiano le motivazioni, a volte non esistono, o rimangono oscure anche a sé stessi!

Il grande parcheggio davanti al casale è stracolmo di autovetture, alcune molto esclusive, come la Ferrari Testarossa bianca ed una Lamborghini Aventador. Gondra infila la sua vecchia Ford station wagon tra due auto d'epoca e prima di scendere toglie gli stivaletti bassi in cuoio, per calzare un paio di Mary Jane rosa fatte all'uncinetto. Sono quasi le dodici e si affretta all'ingresso, con il cappotto di cashmere cammello su un tailleur-pantalone molto femminile di colore nero. Ha i capelli raccolti a chignon e controlla con la mano che tenga. Le scarpe sono davvero un vezzo irrinunciabile per Gondra e le osserva compiaciuta mentre aspetta che il buttafuori trovi il suo nome nella lista degli invitati. In quel momento si avvicina Romualdo, anche lui in nero, con un completo di velluto rasato sul quale spicca il ricamo in oro dello stemma di famiglia. La camicia bianca aperta al primo bottone e senza cravatta ne scopre il collo lungo ed ancora perfetto.

«La faccia entrare, grazie» dice al buttafuori tendendo la

mano a Gondra e conducendola all'interno. «Benvenuta!» le sussurra all'orecchio. «Aspettavo te per iniziare il discorso». Le indica con la mano un posto ad un tavolo in prima fila, dove a parte il suo nome sul segnaposto, c'è solo quello di Romualdo rimasto libero, ed è proprio di fianco al suo.

«Buon giorno e congratulazioni!» gli dice Gondra, sinceramente compiaciuta di ciò che vede attorno, mentre gli stringe la mano con energia. Poi prende posto mentre saluta gli altri commensali con il capo e dirige lo sguardo sul lungo buffet colmo di vettovaglie. Non ha fatto colazione e, ad eccezione del pasticcino di ieri, non mangia da ventiquattr'ore. La sua vicina di posto, un'eccentrica donna con un cappellino di piume viola su base arancione, rassetta il suo vestito da cocktail plissettato, anche questo arancione, che ne sottolinea le forme abbondanti. Lei distoglie lo sguardo dal cibo solo quando sente al microfono vicino al pianoforte Romualdo che invita i presenti a prender posto, perché intende iniziare con la breve presentazione ed i ringraziamenti.

La sua voce è calda e lui uno speaker d'eccezione. Nel frattempo Gondra pensa alle difficoltà economiche dell'uomo ed agli sforzi compiuti per restituire la residenza ai suoi antichi bagliori, non ultimo quello per organizzare un gala da favola.

«... E per ultima desidero ringraziare la STEGO Consulting, qui presente in persona della Dottoressa Gondra Bogdanova, per aver fornito idee, progetti e contatti, ed aver dato nuovo impulso a quello che sono sicuro si rivelerà il fiore all'occhiello dell'agriturismo di classe del Senese. Naturalmente, grazie a tutti gli altri, invitati ed ospiti della nostra struttura, alcuni giunti da molto lontano, per aver voluto farci onore della loro presenza a questa inaugurazione. Sentitevi liberi di visitare gli ambienti, e di usare la nostra esclusiva Area Benessere. Sono a disposizione accappatoi, asciugamani e pantofole. Ma prima, vogliate gustare la selezione di cibi e prodotti vinicoli con la quale Petra assicura un soggiorno da Gourmet a tutti gli ospiti che la scelgono per le loro vacanze. Prego, cominciate pure a servirvi!» Romualdo lascia il microfono al pianista, che si era già posizionato di fronte al pianoforte insieme ad una violinista ed un flautista, per deliziare i presenti con pezzi classici e medievali. L'affascinante nobiluomo, si affretta a seguire Gondra, tra i primi ad alzarsi per dare l'assalto al buffet. Le pone delicatamente una mano sulla vita per accompagnarla.

Lei si gira e gli sorride. «Grazie per il ringraziamento! Ma non scordarti che i nostri servizi di consulenza sono a pagamento e che ci sono ancora due fatture arretrate, mentre una terza mi pare stia per scadere».

Romualdo le lancia uno sguardo interrogativo, come per capire se l'indelicatezza della donna, in un'occasione tanto importante e gioviale sia voluta o dettata dall'ingenuità. «Salderò ogni debito, di questo non devi preoccuparti» dice serio. «Petra ha ricevuto molte prenotazioni e registra quasi il *tutto esaurito* anche durante i mesi invernali. Abbiamo molti clienti Tedeschi ed Inglesi, ai quali non dispiace, sembra, di visitare la Toscana nel periodo freddo. E questo è tutto merito tuo. Quindi, puoi allentare la tensione e goderti la giornata».

Gondra deve aver capito di essere stata inopportuna e gli risponde semplicemente con un sorriso. Sincero. Lui non ricambia, ma le mostra col dito l'etichetta di un vino rosso, e le offre un bicchiere a calice chiedendole con lo sguardo se può versarle da bere.

«Grazie, volentieri...» risponde prontamente lei, «ma siccome dovrò guidare al rientro, ne bevo solo un goccio, giusto per buon augurio».

Il Conte la serve e le mostra, sempre senza parlare, ma stavolta con il viso illuminato da un sorriso, delle tartine al prosciutto di cinghiale e tartufo.

«Grazie!»

Dopo averla presentata ad alcuni ospiti, Romualdo fa il padrone di casa anche con gli altri privandola della sua compagnia al tavolo. Gondra risponde svogliatamente alle domande di convenevole, specialmente a quelle della sua vicina di posto con il cappellino piumato. Pare che arrivi da Asti e pernotterà nell'Agriturismo insieme al marito, che si compiace di chiamare *il mio Albertino*, nonostante sia sessantenne, alto e della stessa stazza della sua amata compagna. Si chiede come mai Romualdo non abbia offerto anche a lei di poter eventualmente pernottare, e non sa se sentirsi frustrata o felice. L'atteggiamento di lui, quasi altrettanto distaccato, anche se sempre molto galante, aveva facilitato i loro rapporti di lavoro. Per questo aveva potuto apprezzarlo, senza doversi perdere in schermaglie, e scopriva qualcosa che non aveva notato in lui, molti anni prima, o che forse era cambiato, ovvero una carica vitale e positiva, il desiderio di riuscire, l'appassionarsi ai suoi sogni, difendendo con unghie e con denti quello in cui crede, che con l'uomo cinico, sarcastico e sospettato di sadismo psicologico, non sembrava nulla a che fare. In quel preciso momento si accorge che a lungo non aveva più pensato a quanto le era accaduto solo tredici giorni prima, alla sua stanchezza mentale ed al senso di nausea ed oppressione che le dava la frase: *lunedì rientro in ufficio*.

Stefano sembrava ignorare la gravità dei fatti per cui era necessario un suo ritiro dal mondo, anche se per un breve periodo. Non faceva che ricordarle via email il carico di lavoro arretrato che l'attendeva e che lui non era riuscito nemmeno in minima parte a smaltire. Guarda le posate intatte e la sedia vuota di fianco alla sua e si alza a cercare Romualdo. Fa finta di servirsi, mentre si guarda intorno, ma lui non è più nella sala. Con il piatto in mano si avvia verso il corridoio che da nelle stanze del piano terra per poi seguire le indicazioni dell'Area Benessere. Dopo tutto ha voglia di dare un'occhiata, ne ha visionato il progetto tridimensionale, ma quello che si presenta ai suoi occhi è molto più bello, un vero angolo di paradiso. Le variazioni erano intese ad allargare gli spazi attraverso un giardino d'inverno, ovvero un'area prefabbricata con vetri a specchio che seppur male si integrano con lo stile della residenza, offrono privacy e la vista dalla collina sulla gentile e rotonda campagna Senese. Sulle sdraio relax ci sono ospiti che sorseggiano cocktail da un lato e delizie toscane dall'altro. Si gira intorno e si avvia verso le saune, dove è obbligatorio entrare scalzi. Si toglie le scarpe e poggia il piatto su un supporto di legno e pietre, e procede incantata tra le pareti di marmo nere e le docce essenziali e moderne, di cui alcune a getto integrale. Apre timidamente la porta delle «Terme Romane», una sauna a 60° C con getti di vapore, dove non trova nessuno. Sulla destra c'è la sauna finlandese, a 90° C, dove invece parecchi posti sono occupati da gente svestita e grondante di sudore. Tra loro vede Romualdo, che intrattiene una fitta conversazione con un altro signore, anche lui completamente nudo, come fosse la cosa più naturale del mondo. Forse per gli stranieri! Gondra si sente a disagio e chiude subito, non prima di aver sbirciato ancora una volta in direzione di Romualdo. Questi si accorge di lei solo dopo che la porta a vetri si è chiusa e si accomiata all'istante dal suo interlocutore per andare a raggiungerla. Il suo corpo alto, slanciato e perfetto attira gli sguardi di donne e uomini. I suoi glutei farebbero invidia ad un ventenne. L'uomo afferra un asciugamano dall'attaccapanni fuori la sauna, e lo avvolge intorno alla vita. «Gondra!»

«Sì?» risponde voltandosi indietro e quasi sbattendo il viso contro i suoi pettorali.

«Che dici se dopo ti porto a vedere la nostra chiesetta?»

«Quale chiesetta?» chiede lei stringendo gli occhi ed aggrottando la fronte.

«Quella che sembrava una dependance, perché il campanile era stato abbattuto durante la seconda guerra mondiale. La Curia, essendo una cappella privata, non ci aveva tenuto a restaurare. La mia famiglia non aveva un soldo, solo tanto sangue blu, dopo la guerra. Ora se ne è interessato l'Istituto d'Arte e Cultura di Siena, dietro mia segnalazione, e stanno ricostruendo la torre campanaria e restaurando i dipinti del 700' che erano nascosti da varie mani di pittura».

«Non mi dire che è la costruzione dove Davide conservava le sue cose più segrete?! Non mi ci aveva portato, perché ne era molto geloso. Io pensavo fosse semplicemente una casa diroccata, nascosta da una cortina di cipressi».

«Esatto, è quella! Ho dovuto dolorosamente aprirla dopo che dalla sua scomparsa non lo avevo più fatto, perché me ne era mancato il coraggio. Davide la usava da piccolo per non farsi trovare, quando la nonna o la madre lo obbligavano a fare qualcosa che non gli piaceva. Ma alla fine il suo nascondiglio divenne cosa nota».

Romualdo comincia a vestirsi sotto gli occhi di Gondra, che si sforza di non guardarlo per evitare di arrossire. Perché poi arrossire? Non è mica il primo uomo nudo che vede in vita sua! E poi ha già potuto apprezzarlo, parecchi anni fa!

«Davide non mi ha detto che si trattava di una chiesa».

«Probabilmente perché non gliene dava importanza. Lui

non l'ha mai vista diversamente, e nemmeno io, che sono nato molto dopo la guerra».

«Molto dopo?» scherza Gondra.

«Ah che bello!»

«Cosa?» chiede lei mentre si avviano verso la sala dove è sempre in corso il ricevimento.

«Che noi due si possa parlare senza problemi, e conoscersi, forse, come due persone qualunque e senza passato».

«Il passato è il mio peggior nemico. Per questo, per vincerlo, ignoro che esista. Ma le sue insidie non sono sempre visibili, ed a quelle io non so opporre resistenza».

«Forse è meglio che abbandoniamo il discorso per non appesantire la conversazione. Che ne dici?»

«Già, hai ragione!» Gondra fa per lasciarlo. Non intende monopolizzare il padrone di casa. Ma lui la trattiene poggiandole una mano sulla spalla. «Non mi hai detto se hai voglia di vedere gli affreschi. Se è vero che sono di chi sono…»

«Ovvero?»

«Non te lo dico, perché l'esperto incaricato dall'Istituto, e che è in grado di stabilirlo con assoluta certezza, con strumenti che analizzano anche il materiale usato per i colori oltre che la tecnica, non è ancora venuto a fare la perizia. Mi hanno dissuaso dal mettere in giro voci non attendibili. Perdonami! Ma se davvero fosse, la chiesetta diventerebbe un piccolo museo per visitare il quale occorrerà pagare un costoso biglietto. La costruzione della piccola torre campanaria procede a rilento, perché i Beni Culturali hanno messo un veto inteso a proteggerne gli interni. Ci sono ponteggi attorno alla base costruita con le pietre usate per il resto della struttura, ma non arriva nemmeno a tre metri ancora!»

«Ma guarda tu! Lo psichiatra matto che abbandona gli studi

sulle aberrazioni umane, per diventare custode dell'arte!» Gondra lo ha di nuovo colpito nel segno. Lui fa una smorfia e rimane un attimo immobile, abbassato su di lei, che pur portando i tacchi, rimane comunque più bassa.

«A parte che l'arte è sempre stato un mio interesse personale, ed io ho interrotto l'hobby della fotografia solo da quando ho ricominciato ad occuparmi di Petra, perché proprio non ne ho il tempo. L'arte è…»

«… un modo come un altro per far soldi, dato che sicuramente quelli del biglietto verranno divisi tra te e l'Istituto d'Arte che ha assunto la tutela e si fa carico del restauro. Giusto?»

«Sì, ma quanti verrebbero apposta solo per vedere gli affreschi di un certo Tizio? Il fattore più interessante è quello relativo alla valorizzazione dell'intera azienda. Oltre ai cavalli, i prodotti tipici, alloggio, ristorazione e wellness, anche gli affreschi di Tizio!»

«Stupendo!» Gondra gli mostra il pollice alzato.

Nel frattempo si avvicina una donna attraente e molto giovane che tira Romualdo per il braccio. «Mi scusi...» dice rivolgendosi a Gondra, «ma sono venuta a prelevare mio zio per portarlo al nostro tavolo. Non ci hai ancora degnato di un minuto della tua attenzione!» afferma con finto sdegno facendo l'occhiolino al gentiluomo di mezza età. «E non ce ne andremo via di qua finché non l'avremo ottenuta».

Romualdo si fa trascinare e chiede a Gondra, mentre si allontana «Allora?»

«Sì, andiamo a vedere questi affreschi di Tizio. Ma non posso fare tardi. Ti aspetto!»

28. CAPITOLO

Nel frattempo a Roma. Riccardo parcheggia la sua vecchia Honda 600 sotto casa di Gondra e decide di citofonarle. Era strano che non rispondesse né al telefono né al cellulare. Le guardie del corpo del giudice, piantonate all'ingresso principale, lo tengono d'occhio a distanza ravvicinata. Non risponde nessuno. Se l'aspettava che sarebbe stato un tentativo inutile, anche se aveva sperato di trovarla. Si accorge che sopra al suo nome, sul pannello del citofono c'è quello di Giancarlo Bogdanova. Si è perso un pezzo di vita della sua amica, evidentemente. Sono passati svariati mesi da quando le ha fatto visita per il lutto della nonna, ed ora si sente in colpa per non essersi più fatto sentire. Davvero riprovevole se ci pensa a fondo. Ma il lavoro e gli screzi con la sua convivente, sfociati nella fine del loro rapporto, lo avevano tenuto occupato anima e corpo. Senza stare a riflettere più di tanto, Riccardo pigia l'interruttore di Giancarlo e Laura.

«Chi è?» chiede quest'ultima.

«Riccardo, un vecchio amico di Gondra».

«Io sono la cognata, lei abita al piano di sotto!» risponde quasi seccata Laura.

«Sì, lo so. Speravo di sapere se per caso è in vacanza in qualche destinazione isolata dal mondo, perché non è raggiungibile nemmeno sul cellulare».

«Probabilmente non desidera essere raggiunta!» taglia corto Laura riappendendo la cornetta. La cognata le aveva una volta raccontato di nutrire un amore mai completamente estinto per il suo ex, e che questi ogni tanto appariva dal nulla, a volte con proposte indecenti. A lei certi tipi non sono mai piaciuti, e sentendolo al citofono non è riuscita a trattenere un moto di antipatia.

«Ah! Pazienza». Riccardo si gira verso le guardie del corpo e le saluta col capo, mentre preme il pedale e rimette in moto il suo attrezzo a due ruote. Non imparerà mai che non si può comparire all'improvviso nella vita di Gondra! Lo capisce anche lui che non è corretto. Ma non può farci niente. Lui prende impegni solo con la donna alla quale si promette. Le altre sono importanti, ma non al punto da renderlo particolarmente assiduo o attento. Riproverà nel pomeriggio, o forse avrà più fortuna domani!

29. CAPITOLO

Sono le 17:00 ed è già buio a Petra. Romualdo ha salutato e personalmente accompagnato alle proprie auto la maggior parte degli invitati. Gli ospiti residenti continuano a gironzolare all'interno. I musici abbandonano la loro postazione, mentre i camerieri tentano di sparecchiare. Altri addetti riposizionano i tavoli dove di consueto, mentre quelli aggiunti vengono caricati sul furgone dell'azienda che si è occupata degli allestimenti addizionali. Anche Gondra infila il cappotto e si avvicina a Romualdo per salutarlo.

«No, no, no! Non vorrai tornare a Roma senza prima aver visitato la nostra chiesetta come promesso! Ora ti ci porto». Gondra annuisce col capo mentre Romualdo indossa anche lui un cappotto grigio a tre quarti e le indica l'uscita. «Lo sai che sono trecento metri di strada non asfaltata? Mi sa che le tue scarpe rosa all'uncinetto non sono adatte».

«Ah, per questo posso cambiarle e mettere gli stivaletti che ho in macchina!»

«Oppure prendiamo il mio fuoristrada». Suggerisce lui mentre estrae dal cappotto e pigia sulla chiave-telecomando aprendo le portiere.

«No, guarda, ci tengo davvero a prendere un po' d'aria prima di ripartire. È stato un piacevolissimo party, ed il vino era eccezionale. Fammi infilare un attimo i miei stivali, tanto li devo mettere per guidare». Gondra si stacca un momento e ritorna poco dopo da Romualdo, che nel frattempo l'ha attesa sul lato sinistro del palazzo, dove parte in discesa la stradina di campagna che porta alla cappella del podere.

«Sono contento che tu sia venuta, Gondra». Le dice sfoderando uno dei suoi sorrisi più smaglianti ed uno sguardo ammiccante. A causa dell'oscurità, Gondra non ha potuto apprezzarlo quello sguardo, e per di più cammina a testa bassa, cercando di vedere dove mette i piedi per non inciampare sui sassi.

«Il piacere è mio. È molto bello qui. Tu non ti sei mai riaccasato dopo tua moglie, o hai avuto relazioni importanti con le quali hai condiviso questo splendore?»

«Non ho avuto relazioni importanti, eccetto essermi di nuovo innamorato, una volta, al primo colpo e senza speranza, di una donna molto più giovane, che ha rifiutato ogni contatto con me, dopo una brevissima ed intensa conoscenza».

«Se ti riferisci a me, anche per scherzo, visto che non ti vedo a far la vita del solitario, tu allora eri sposato. Io mi sono sentita in colpa anche per te allora».

«Ma che in colpa! Con mia moglie era freddo glaciale da parecchi anni! Si è sempre detto questo è quell'altro di me...» afferma con fervore e disappunto, «ma ho cominciato a non esserle fedele solo dopo aver atteso molti anni che la nostra vita privata, ed intendo sessuale, tornasse quella stupenda di una volta.

Ci siamo conosciuti che eravamo entrambi molto giovani, specialmente per un di lì a poco futuro padre. Lei era la più bella di un gruppetto di tre ragazze Tedesche di buona famiglia, che festeggiavano la maturità su una spiaggia del Giglio. Io mi ci ero fermato qualche giorno con la barca a vela ed un compagno d'università. Era spumeggiante, piena di vita ed una gatta ed una tigre a letto».

Gondra lo segue con molto interesse senza togliere lo sguardo da terra, e si abbottona il cappotto.

Romualdo continua ora con meno veemenza, anzi, si potrebbe dire, quasi commosso: «Non c'era Italiano, o in generale uomo, che non sarebbe rimasto incantato da tanta bellezza e giovane sfrontatezza. Lei ha fumato la sua prima canna sul mio dodici metri, mentre il mio amico aveva portato fuori a mangiare le altre due. E lì mi ha detto, in tedesco, dopo soli due giorni di conoscenza: *"Ti amo, e voglio passare il resto della mia vita insieme a te"*. Io ero fuori di testa, forse più di lei, e quella sera non abbiamo preso precauzioni».

Gondra sussulta e si volta verso di lui, senza però interromperlo. Non sapeva che Romualdo fosse il frutto di una notte da *stonati*. E quello delle precauzioni è un argomento cruciale nel dramma consumatosi dopo il loro incontro.

«Ci siamo sposati, perché così hanno preteso mio padre e mia madre, che erano fervidi cristiani, dopo che lei mi ha telefonato da casa sua, ad Amburgo, per annunciarmi che era incinta. Non sapeva cosa fare, visto che stava per iniziare il suo primo anno di università. Io le avevo promesso che ci saremmo rivisti, quando l'ho salutata alla stazione di Grosseto, senza sapere che sarebbe stato, e di lì a poco, in abito nuziale».

«Che storia romantica!».

«Aspetta... non ho finito! Lei è venuta a stare a Roma, dove ho cacciato il mio compagno dall'appartamento che dividevamo a due passi dalla residenza dei miei, ed abbiamo formato una famiglia. Mio padre e mia madre si occupavano di Davide mentre lei frequentava architettura, che non ha mai finito, per dedicarsi alla scrittura. Io invece mi laureavo in medicina e specializzavo in psichiatria. Man mano che Davide cresceva, diminuiva in altezza la nostra sintonia familiare e sessuale. Lei cominciava ad imporre tempi e posizioni e quando io avevo voglia, lei non era mai disponibile».

«Forse aveva un amante!»

«Può darsi! Ma mentre all'esterno aveva un atteggiamento molto sociale e positivo, nei miei riguardi aveva cominciato a diventare molto dominante, in tutte le questioni di coppia, e la parsimonia sessuale, credo fosse un ulteriore strumento di controllo»

«Interessante! Davide ti ha sempre descritto come uno sciupafemmine e padre strafottente. Forse che tua moglie aveva le sue ragioni?!»

«Ho sbagliato con Davide, su tutta la linea. E non me lo sono mai perdonato dopo la sua morte. Uno psichiatra, poi, che dovrebbe capire più di chiunque altro, che i figli non hanno colpa per quello che fanno i genitori o per il loro orientamento sessuale! Lui era molto attaccato alla madre. E no, non l'ho trascurato prima che i rapporti con mia moglie diventassero impossibili, ma abbiamo continuato a stare insieme prima per Davide e poi per abitudine. Anche dopo tanti anni in cui ognuno aveva le sue storie. Solo che lei le teneva segrete a tutti, mentre io me ne fregavo che si sapesse in giro. E di questo, devo dare atto a mio figlio, non posso andare orgoglioso. Avrei dovuto separarmi da lei subito dopo che il matrimonio era per sempre diventato un nido di allodole svuotato e coperto di neve. Eccola!»

Dopo aver varcato un cancello aperto e malandato nascosto tra altissimi cipressi, i due si avvicinano cautamente alla sagoma, data l'oscurità, della chiesa che custodisce, forse, gli affreschi di un certo Tizio.

«Ma non si vede niente!» dice Gondra delusa.

«Attenta ai gradini ed alle impalcature. Ferma un attimo». Romualdo accende un riflettore da cantiere che illumina la facciata e parte della torre del campanile in costruzione. Poi i due salgono gli scalini sino ad un piccolo selciato in marmo di Carrara e sede di svariate specie vegetali. Lui apre il portone di legno dove sono scolpiti una croce e lo stemma del casato, tirando su un chiavistello di ferro intarsiato e molto arrugginito, chiuso senza lucchetti. Lei lo segue all'interno. È buio e si ferma, mentre Romualdo cerca l'interruttore della luce sulla destra.

«Almeno avete la luce! Ma tu sei tranquillo a lasciare totalmente incustodito un patrimonio artistico potenzialmente importante? Nemmeno chiuso a chiave!»

«Non c'è da rubare nulla qui dentro, se non le mura, il contenuto prezioso, relativo alla somministrazione del culto, è stato rubato durante la seconda guerra mondiale. E non credo che qualcuno venga a staccare i muri per portare via affreschi non ancora titolati!» Romualdo prende la mano di Gondra, ferma sotto la figura di Noè che imbarca gli animali sull'Arca.

«Interessante!» esclama Gondra. «E quello chi sarebbe?» chiede a Romualdo che le sta dietro.

«Somiglia molto ad un avo di famiglia. Ma non riusciamo a confermarlo, perché posseggo un frammento di ritratto senza nome, ed i miei sono morti, il resto delle vecchie cose che non servivano ad arredare le stanze, le ho buttate al momento del restauro di Petra. A Roma ho venduto l'appartamento familiare, come sai, quando ho deciso di ritirarmi in Toscana».

«Certo che non ti facevo tanto logorroico» lo prende in giro Gondra.

«Eri tu quella non disponibile alla conversazione. Io ci ho sempre provato!» risponde Romualdo tristemente, pensando agli ultimi mesi in cui ha fatto di tutto per non spaventarla avvicinandosi troppo, ma non l'ha mai persa di vista, nemmeno ad occhi chiusi e lontana duecentotrentaquattro chilometri. Lui aspira profondamente l'aria intorno a lei. Lei lo sente e ne percepisce la forte presenza fisica dietro le spalle. È irradiata dal calore di lui in quella serata d'autunno inoltrato, trascorsa in uno dei posti più odiati che riesca a ricordare. Silenzio. Passano alla parete di sinistra, dove anche lì ci sono impalcature e gli affreschi, ancora in gran parte da scoprire sotto l'intonaco bianco sporco. La sensazione non è quella di un luogo sacro, poiché a parte la croce sulla porta, l'unico indizio della destinazione di quel luogo, è data dal soffitto a cupola. Ma questa, essendo costruita in travi di legno, potrebbe far pensare ad una dependance, utilizzata per i balli campestri in epoche più antiche.

«Romualdo!»

«Sì?»

Gondra toglie lo sguardo dal muro e lo rivolge a quell'uomo che era riuscita a farle totalmente dimenticare la delusione di Marco e la violenza subita due settimane fa.

«Anch'io sono rimasta incinta di te, ed ho abortito il nostro bambino» dice d'un fiato. Ci ha pensato poco, lo doveva dire, semplicemente. Perché? Forse per chiudere il cerchio? Non si pente ed attende una reazione di Romualdo che non c'è.

Lui è impietrito. La sua mente ora rivà a quella ragazza giovane, bella e sensuale, al primo contatto davanti alla finestra ed alla notte passata insieme. Se l'immagina incinta, da sola, a dover decidere cosa fare con il bambino di un uomo sposato, che aveva rubato parte della sua giovinezza. Ed avverte il dramma di lei, ed ora il suo, sapendo di aver perso un altro figlio che non ha mai conosciuto. Ora non sa che fare per mascherare le lacrime che gli scendono sul viso, mentre Gondra lo osserva silenziosa.

Anche lei non sa cosa fare. Capisce solo ora che quell'uomo

non meritava di non sapere, e che come ogni donna che decide da sola circa l'avere o il non avere un figlio già concepito, non è stata giusta nei suoi riguardi. All'improvviso si rompe il muro che ha innalzato dentro di lei, e non esistono che due persone, entrambi con le loro storie, che hanno barato col passato, pensando che non li avrebbe mai colpiti se lo avessero semplicemente dimenticato. Ma il passato non si scorda mai degli uomini e li raggiunge ovunque, spesso fino alla morte. Piange anche lei e si ripara sotto l'impalcatura, come se si vergognasse... come se in questo momento tutta la colpa che aveva dato a lui del suo dramma, alla vista di quell'uomo in lacrime sia passata su di lei. Ora è lei la sola ingiusta, e non riesce a trattenere i singhiozzi.

Non un commento. Non una recriminazione. Ciascuno si assume la sua parte di colpa e di dolore, unito all'altro da un senso di solidarietà reciproca. Non vi è modo alcuno per cambiare il passato che li ha visti incontrarsi per una minuscola frazione di vita che li ha poi allontanati. La verità è il bene più prezioso di cui gli uomini dispongono per rendersi liberi. La verità purifica come la sferza il monaco che ha peccato. La verità è una diga che si apre sugli animi, e li inonda di linfa vitale, mentre trascina via ogni cosa che trova sul suo percorso e li getta a mare. Il paesaggio cambia.

Nel momento in cui Gondra passa dal senso di colpa all'autocommiserazione, Romualdo capisce di avere vicino una donna nuova. Una donna che ha sofferto anche lei per la perdita di un figlio, anche se mai nato. Che ha provato il dolore che ti cambia. Non è la stessa donna che ha condotto in quella chiesa. La sente ora più che mai vicina alla sua carne, ed il desiderio estetico che ha riprovato rivedendola la prima volta dopo tanti anni, e che lo tiene sveglio la notte mentre immagina di averla, si trasforma in un brivido caldo e sinuoso, ed ancora più intenso, poiché lei era stata sua ed aveva portato in grembo il suo sangue, e quel sangue ormai si è mischiato al DNA di Gondra. Lei è parte integrante di sé stesso. È un sentimento atavico quello che stanno provando ora, che non sanno spiegare. All'improvviso si cercano con lo sguardo. Il viso in cui sono scavate emozioni che non si leggono e che solo l'azione può decodificare.

«Dammi la mano» sussurra Romualdo a Gondra tendendole la sua.

«No» risponde Gondra senza capire il perché.

«Avanti, non ti sto chiedendo di scoparti sotto questo ponteggio!»

«E perché no?!» si scopre a rispondere lei. «Forse è proprio ciò di cui ho bisogno, ora!»

Lui copre la distanza che li separa in un balzo e fa scivolare il cappotto di Gondra ai suoi piedi. Lei gli leva il suo. Romualdo le sbottona i pantaloni e li abbassa quasi con violenza, e la spinge verso il tubolare di metallo che regge l'impalcatura. Lei vi si aggrappa, mentre avverte dietro il rumore di una cerniera che si abbassa. La luce accesa illumina i suoi capelli dorati e raccolti sul capo e li vede sciogliersi dietro mani dalle dita lunghe e perfette che li accarezzano per poi scompigliarli come a volerli liberare da ordini e strutture che non gli sono propri. Mentre si adagia tra le rotondità di pelle di Gondra, la libera anche della sua giacca nera, scoprendone il seno.

«Non porti biancheria intima!»

«Non oggi».

«Come mai?» Romualdo le impedisce di fornirgli una risposta infilando le sue dita nella bocca di lei e godendo con l'altra mano della pelle serica del suo seno.

Improvvisamente Gondra si irrigidisce. L'abbandona il senso del piacere e viene assalita da un indefinibile senso di sconforto e di fastidio. La luce le diventa accecante, le loro nudità diventano apparenti, e lei si porta all'esterno di sé per poi rientrarvi e staccarsi dal corpo maschile che sta inalando la sua carne ed aspirando la sua anima.

Romualdo avverte il suo cambiamento, ma invece di interrogarla, cerca di portarla a sé con maggiore fervore, girandola e penetrandola con il suo sguardo e baci ardenti che Gondra non riesce a ricambiare. Lei lo allontana e comincia a ricomporsi.

«Cosa c'è?» le chiede finalmente lui senza tono di rimprovero, mentre si tira su i pantaloni.

Era stata lei a proporre la cosa ma, evidentemente, il carico emotivo è troppo grande per canalizzarlo in un atto sessuale. «Non sei tu, scusami Romualdo. Tu sei un uomo attraente e stupendo. Ma mi è accaduto qualcosa, ultimamente» esita un momento come a riflettere se sia il caso di metterlo a parte. «Qualcosa di tremendo che ho cercato di nuovo di ignorare. Devo imparare a non ignorare le cose che mi accadono. Devo cercare di…»

«Cosa stai cercando di dirmi, Gondra? Parla! Voglio aiutarti!» Si guardano negli occhi e sono vicinissimi. Nessun fastidio più in Gondra, nessuna minaccia. Lei è completamente di nuovo vestita, lui pure. Lui è un uomo ragionevole e lei pure. E lui è un ex psichiatra e intuisce e sa meglio di chiunque come gestire certe cose.

«Non mi ricordo nulla di ciò che è successo, Romualdo, perché due settimane fa sono stata violentata sotto l'effetto di un narcotico». Gondra rimette a posto i capelli. Non è colpa sua se è successo, ma tutte le vittime di una violenza sessuale convivono con un senso di sporcizia e devastazione che lei aveva cercato di allontanare con il suo senso per le fiabe e per la bella sorpresa che l'aspetta dietro l'angolo. Ora si rende conto del perché si sia recata a Petra e di tutto il lavoro che il suo inconscio deve aver fatto per proteggerla ancora una volta dall'accaduto. Il suo inconscio materno che le regala le caramelle mentre piange perché il suo palloncino è volato in cielo.

«Oh, Santi numi!» esclama Romualdo fuori di sé per l'emozione, e si avvicina a Gondra per abbracciarla. Ma lei lo respinge di nuovo. Non ha bisogno di altri scombussolamenti della mente e del corpo. Ora vuole restare lucida.

Tornano al casale, ripercorrendo la stradina di campagna senza ormai più riuscire a vedere i propri piedi. Lei lo informa brevemente di dettagli riguardanti lo stupro, e delle molestie telefoniche dello stalker subite per tanti mesi al telefono. Romualdo le apre la porta della macchina e si assicura che sia in grado di ripartire. Ha ascoltato quasi sempre in silenzio per non interrompere il flusso di informazioni e non disturbare ulteriormente il suo stato emotivo. Ma prima di lasciarla sente il dovere di metterla in guardia.

«Devi fare attenzione a chi ti gira attorno, Gondra. Solitamente gli stalker che commettono stupri seguono la vittima a distanza d'occhio o sono addirittura parte del cerchio di amici, parenti e conoscenti della vittima. In altre parole, lo scalmanato potrebbe essere qualcuno che tu conosci bene o qualcuno che devi aver visto, perché ti ha seguito in macchina o a piedi. Non voglio spaventarti, ma sarebbe utile che tu facessi mente locale su ciò che ti ho detto, cominciando ad analizzare i profili degli uomini che ti sono stati vicini da quando sono iniziate le telefonate anonime».

«Io ho pensato anche che potessi essere tu, in un primo momento» dichiara Gondra candida.

Romualdo pensando al suo curriculum vitae, non riesce a darle torto. «E poi? Come mai sono uscito fuori dai sospetti?» le chiede quasi divertito.

«Istinto. O forse la consapevolezza che tu non hai bisogno di nascondere i tuoi desideri più depravati. Tu sei del tutto capace di vivere questa parte di te allo scoperto. E poi hai un leggero accento toscano, che niente potrebbe occultare».

«Salvato dal mio accento toscano!» Romualdo sorride e continua: «Perché per il resto, io ti ho sempre desiderata e non ho mai smesso di desiderarti, Gondra. Ho saputo mascherarlo a lungo, per non rischiare di perderti di nuovo. Ma tu sai ora, che io sono qui e che ti aspetterò tutto il tempo di cui hai bisogno per riprenderti da questa orribile esperienza. E ti prego, conta su di me, chiamami se hai dubbi o bisogno di scambiare due parole su questo o qualsiasi altro tema ti stia a cuore. Io non ho più nessuno di cui occuparmi davvero, se non di Petra e di te, se me lo consentirai».

Gondra non è riuscita a guardarlo in faccia per tutto il tempo del suo piccolo bellissimo discorso. Non ha sentimenti in questo momento, quelli che lui potrebbe aspettarsi da lei, o quelli che lei si aspetterebbe di avere in simili romantiche circostanze. Non può fare promesse di nessun genere. Non può dire nulla che non esista. Davanti a sé c'è il vuoto adesso. Romualdo legge il suo silenzio. La capisce, ma prova allo stesso tempo un'altra amara delusione. Lui gli ha offerto praticamente tutto quello che ha, e lei non lo ha nemmeno ringraziato per le sue buone intenzioni.

«Grazie ancora per l'invito al party! È stato un successo e si rifletterà positivamente sui tuoi affari. Ci sentiamo!» Un semplice saluto con la mano e Gondra chiude la portiera dell'auto.

«Grazie di nuovo a te per aver presenziato all'evento» risponde quasi atono lui, quando lei ha già avviato il motore. Si ferma a guardarla scomparire sul viale che porta alla strada provinciale.

Non ha voglia di rientrare e distribuire sorrisi agli ospiti rimasti a pernottare. Si infila anche lui in macchina e guida verso la sua chiesetta. Parcheggia davanti al cancello e spegne i fari. Gli sembra di non avere più sogni o scopi da perseguire. Nemmeno il pensiero del suo bambino mai nato lo tocca più, mentre ritorna col pensiero alle scene che si sono svolte all'interno di quella costruzione. Gondra lo ha infettato del suo vuoto.

30. CAPITOLO

Cos'è il vuoto se non un atollo eretto sul mare dei drammi, dove il cuore riprende fiato prima di rigettarsi tra i flutti e nuotare oltre, verso la speranza?! Ma esiste la terra ferma, oppure esistono solo atolli? Le tattiche di sopravvivenza umana sono infinite, quanto i colori della natura, e dove esse non funzionano, l'io rimane esposto alle minacce ed i pericoli della vita, come un agnello su una prateria sorvolata dai condor. Nel vuoto si sciolgono le emozioni ed i sentimenti che non si fanno vedere. Nel vuoto si estinguono antiche e nuove fallacità. Il vuoto è sconfortevole poiché può esserci tutto e niente, e ciò che non era non c'è, mentre ciò che sarà non gli appartiene.

Gondra prova il vuoto e finalmente non fa domande, solo scoperte. La prima riguarda sé stessa ed il fatto di non conoscersi più. La seconda riguarda il tempo, che non è diviso in segmenti uguali. Il tempo si moltiplica o si accorcia e detta legge agli uomini. Li uccide tutti ad un certo punto, siano stati buoni o cattivi. Ma l'aspetto più saliente del tempo, risiede nella sua elasticità e nel rendere tutte le cose relative a sé stesso. Un momento e quello successivo, in mezzo un abisso. Per accettare il tempo ed il suo lavoro sull'animo umano, occorre gettare gli orologi e non quantificarlo mai. Ciò che è ora potrebbe non esserlo dopo, e dopo può essere un millisecondo o l'eternità. I cambiamenti bruschi sono bruschi perché li misuriamo. Se si pensa al cervello come ad un velocissimo processore di un computer, nessun cambiamento immediato dovrebbe apparire immediato. E se per Romualdo e Gondra, Gondra e Marco, Riccardo e Serena il detto *dalle Stelle alle Stalle* non potrebbe suonare più adatto, il fattore sorpresa non è il cambiamento della situazione, ma la velocità entro la quale avviene. Dilatando le scene al rallentatore, si potrebbe farle durare parecchi giorni, mesi, anni. Fotogramma dopo fotogramma. Dunque, non ha importanza in quanto tempo un cambiamento avviene. Avviene ed è là e le regole del gioco non sono più le stesse, nel bene e nel male, a volte nella insostenibile neutralità del vuoto.

Gondra ha scelto di non rivelare a Romualdo di aver conosciuto l'uomo collegato alla morte del figlio Davide. Non gli ha detto che quando la polizia l'ha interrogata sui possibili sospetti si è trattenuta a stento dal fare il suo nome. Avrebbe rischiato di mandare a monte tutto il suo lavoro di mesi, gli investimenti ed i debiti fatti su Petra, perché è difficile liberarsi pubblicamente da certe accuse, anche dopo che vengono ufficialmente smentite.

Su quell'atollo Gondra prende fiato e cerca di stendersi al sole senza scottarsi. Mentre si avvia in ufficio con la giovane cognata sul sedile passeggero, mantiene un lugubre silenzio. Così almeno lo interpreta Laura.

«Stai bene, Gondra?»

«Sì tesoro, perché me lo chiedi? Solo non ho nessuna voglia di tornare a lavorare. Hai a fianco un'*ex* stacanovista!» Gondra sorride e si volta a guardarla con affetto. «Piuttosto, dimmi di te. Novità?»

«No, tutto vecchio, eccetto che sono stata invitata al CERN tramite il Prof. della tesi, ma piccolo particolare… sono incinta e non è consigliato o, per essere precisi, non è consentito l'accesso alle donne in stato di gravidanza!».

«Brutto boccone da ingoiare... Mi dispiace! - *Ehi, ma come si fa a frenare di colpo col semaforo giallo, ti stavo per tamponare merlo abbronzato?!*»

«Merlo abbronzato? Non l'avevo mai sentita questa!» osserva Laura ritraendo il braccio che avevo teso sul cruscotto, nel tentativo di attutire la frenata e proteggere il pancione. Poi armeggia un attimo col suo cellulare e lo ripone nella borsetta.

«Il meno, Laura. Mai sentita? Ovvio, l'ho inventata in questo momento. Meno male che siamo arrivate, o meno bene. Perché mi viene l'acido se penso alla mia scrivania». Parcheggia in doppia fila e consegna le chiavi al parcheggiatore abusivo, che provvederà a sistemare la sua vecchia Ford Station Wagon non appena si libera un posto. Le due donne salgono le scale senza fiatare. Gondra apre la porta cercando di non fare rumore, ma non ha funzionato. Ad aspettarla seduti in sala d'aspetto all'ingresso ci sono Stefano e la segretaria. Sul tavolino croissant e caffè ed un biglietto disegnato e colorato a mano, con su scritto *Bentornata!*

«Belìn, anche voi *voja de lavorà saltame addosso*!» esclama Gondra sorridendo ancora con la chiave in mano. Il comitato di accoglienza si alza e la va a salutare. Ma lei non sa come dirlo che non ha fame e non ha alcuna voglia di fare conversazione ed ancor meno di rispondere ad un certo tipo di domande. Accetta il croissant offertole da Barbara su un piattino e si lascia versare un caffè dal termos senza sedersi.

«Sono proprio contento che tu sia finalmente tornata!» esulta Stefano.

«Sì, posso immaginarlo. Immagino anche che troverò tutto il lavoro arretrato ben ordinato sulla scrivania. È meglio che mi sbrighi! Scusate se non vi faccio compagnia». Gondra lascia il croissant quasi intatto all'ingresso e porta con sé solo il caffè. Anche Barbara, Laura e Stefano a questo punto sgombrano il tavolino e si dirigono nelle loro stanze con piattini e tazze in mano.

Gondra si chiude la porta alle spalle e vede la pila di messaggi e telefonate, ed i faldoni che ricoprono la sua scrivania. Apre la porta finestra ed esce sul balcone a bere il caffè ed a fumarsi una sigaretta. È bella come un angelo, col suo maglione di lana bianca a collo alto sopra ai pantaloni in popeline color crema. Osserva la gente camminare sulla strada. Hanno tutti fretta. Chi va a scuola, chi a lavoro. Lei non ha fretta e si gode sigaretta e caffè respirando l'aria fresca e cristallina. È fine novembre, ma splende il sole nella capitale, e non è una rarità. Richiude la portafinestra del balcone e risistema le tende bianche. Si guarda intorno e sente quel luogo estraneo. Il bianco delle pareti è freddo e monotono e va cambiato. Anche la sua poltrona girevole le sembra un oggetto estraneo. Si siede e prende confidenza con quello che le sta di fronte. Comincia dai messaggi telefonici e poi sbircia l'agenda digitale sul suo telefono per poi chiuderla immediatamente. Non ha appuntamenti per oggi, almeno questo. Accende il computer e mentre aspetta che appaia il logo di sistema sul monitor, afferra la cornetta e comincia a fare telefonate, seguendo l'ordine dei bigliettini. Un'ora dopo li ha esauriti. È stata brava. Ha sentito tutti e tranquillizzato tutti senza perdere con ognuno tempo prezioso. Ora può cominciare a dedicarsi al lavoro vero.

Ma mentre afferra il primo faldone, irrompe Laura nel suo ufficio e senza bussare. È eccitata, concitata ed allo stesso tempo ha il volto che tradisce soddisfazione. «Vieni subito, c'è la polizia all'ingresso! Il Commissario Pervenuti, un ispettore *non mi ricordo come*, e quattro agenti».

«Ma che è tutto questo spiegamento di forze?!» Gondra lascia la sua scrivania pensando che, se avevano qualcosa da comunicarle, bastava una telefonata. La giovane cognata non risponde ma le afferra la mano per trascinarla fuori dalla stanza verso l'ingresso.

Lì Gondra fa cenno a Barbara di ritirarsi e stringe la mano ai Poliziotti. «Buon giorno commissario! Ispettore! A cosa devo il piacere?» Fa una panoramica del gruppo di sei, che sembrano allineati sul piede di guerra. «Avete novità, presumo, molto importanti da comunicare. L'avete preso?».

«Abbiamo un ordine di arresto e perquisizione, Signora Bogdanova». Il commissario Pervenuti le porge il mandato della Procura di Roma sul quale, visibilmente sotto shock, legge il nome di Stefano seguito da vari capi di imputazione... *violenza sessuale, violazione di domicilio, sequestro di persona tramite uso di sostanze narcotizzanti, molestie, minacce ed atti persecutori, disturbo alle persone...*

«Prima di procedere, è doveroso comunicarle anche a voce che il suo socio è accusato del suo stupro. Il test del DNA lo ha confermato. Ora dobbiamo arrestarlo e sequestrare i sui computer e quant'altro troviamo che possa essere usato come prova dall'accusa. Sappiamo a quante pressioni emotive sia stata sottoposta a casa sua, in ospedale e presso il nostro presidio. Ma nei prossimi giorni le verrà chiesto, purtroppo, di fornire ulteriori informazioni, e più avanti di comparire al processo, naturalmente».

Mentre Gondra lo ascolta ancora in stato di shock, ed il suo cervello prende tempo per registrare quanto sente e vede, Laura concitata ed esultante la informa: «Sono stata io a denunciare alla Polizia alcuni fatti strani riguardanti Stefano! E gli ho fornito anche il materiale biologico per i test del DNA, capelli, bicchieri sporchi, posate appena usate».

«Fantastico!» risponde Gondra guardandola in faccia sempre più vacua e poi rivolgendosi al Commissario: «Perché?!»

«Il movente di uno stupro…» inizia quest'ultimo.

«Cosa c'è?» lo interrompe Stefano atono, che attirato dalle voci è uscito dal suo ufficio e si muove lentamente verso di loro.

«Ammanettatelo e portatelo in macchina» ordina il Commissario ai due agenti.

«Ispettore, per favore gli elenchi lei i suoi diritti». Principe e Sotti, prendete le scatole e cominciate a raccogliere i computer del…»

«Ma ispettore ora sono letteralmente nella… da sola a gestire lo studio e mi serve quello che c'è sui suoi computer, dobbiamo fare una copia dei dati prima che li portiate via!» Lo interrompe Gondra.

«Mi dispiace, ma nessuno deve mettere mano ai computer prima che lo facciano i nostri tecnici. Le prometto di farle recapitare al più presto una copia dei dati su una memoria di massa. Non si preoccupi!»

Gondra risente i capi di imputazione dalla voce dell'ispettore che informa Stefano mentre viene ammanettato. Questi non oppone alcuna resistenza. Lei cerca di incrociare i suoi occhi, ma il socio la sfugge abbassando lo sguardo sul pavimento. Fa in tempo a chiedergli senza avere risposta: «Perché?!» prima di vederlo scomparire dietro la porta con due agenti.

L'ispettore e due agenti preceduti da Laura, entrano nella stanza di Stefano e cominciano subito a lavorare partendo dai i computer.

Si sentono squillare due telefoni contemporaneamente, ma nessuno sembra badarci. Barbara, sbuca dalla segreteria con in mano un bicchiere d'acqua per Gondra. Questa è rimasta in piedi nell'atrio del suo studio. Cerca di identificarsi con il posto ed il momento. Non sa se provare rabbia, delusione o profondo sgomento. Prende il bicchiere d'acqua e ne beve un sorso mentre la nordica, attraente figura del commissario le si avvicina per parlarle:

«Siamo stati interrotti, Dottoressa. Le dicevo, anzi volevo aggiungere, che il suo socio rischia fino a dieci anni di reclusione se non verranno fuori le attenuanti psichiatriche che l'avvocato potrebbe avanzare in questo caso. *Perché*, ha chiesto Lei! Non possiamo ancora dirlo. Ma Lei ha una somiglianza impressionante con la madre biologica dell'imputato».

«Biologica?» chiede Gondra.

«Sì. Il La Rocca è stato abbandonato dalla madre all'età di tre anni. Era un'adepta fanatica di una setta religiosa, poi deceduta in India pochi mesi dopo l'abbandono del minore, in un suicidio collettivo che ha interessato venti donne, tutte concubine di uno stesso capo spirituale. Il bambino ha vissuto qualche tempo in un orfanotrofio, prima di essere adottato dagli attuali genitori, ed era considerato un *bambino diffic*ile. Noi inquirenti siamo del parere che il movente del reato potrebbe davvero avere matrici psichiatriche risalenti al trauma dell'abbandono. Potrebbe aver voluto punire lei, al posto della madre, o volerla addirittura mettere incinta, visto che non ha usato preservativi durante l'atto sessuale. Ma sapremo dirle di più una volta ascoltato l'imputato e la sua famiglia».

«Ma avrebbe potuto cercare di sedurmi senza dovermi violentare! E se c'è una persona brillante e positiva, quella è Stefano! Non lo vedo affatto rovinarsi la vita dietro drammi dell'infanzia che dovrebbe aver già superato! Anch'io ho dietro drammi dell'infanzia. Ho perso entrambi i miei genitori in un incidente quando avevo tredici anni e mio fratello otto» ribatte Gondra con veemenza.

«Ed è sicura di non accusare conseguenze di quei fatti? Vede, io non sono uno psicologo e nemmeno uno psichiatra, Dottoressa. Ma nella mia carriera di ispettore e poi di commissario, ho avuto a che fare con centinaia di reati commessi dalle persone apparentemente più normali con alle spalle esperienze drammatiche. Oppure dobbiamo pensare che lei ci abbia mentito, e che in effetti ci sono situazioni private tra lei ed il La Rocca, che potrebbero averlo indotto ad ottenere con la violenza, ciò che non ha ottenuto attraverso il suo consenso?!»

«No. Posso affermare con certezza che non mi ha mai corteggiata e non ci siamo mai trovati in situazioni che potessero portare a pensare che ci fosse un interesse sessuale o amoroso da parte mia o da parte sua». Gondra rivà col pensiero alle parole di Romualdo: *"Devi fare attenzione a chi ti gira attorno, Gondra. Solitamente gli stalker che commettono stupri seguono la vittima a vista d'occhio, o sono addirittura parte del cerchio di amici, parenti e conoscenti della vittima. In altre parole, lo scalmanato potrebbe essere qualcuno che tu conosci bene."*»

«Non possiamo escludere nulla in questa fase delle indagini. Ma sua cognata pare essere del parere che il suo ex socio abbia una doppia faccia... una doppia personalità. Al momento siamo solo certi che lui sia il colpevole, e come ha visto, non ha fatto nulla per ritrarsi all'arresto, né a gesti né a parole. Il movente sarà stabilito dalla procura, sentiti eventuali testi ed esaminate le prove. Mi scusi, ma non desidero importunarla insieme ai miei colleghi più a lungo di quanto non sia necessario. Si metta seduta nel frattempo, o se ne torni a casa. È solo un consiglio».

«Sì Gondra, se vuoi vengo con te, guido io. Sei bianca come un lenzuolo» interviene Laura, che li ha appena raggiunti. «Con calma ti racconto un po' di cose».

«Ma perché non mi hai messo al corrente delle *cose* prima?»

«Sua cognata ha dovuto tenere la bocca chiusa, non per slealtà nei suoi riguardi, ma per non inquinare le indagini, Dottoressa. Glielo impone la legge» spiega il commissario.

«Scusami, Laura» dice Gondra alla cognata mentre le mette una mano sul braccio.

«Capisco, non preoccuparti di me ora. Dai, andiamo a casa!»

I telefoni continuano a squillare. Gondra si avvicina a Barbara, la sua cara e sempre leale segretaria dal primo giorno di apertura. «Ti prego, prendi le telefonate. Rispondi a tutti che siamo fuori per un convegno e che li richiameremo appena rientrati».

«Certo. Mi scusi, vado!». La bionda ed abbondante quarantenne, assume ora le redini dell'ufficio. Ha un'aria preoccupata ma sicura mentre risponde alla telefonata. È un giorno difficile per tutti alla STEGO o quel che ne resta.

«Vado a prendere le nostre borse mentre tu infili il cappotto, ok?» suggerisce Laura a Gondra.

«Si, grazie. Sei un tesoro! Aspetta…»

«Si?»

«Sono libera! Non devo più portare il coltello dietro. Non devo più guardarmi attorno dopo aver parcheggiato la macchina. Non devo più guardare per forza nello spioncino ogni volta che bussa qualcuno».

«Sì. È finita!» afferma la cognata con sollievo.

«E perché *io* non sento niente, nessun sollievo, niente?! Lascia perdere!».

«Torno in un attimo».

31. CAPITOLO

Di nuovo finalmente sola a casa, dopo che Laura si è assicurata che stesse bene, Gondra accende automaticamente la TV e dopo qualche zapping su telegiornali e programmi di small talk si ferma su un film. Una commedia. Non ha visto il titolo, ma le battute sono intelligenti e rispondono al suo senso dello humour. Si alza per andare in cucina a prendere delle patatine sotto, nel reparto dolci e snack, che non apre e rifornisce da una vita. Le patatine sanno un tantino di vecchio, ma lei non ci fa caso. Idealmente è sempre sull'atollo del vuoto. Non ha bisogno di calmanti, di alcol, di sigarette. Si mette addosso il plaid e continua a vedere il film, distratta ogni tanto dal cellulare che si illumina e mostra i nomi dei chiamanti senza squillare. Non risponde a nessuno, finché non vede illuminarsi il nome di Riccardo, di cui aveva visto parecchie chiamate perse durante il weekend. Laura si è dimenticata di riferirle che era passato da casa ed aveva citofonato anche da loro, lapsus freudiano, per cui ignora ancora che si trovi a Roma. Si sorprende che non abbia la tentazione di rispondere, ed in questo spirito risponde. Sa che non potrà farle nessun male sentirlo in questo momento. Forse è la prima volta da quando si conoscono, che Gondra non ha carichi emotivi nei suoi confronti da dover gestire. Paradossalmente, è la prima volta che non si fida più di nessuno e che non si sente più sola.

«Stavo per riattaccare!» esclama Riccardo.

«Hai fatto bene a pazientare, dunque!» ribatte lei quasi atona.

«Ciao, come stai?»

«Perché me lo chiedi?» chiede Gondra. Lui si fa una sonora risata. Sono alle solite, pensano entrambi, e lei continua: «Io sto bene e tu?»

«Bene, sono a Roma, mi trattengo ancora un paio di settimane. Ho da fare per cose che riguardano mia sorella ed il suo divorzio, questioni legali e finanziarie, e poi con altre cosette. Poi ti racconto».

«Mi dispiace per lei». Gondra avverte la sua assenza di eccitazione e non sa se esserne contenta o frustrata.

«Passo a trovarti un attimo in ufficio?»

«No, sono a casa, Riccardo».

«Come mai?»

«Semmai ti racconto anch'io di persona se vuoi passare».

«Se hai tempo, volentieri! Visto che è quasi ora di pranzo magari andiamo a mangiare fuori, alla pizzeria napoletana che sta vicino casa tua. Oppure posso ordinarle e ritirarle io due pizze da portare a casa tua».

«Certo, se hai fame! Io ne prendo una piccola alla mozzarella di bufala. Ci vediamo fra poco allora».

Ancora sull'atollo, Gondra prende il sole senza scottarsi. Si rimette comoda e vede il film fino alla fine. Non pensa allo studio vuoto. Non pensa ai suoi clienti che hanno bisogno di lei. Non pensa che se non troverà presto qualcuno per sostituire il socio in prigione andrà tutto a rotoli, e non solo per lei, ma per tante famiglie. Non pensa all'effetto che le fa l'idea di essere stata stuprata da quello che ha scelto come socio in affari e compagno di lavoro. Non pensa a Marco, a Romualdo, o a Riccardo, che sta per arrivare. Non pensa! Sgranocchia le patatine e si chiede solo se le sia rimasta abbastanza fame per la pizza.

Quaranta minuti dopo Gondra va ad accogliere Riccardo alla porta. Questo ha sotto un braccio il casco e sotto l'altro due contenitori di cartone con le pizze. Anche lui non sembra aver l'aria di quello che scoppia di salute. Si abbracciano e, dopo aver poggiato le pizze sulla console, lui si toglie la giacca di pelle imbottita.

«Sei dimagrita ed hai il viso più pallido che mai!»

«E tu sei dimagrito ed hai la barba più lunga che mai. La stai facendo ricrescere?» osserva Gondra mentre si fa seguire in cucina ed inizia a prendere i piatti per le pizze.

«Come ti accennavo, sono successe un paio di cose importanti e, no, non me la faccio ricrescere apposta. È che non me ne frega proprio di tagliarla. Ti confesso che faccio la doccia ogni tre giorni. Puzzo?»

Gondra lo annusa. «Sì, direi. Ma non preoccuparti. Che ti è successo?»

Riccardo prende le posate dal cassetto e taglia entrambe le pizze già disposte sui piatti a spicchi con la forbice da cucina. «Ho lasciato Serena. Ho lasciato il lavoro. Ho lasciato Milano. Mi prendo un po' di tempo per respirare aria pulita e poi mi cerco qualcosa a Roma».

«Ehi, giusto un paio di cose!» commenta sorridendo Gondra. «Pensavo di essere l'unica a dover raccontare novità *importanti*. Con Serena mi chiedevo da tempo quanto potesse ancora durare e perché durasse ancora. Sono contenta. Ma lasciare il lavoro quasi al culmine della carriera, perché?!»

«Non l'ho lasciato, sono praticamente scappato. Non ho dato nemmeno il preavviso di legge! So soltanto che improvvisamente ho capito di non avere più nulla a che fare con Milano e di conseguenza anche con il mio lavoro. Non avrò difficoltà a trovarne un altro con le mie competenze e qualificazioni».

«Uhm. Ti va di diventare il mio socio? Se hai voglia di metterti in discussione e di non guadagnare, per ora, quello che prendevi prima, il posto di Stefano è tuo». Gondra non è arrivata all'idea di fargli quella offerta. Si è trovata ad esporla prima ancora di averci riflettuto. Sorride sorniona mentre Riccardo la guarda stupito con la forbice in mano.

«Non so di cosa tu stia parlando, ma d'accordo, perché no?! Magari ora cominci dall'inizio e mi spieghi come mai Stefano ha abbandonato lo studio».

Si siedono a mangiare direttamente sul tavolo della cucina, stretto e poco accogliente, e Gondra gli fa un riassunto di tutto ciò che le è accaduto da quando si sono visti a Genova, l'estate scorsa, dopo la morte della nonna. Con lui è facile parlare, lo è stato sempre. È per questo che Gondra lo adora. Ma ora è ancora più facile, dopo Marco, e dopo il breve ed intenso incontro con Romualdo, anche quello incluso nel racconto. Nemmeno a Lidia e Carola lo aveva riferito e forse non lo farà mai. Riccardo apprende tutto con sorpresa, preoccupazione ed un pizzico di gelosia.

«Scusa, non sarai per caso geloso? Non hai fatto nessun commento su Marco e Romualdo» gli fa notare Gondra.

«Perché mi sono concentrato sui fatti più importanti e più gravi. È stato un periodo davvero denso di vita per te!»

«Tu la chiami vita? Io la chiamo sfiga!»

«Ok, se la guardiamo sotto un certo punto di vista. Ma guarda le cose che hai guadagnato! Hai tuo fratello e tua cognata al piano di sopra. Un nuovo socio in affari che qualsiasi multinazionale ti invidierebbe; attenta a non farmi arrabbiare, sennò ci rinuncio! Una caterva di uomini che ti stanno dietro. Hai perso tua nonna, che povera donna era già avanti con gli anni, e prima poi ci arriviamo tutti. E sei stata stuprata, sotto narcosi, quindi mentre dormivi, da un uomo bello e impossibile».

Gondra si scurisce in viso. «Ma sei scemo?! Non hai la minima idea di quello che ho dovuto subire. Le telefonate anonime. Il terrore quando uscivo. La sporcizia che sentivo addosso. I test e tamponi avanti e dietro che mi hanno fatto e che occorre fare per documentare il reato. I tranquillanti che ho dovuto prendere fino a ieri. Non mi ci fare pensare, Riccardo! Questa non è cosa sulla quale potrò mai scherzare. Perdonami!» Gondra non usa certi appellativi, ed è strano che gli scappi proprio con Riccardo.

«Scusami tu. Sono stato per lo meno indelicato». Riccardo si allunga per baciarla sulla guancia in segno di conciliazione, ma Gondra si fa da parte e lui capisce che non è il momento di prodursi in atteggiamenti affettuosi, anche solo affettuosi. Meglio continuare a parlare: «Ho bisogno di un po' di tempo per me prima di cominciare. Come ti ho detto devo occuparmi di cose urgenti, mie e di mia sorella».

«Quanto tempo ti serve? Sai bene che avrai bisogno di tempo anche a studio prima di diventare davvero produttivo, per prendere in mano tutti i clienti e i sospesi e...»

«Quel tempo lì sarà molto breve, Gondra. Sai che sono geniale sul lavoro. Due settimane. Circa».

«Due settimane... Due settimane... Va bene. Lo so che sei un genio, ed in questo momento anche un angelo mandato dal cielo». Ora si allunga lei, stavolta, per dargli un bacio sulla guancia, e si ritrae infastidita al contatto con la barba incolta e pungente. «Grazie! Incredibile... non posso crederci di aver risolto un problema tanto grosso nello spazio di poche ore!» Gondra è esultante e si alza dal tavolo prima di aver finito, per informare la cognata e la segretaria che tutto rientrerà a breve nella normalità.

Ritorna al tavolo e trova Riccardo pensieroso. Lui beve un sorso di birra direttamente dalla bottiglia. La guarda interrogativo e poi le chiede. «Ma hai pensato alle implicazioni sul nostro rapporto?»

«Quale rapporto? Quali implicazioni?» chiede candidamente sorpresa.

«Parleremo tutto il tempo dei soldi degli altri!»

«E dei nostri!»

«Si, ma...»

«Abbiamo sempre parlato di soldi e management, e controlling. Si siamo sempre scambiati pareri sui tuoi ed i miei clienti da quando ti sei trasferito a Milano!»

«Si, ma ora *dovremo* farlo! E pare che la maggior parte delle coppie scoppiano quando lavorano insieme».

Gondra avrebbe una volta fatto salti di gioia a quelle parole. Ma ora, dal suo atollo, sente quello che ascolta e non gli attribuisce significati che la realtà dei fatti non può confutare. Nota con piacere la sua assenza di emozioni, il totale controllo della situazione, che solo il vuoto è riuscito a creare. Ci sono persone che vivono il vuoto tutta la loro vita, private dalla nascita della capacità di emozionarsi ed eventualmente fallire. Tali persone hanno da sempre il controllo di sé e degli altri attraverso la distanza creata dal non essere sentimentali o dall'esserlo, per scelta, solo in talune circostanze, come quando si cambiano i tempi di uno spartito musicale. Ma di musica non si può certo parlare. Gondra percepisce con soddisfazione che quei mesi, quei giorni, quel giorno, come passi verso la maturità, ma si sbaglia. L'atollo del vuoto non è maturità. È solo una temporanea assenza dal proprio mondo interiore. *Istinto di sopravvivenza!* Chi non lo possiede in Natura è destinato a perire.

«Visto che non siamo una coppia, non dovremo preoccuparcene!» ribatte lei soave.

Riccardo l'aiuta a sparecchiare ed a disporre i piatti nella lavastoviglie. «Non vorrei fare il guastafeste. Ma sono contento ed allo stesso tempo leggermente preoccupato anche da questa sfida. In fondo finora ho lavorato e percepito guadagni in misura del mio impegno, ma comunque e sempre alla fine del mese. Io devo fare un salto a Milano dopodomani, per consegnare le chiavi del mio appartamento ad un'agenzia immobiliare».

«Non ti conoscevo in questa guisa» lo interrompe Gondra. «Ti posso rassicurare sul fatto che lo studio è talmente ben avviato che oltre a garantire a noi soci interessanti ingressi mensili, il numero dei clienti è in continua crescita. Abbiamo talmente tanto lavoro che dovremo presto assumere altro personale per sbrigare mansioni di contabilità, in modo che noi possiamo occuparci esclusivamente degli aspetti strategici e del societario. E...»

«Scusa, fammi finire! L'appartamento al centro di Milano mi è costato oltre un milione di euro ed ovviamente sono ancora lungi dall'aver estinto mutuo. Lo metto in vendita ed è per questo che vado a Milano mercoledì. Fortunatamente, Serena è stata ragionevole, per la prima volta in vita sua, ed ha messaggiato che ha lasciato l'appartamento. Ho impegnato quello che prenderò di buonuscita nell'acquisto di un appartamento a Roma. Un affare cotto e mangiato. L'ho fermato sabato con pochi euro, perché ancora non ho incassato la liquidazione».

«Congratulazioni! Dov'è situato?»

«Grazie. È a duecento metri dalla casa dei miei. Ma non

posso vivere a casa loro alla mia età, si capisce, anche se loro sono sempre fuori. Tra l'altro ci si è installata mia sorella, e sicuramente per restarci. A proposito... Sai dove stanno adesso i miei? A Giacarta, una tappa di una crociera intorno al mondo!»

«Si capisce. E comunque sono fatti tuoi come gestisci i tuoi soldi ed i tuoi appartamenti. Qual è il punto?»

«Oh, il punto è che devo rilevare la quota di Stefano e non si limiterà a quella disposta per legge per una S.r.l., dato che come dici tu lo studio è avviato. Bisogna parlarne prima di questi aspetti! Io mi ritrovo con il conto a zero in questo preciso momento e fino a quando non avrò venduto l'appartamento di Milano». Riccardo, notoriamente un tipo non attaccato ai soldi, e nemmeno mai a corto di soldi, deve sentirsi umiliato, perché continua a smanettare con la lavastoviglie ed il suo contenuto anche se è già tutto a posto.

«Tesoro della mamma» lo incalza lei, «io ho momenti peggiori dietro le spalle. Non sei un poveraccio! Il tuo capitale è semplicemente bloccato al momento, ma non sei per questo un partner in affari meno interessante. Per quanto alla quota dovrò fare i conti e ti farò sapere, anche se Stefano è quello che *deve* cederla ed ha l'ultima parola. Mi fa schifo solo nominarlo e dovrò incaricare un avvocato perché si occupi degli aspetti relativi alla sua uscita ed alla transazione della quota. Vuoi pensarci un attimo? Forse ho corso troppo». Gondra ritira la mano dalla bottiglia di champagne nel frigorifero. Non intende fargli ulteriori pressioni. Festeggeranno quando il suo nome apparirà ufficialmente nella lista dei soci e sulla carta intestata dello studio. Teme la risposta di Riccardo e implora segretamente nonna Lena che lui non si tiri indietro.

«Non ci devo pensare un attimo, stai tranquilla! Come ti ho

detto, ho due settimane piene in cui ci sono questioni patrimoniali da vedere assolutamente prima di concentrarmi su tutto il resto. Sono abituato ad avere una certa liquidità e forse il passo avventato è stato quello di acquistare il nuovo appartamento prima di aver dato l'incarico all'agenzia per la vendita dell'altro. In tutta confidenza, se qualcosa dovesse andar male, potrei chiedere un prestito a mio padre. Ma odio dipendere finanziariamente dalla mia famiglia. Ho finito di fare il figlio viziato quando ho cominciato a lavorare».

«Vabbè, ma si tratterebbe in extremis solo di un prestito, non di un regalo. Andiamo a sederci in soggiorno» propone Gondra in piedi indicandogli di seguirla.

«Purtroppo devo lasciarti, Gondra. Ho da fare a casa. Alle 15:00 cominciano i colloqui tra mia sorella, il suo ex marito, l'avvocato ed io che difendo i suoi interessi finanziari. Ho solo quindici minuti per rientrare».

«Nessun problema. Spero che troviate un accordo felice. Oggi è davvero difficile gestire un divorzio».

«Già, meno male che non mi sono sposato!» Riccardo indossa alla svelta la giacca e, dopo aver poggiato un bacio sulla guancia di Gondra, sparisce con il suo casco dietro la porta.

Appena la richiude, lei fa un salto di gioia «Evvai... lo studio è salvo!»

Comincia a togliersi i vestiti già prima di raggiungere il bagno, dove apre il getto della doccia. Libera i capelli ed entra nel box per lasciarsi investire dall'acqua calda e purificatrice. È in perfetta salute. Ha un tetto, amici, la sua famiglia accanto. E non deve più aver paura, né dell'anonimo né di Riccardo. La sua nuova vita comincia oggi e al diavolo il passato!

32. CAPITOLO

«Ti ho portato il rapporto che mi hai chiesto. Una copia te l'ho inviata via email. Scusa se ci ho messo un po', ma ho avuto difficoltà a reperire certi dati. Tu sei sempre così comprensiva riguardo al mio lavoro, ma alle volte mi sento davvero un'inetta» confida Laura a Gondra mentre le porge dei fogli spillati. Gondra alza gli occhi dal monitor ed osserva la giovane cognata con disappunto.

«Ma cosa ti viene in mente?! Credi che una persona efficiente come me tollererebbe di avere un'impiegata inetta? Tu, poi, sei praticamente sottopagata con il tuo contratto. Quello che fai è prezioso per tutti qua dentro. Hai scaricato Barbara, me e quello scalmanato di parecchio lavoro di base. E nessuno ti chiede di avere una mentalità finanziaria o manageriale. Ci piace la tua testa di futura scienziata».

«Grazie!» Laura fa un sospiro di sollievo.

Gondra si alza dalla scrivania e le va incontro. Le mette la mano sul pancione e le dice seria: «Fra poco dovrai andare in maternità. Puoi scegliere di rimanere fino ad un mese prima del termine e prenderti quattro mesi dopo la nascita di Gondrina, o Gondra» sorride, «oppure puoi andare via, appunto, a fine novembre visto che dovrebbe nascere tra gennaio e febbraio, e prepararti senza ulteriori sacrifici e con serenità al parto».

«Non ci ho proprio pensato!»

«Fallo! Dobbiamo fare le cose in regola».

«Ne parlo con Giancarlo e ti faccio sapere. Credo che anche lui abbia diritto ad un periodo di paternità. Dobbiamo vedere come conciliare le cose. Ma tu come fai da sola qui dentro?

Quando viene Riccardo?»

«Non preoccuparti. Ho detto a Barbara di mettere un annuncio sul Messaggero, Porta Portese e su Internet che cerchiamo un ragioniere o laureato con esperienza pluriennale e a tempo pieno. Ci serviva comunque, perciò meglio subito, in modo che possa riprendere anche la parte di lavoro che svolgevi, scusa, che svolgi tu».

«Significa che non avrai più bisogno di me?!» si affretta a chiedere Laura non poco allarmata.

«No. Tu potrai rientrare quando vuoi dopo il periodo di maternità prescritto per legge. Ma ti faccio notare che qui a Roma gli asili nido non sono per niente economici e che dovrai valutare se ti conviene continuare questo lavoro part-time o dedicarti anima e corpo alla tesi, che stai ultimando, in modo da potermi dire *Addio* con il sorriso, perché hai trovato il lavoro all'altezza dei tuoi studi e delle tue vere capacità».

«Hai ragione. Il tempo passa e ci sono tante di quelle cose da fare in una giornata, che non mi sono fermata a riflettere sul futuro e su quel che sarà con una neonata. Può darsi che debba far venire mia madre per un periodo». La giovane donna è pensierosa.

«Hai fatto bene a non preoccupartene fino ad ora. Ti sei portata molto avanti con lo studio ed è grazie a te che il vostro nucleo familiare funziona come un orologio svizzero. Nutro una profonda ammirazione per il coraggio e l'impegno con cui hai affrontato tutto fino ad ora. Per quanto a tua madre, dovrete deciderlo voi. Ho un paio di amiche che hanno gestito egregiamente lavori intellettuali a casa finché i piccoli non hanno cominciato a camminare. I neonati dormono molto, pare. Per cui non è detto che tu debba necessariamente chiamare tua madre. A volte una persona, anche se intima, che entra nel sistema di una coppia, può creare squilibri anche seri, specialmente in un momento in cui voi due e la bambina dovrete imparare a convivere in tre ed ai ritmi di un piccolo vampiro».

«Saresti stata una madre stupenda, e ti auguro di diventarlo presto, se lo desideri. Scusa... mi dispiace!» Laura si porta una mano alla bocca per la doppia gaffe.

«Niente. No, non è una priorità in questo momento diventare madre. Questo è un pensiero che farò solo quando avrò trovato un degno padre per i miei futuri figli. Perché ne voglio tanti, almeno tre!» ripara subito Gondra. «Allora fammi sapere quando dobbiamo comunicare all'INPS l'inizio della tua maternità. Scusami ma ho un appuntamento fra cinque minuti e devo finire».

«Certo!» Laura fa per lasciare l'ufficio del capo con molti più pensieri di quanti ne avesse prima di entrarci che viene richiamata indietro.

«Aspetta... Alla fine di gennaio ci sarà l'apertura testamentaria. Tu e Giancarlo godrete senz'altro di una maggiore disponibilità dopo. Dovreste cominciare a riflettere se non sia il caso di sposarvi, magari con una cerimonia non in pompa, solo in comune. È da tempo che mi faccio i fatti miei riguardo alle vostre questioni personali, ma faccio oggi un'eccezione, perché mi stai molto a cuore».

Laura è rimasta immobile ad ascoltarla sotto lo stipite della porta. «Forse dovresti parlarne con tuo fratello di questo. Non sarò io a chiedergli di sposarmi».

«E perché no?» ribatte Gondra.

«Perché sono stata educata in una famiglia tradizionale dove sono gli uomini che fanno certe proposte. E sono sicura che

Giancarlo sia maturo e che anche il nostro rapporto lo sia. Ma credo sia legittimo aspettarmi che lui venga fuori con un anellino ed una proposta esplicita!»

Lei annuisce e Laura si congeda.

Gondra conserva nel suo portagioie i gioielli della madre, che sono anche di proprietà di Giancarlo. Sta già pensando di chiamarlo da parte, con la scusa di dividere quanto appartiene a entrambi, e di buttar lì che il brillante di fidanzamento della madre potrebbe regalarlo alla sua futura sposa. Lo farà questa sera stessa.

Mentre si compiace di come si augura andranno le cose, entra Barbara con un enorme mazzo di rose rosse a stelo lungo. «Dottoressa, Bertoldi è già in sala d'aspetto e sono arrivati questi. Se vuole, li posso mettere in un vaso, se non li porta a casa intendo».

«Grazie!»

«Non ringrazi me, ma chi glieli ha mandati!» dice la donna nel porgerle il mazzo.

Gondra non sa dove sistemarle. La scrivania è come al solito piena di carte. «Ok, lo farò!». Legge il nome sul biglietto di accompagnamento ed aggiunge con voce impercettibile «Oppure no». Torna imperterrita al computer, ma lancia un'occhiata furtiva alle rose. Solo in questo momento intravede una bustina rossa, confusa in mezzo ai fiori. La estrae e dopo averla aperta col tagliacarte ne estrae un normale foglio di carta A4 scritto a mano:

Non ti hanno raggiunta le mie telefonate, e la mia email non ha avuto risposta. Spero che queste rose aprano il tuo cuore alle mie poche parole:

Ti amo. Mi manchi.

Marco

Non ha tempo di pensarci adesso. Gondra lascia il biglietto aperto sulla scrivania e si catapulta a prelevare il cliente in attesa. Nessuno dei suoi assistiti deve lamentarsi di aver dovuto aspettare oltre l'orario convenuto.

33. CAPITOLO

Quella sera, all'uscita dal Teatro Olimpico dove hanno assistito ad un'esibizione di danza postmoderna, Gondra, Lidia e Carola si trattengono qualche minuto sul marciapiede, prima di salutarsi e tornare a casa. Sono eccitate. Lo spettacolo è stato entusiasmante.

«Come pensi di tornare a casa tu?» Chiede Gondra a Carola.

«A piedi».

«Dai che ti accompagno io in macchina!»

«No, no. Lascia perdere».

«E perché?»

«Perché altrimenti ti sbrodolo addosso soda caustica».

«Allora hai ragione! Non ho bisogno di soda caustica in questo momento. Buona notte ragazze!» Avvolta nel suo cappotto nero Gondra si allontana salutando con la mano le due amiche. Queste ultime si scambiano uno sguardo interrogativo e dopo baci e abbracci si congedano anche loro.

La bionda visione nella Ford Station Wagon si avventura nella notte senza meta. Roma è stupenda sotto il bagliore dei lampioni e delle illuminazioni speciali di cui godono la maggior parte dei palazzi e dei monumenti. È venerdì sera e nessuno pare voglia andare a dormire. Le strade sono ancora trafficate nonostante l'ora.

Percorre il Lungotevere, fa il giro di Castel Sant'Angelo, infila via della Conciliazione e rallenta per ammirare San Pietro, poi torna sul Lungotevere ed oltrepassa il Ponte Principe Amedeo. Avanza su Corso Vittorio Emanuele II gira attorno a

Piazza Argentina, continuando verso l'Altare della Patria e Piazza Venezia. Da lì imbocca via dei Fori Imperiali e si gode la vista del Colosseo. Prosegue sulla via Labicana e gira a destra su via Merulana per contemplare la Basilica di San Giovanni in Laterano. Il suo solitario tour di *Roma by Night* va avanti sulla via Amba Aradam, che si scambia con via Druso a Piazzale Metronio. In fondo, le Terme di Caracalla. Alla fine del viale delle Terme di Caracalla, imbocca via dei Cerchi per ammirare sulla sinistra, in tutta la sua lunghezza, il Circo Massimo. Passa davanti al Tempio di Vesta, sede della famosa bocca della verità, e comincia a cercare un parcheggio sul Lungotevere dei Pierleoni. Ha fortuna, vista l'ora tarda, e parcheggia sulla sinistra.

Si dirige a piedi verso l'antico ponticello, Ponte Fabricio, che collega l'Isola Tiberina al lato destro delle rive del Tevere. Quel luogo è per lei fatato. Con passi lenti lo percorre e passa davanti all'ospedale Fatebenefratelli, per poi scendere la scalinata di marmo, verso il fiume, dove l'isoletta assume i contorni di una nave. La poppa contrasta l'imperversare delle correnti, e divide il fiume in due lembi. La prua li ricongiunge. Sono poche le persone che si avventurano di notte la sotto. Oltre a *sorci* e ratti, attirati dagli effluvi della poco distante Cloaca Maxima, il più grande dei collettori romani ancora funzionante, a volte pernottano indisturbati vagabondi e senzatetto che avvicinano i visitatori con la mano tesa, talvolta con la mano armata. Gondra tira quasi sugli occhi il cappuccio di lana nero ed infila sotto i suoi capelli biondi, per non dare nell'occhio. Occorre non dare l'aria di non sapere dove andare, e lei procede a passo spedito verso la prua, dove pochi alberi che sbucano dai sampietrini ed il marmo consumato di una piatta scalinata offre un piccolo angolo di natura di fronte al quale fa mostra di sé un altro monumento dell'Antica Roma, il Ponte Rotto, così denominato poiché ne esiste ancora solo il moncone centrale. Si rende conto solo ora, di aver camminato sopra un ponte, seppure non lungo, senza aver avuto paura di guardare di sotto ed è talmente felice di questa scoperta che il viso le si illumina e gli occhi luccicano, come le stelle sopra di lei.

Improvvisamente si sente così tanto di buon umore da non rimandare una telefonata che le frulla in testa di fare già da stamattina. Senza smettere di camminare, tira fuori il cellulare dalla tasca del cappotto e seleziona il numero di Riccardo. Rallenta il passo per godere meglio della vista e dell'atmosfera speciale che respira su quel suggestivo angolo di città irraggiungibile dalle auto.

«Sono Gondra, ciao. Disturbo?»

«No, assolutamente. Sto sul lettone in camera mia a rodermi il... per il fatto che la mia ex si è portata da casa mia pezzi di mobilio interamente acquistato da me e senza chiedermi nemmeno il permesso. Erano parte integrante di un concetto abitativo e stilistico e mi sto occupando di traslocarli a Roma, nel nuovo appartamento. La cosa che mi dà i nervi è che ora dovrò acquistare e mischiare pezzi che difficilmente si integrano. Vabbè».

«Ah, non mi sorprende! Comunque puoi farle riportare tutto ciò che non le appartiene».

«Si fa prima dirlo che ad ottenerlo. Tra l'altro potrebbe essere una scusa per avere ancora contatti con me, mentre io, coerentemente, la evito come la peste».

«La eviti perché hai paura di soffrire?»

«Senti, ma dove sei?» la interrompe Riccardo.

«A passeggio sull'Isola Tiberina».

«A quest'ora... da sola?! Ti raggiungo?»

Gondra esita un momento. «Sì, sono sola. Ma meglio di no. Continuo a camminare e fra poco chiudo il perimetro. Ci sono un paio di tizi poco raccomandabili in giro e tu non riusciresti a stare qui prima di una ventina di minuti».

«Se è così, è meglio che te ne vai subito a casa. Io sono stanco, a dir la verità».

«Allora? Hai dato il mandato all'agenzia immobiliare? Come sono i pronostici per la vendita?»

«Non gli ho firmato un mandato in esclusiva, ed hanno accettato lo stesso. Voglio anch'io darmi da fare, tramite conoscenze, e vedere se sono più veloce di loro a venderla. Ma entrando lì dentro, e vedendola depredata di parte dei mobili, mi si è spezzato il cuore. Non me ne separo senza un certo dolore, anche perché pensavo che ci sarebbero nati i nostri figli, per questo l'avevo comprata così grande».

«Capisco, Riccardo. Tutto ciò che ha fatto parte della nostra vita e che ci lasciamo alle spalle, se l'abbiamo amato, rappresenta una perdita. Tu hai fatto tabula rasa della tua vita degli ultimi anni».

«Sì. E pensare che mi stavo per interessare a dei posti al cimitero perché credevo che ci sarei morto a Milano!»

«Meglio Roma, per viverci e morirci! Non ti sei perso niente, no? Altrimenti non saresti rientrato. L'hai fatto perché te lo ha dettato il cuore. La testa ci arriverà pian piano».

«Credi?»

«Credo».

«Vengo a trovarti lunedì a studio, Gondra, così comincio a far confidenza con i locali e le persone. Il tuo avvocato è uno che non perde tempo. Ha convocato me ed un avvocato amico di Stefano, che ne cura gli interessi mentre è in custodia cautelare».

«Chi è?»

«Un certo Pascazzi».

«Il suo scagnozzo! Cinico, intelligente ed ignorante. Fai leva sul fatto che è un incompetente, anche se furbo».

«Grazie!»

«È mio interesse perorare la tua causa. Sto lavorando per due!»

«Lo so. Mi dispiace! Ma il tempo che ho chiesto mi serve. Poi mi avrai tutto per te».

«Si fa per dire!»

«Si dice e si fa. Che fa nel weekend la mia bionda preferita?»

«Lavoro. Mi sembra di annegare nel mare dei *devo fare* e non vedo l'ora di riemergere. Due settimane di arretrato che avevo accumulato io, la parte di Stefano. Abbiamo la metà dei cavalli, mentre il carro deve arrivare al mercato. Ma non te lo dico per farti sentire in colpa. Ti sono fin troppo grata per il fatto di aver accettato. È giusto uno sfogo del momento».

«Ti vuoi sfogare a cena domani sera?»

Gondra scoppia in una risata. Una coppietta di innamorati si gira a guardarla, mentre lei continua a camminare con passo veloce. «Perché no! Noi mangiamo sempre. I romani intendo. Dove mi porti?»

«Ci devo ancora pensare. Ho da fare anch'io domani. A parte il resto, un altro round di colloqui con un paio di avvocati. Non avrò pace finché mia sorella non avrà pace. E questo significa liquidare e non avere mai più a che fare con il suo ex marito. Solo allora sarà tranquilla e potrà davvero ricominciare a vivere e pensare anche alla sua salute, mentale e fisica. Sta perdendo il contatto con la realtà e non ha obiettivi. Questo dovrà cambiare».

Gondra non si sorprende nemmeno un pochino mentre

sente la sua voce che dice: «Capisco. Riccardo, a ripensarci, credo che dovrò trattenermi a lavoro domani. Stasera sono uscita perché avevamo acquistato i biglietti del Teatro già da parecchi mesi io e le ragazze, ed i Metillesox li avrei persi fino all'anno prossimo»

«I che?»

«Una compagnia di ballo. A te non interessano le arti espressive». Sorride. «Voglio avere davvero il tempo di gestire il lavoro di questo weekend secondo i miei ritmi, visto che durante la settimana non si riesce. Non ti dispiace se ci vediamo lunedì a studio?!» Gondra guarda l'orologio e si avvia verso gli scalini che portano al ponte ed all'uscita dall'Isola Tiberina.

«No, capisco! Del resto anch'io… Scusa, solo una cosa…»

«Sì?» Comincia a piovigginare.

«Finché l'affare non si è concluso…»

«Dai sputa il rospo, immagino quello che vuoi dire!» Gondra lancia un ultimo sguardo in basso per ammirare l'isoletta, e poi prende il Lungotevere.

«Lo sai quanto ti voglio bene e con quanto slancio ho accolto la tua proposta. Ma, in verità, non ho ancora le idee chiare su nulla. Non so come andrà a finire l'incontro e specialmente quanto sarà alta la richiesta del tuo socio. Io non vorrei che la cosa prendesse una piega…»

Gondra si ferma davanti alla sua auto ma guarda il cielo incontrando la pioggia. Quello che sente non le piace. Un trasferimento di proprietà tra il socio in prigione e Riccardo potrebbe però rivelarsi lungo e complicato. «Lo so, capisco».

«Io ho bisogno di avere davanti chiarezza, specialmente in questo momento della mia vita, e specialmente in questo momento non sono molto disponibile ad assumere rischi. Se il tuo ex socio dovesse chiedere un prezzo troppo alto…»

«Forse posso farmi fare una perizia e farti assegnare il prezzo di mercato, dovrei averne il diritto!»

Riccardo si alza dal letto e cammina nervosamente verso la cucina. «Non è che io non voglia entrarci, ma… lasciamo perdere ora! È prematuro parlarne prima di aver incontrato l'avvocato e lo *scagnozzo* di Stefano». Apre il frigorifero e ne estrae una bottiglia di birra.

Un attimo di silenzio dall'altra parte della linea. Gondra resta in piedi di fronte allo sportello della macchina, con la chiave in mano, mentre il suo cappotto comincia ad inzupparsi di pioggia. Una goccia in più, sprigionata dal suo cuore, si aggiunge alle gocce di pioggia che le imperlano il viso. Si fa forza e cerca di riempire il silenzio interrotto solo dallo stappare della bottiglia di birra di Riccardo. «Sì, rimandiamo la conversazione a quando avremo più elementi per giudicare. Buona notte». Mentre sta per pigiare il tasto che chiude la telefonata, si rende conto che Riccardo sta ancora parlando. Non ha atteso che la salutasse e riprende: «Ok, allora ci vediamo lunedì mattina a studio. Buona notte».

«Ok, notte»

Continuano a scenderle lacrime sul viso. Forse si è aspettata troppo da lui. Lo ha incalzato con il suo ottimismo senza dargli il tempo di riflettere su un'opportunità alla quale poteva a buon diritto non essere interessato. Ne è consapevole anche se la sua frustrazione è grande.

Rinunciare alla cena con lui le è venuto spontaneo come bere un bicchiere d'acqua, mentre in passato avrebbe pagato per poterlo vedere. Le sue lacrime sono di delusione e preoccupazione, non d'amore!

34. CAPITOLO

Laura bussa alla porta dell'appartamento di Gondra, come ogni mattina da quando è stata da lei assunta come stagista allo studio, ma la cognata tarda ad aprire. Allora preme sul pulsante del campanello ed attende ancora qualche momento prima che l'uscio si spalanchi.

«Scusami, Laura, non sono ancora pronta, ma lo sarò in un attimo».

La giovane donna sbircia all'interno e la vede intenta a rassettarsi un abito nero attillato, lungo al ginocchio, ed a sciogliere i capelli prima raccolti a coda. «Sei molto carina!» esclama verso di lei.

«Grazie, Laura. Anche tu. Ma guarda che occhiaie! Non ho avuto il tempo di metterci sopra il correttore, o meglio, non ci ho pensato perché non lo uso mai. Aspetta che prendo i faldoni… puoi aiutarmi?» Le indica una pila sulla consolle dell'ingresso.

«Certo!»

Gondra si chiude la porta alle spalle e comincia a scendere le scale di corsa. «Dio Santo, scusami Laura. Ti aspetto, ovviamente!»

L'ufficio è poco distante ed il traffico rende a volte il percorso più lungo che se fatto a piedi. Le strade ed i negozi sono addobbati per il Natale.

«Avrò nostalgia delle nostre conversazioni in macchina e dello studio quando sarò in maternità» dice Laura con un sorriso ed una punta di tristezza.

«Ancora?!» Le chiede Gondra guardandola con gli occhi spalancati.

«Ma sì, dai! È il mio primo vero lavoro e tu sei un capo esigente ma buono, ed una cognata fantastica».

«E sempre lo sarò, anche quando non sarò più il tuo capo».

«Ho deciso di restare fino alle doglie, o quasi e di entrare in maternità dopo. Non ti lascio sola proprio in questo momento».

Gondra le poggia un bacio sulla guancia. «Sei un tesoro! Io sentirò pure la tua mancanza, cosa credi! Ma come già detto, ti attendono compiti più piacevoli... Gondrina ed un roseo futuro professionale». La fila di auto non sembra diminuire. Il semaforo è incantato sul rosso. «Anche questa ci voleva! Alle 09:00 arriva l'unica candidata che ho invitato al colloquio e sono già le… fammi vedere?!» dà un'occhiata all'orologio del cruscotto: le 09:04.

«Dai non è tutto questo ritardo! E del resto è lei che deve essere puntuale. Ma perché l'unica? Con tutti i curricula che Barbara mi ha detto di aver ricevuto!»

«Perché alla fine ho escluso i maschietti. Poi ho escluso le non qualificate e quelle che non mi stanno simpatiche dalla foto. Non guardarmi male... anch'io sono umana! Questa Marina sembra una sincera e che sa il fatto suo. Molto competente, almeno da quanto capisco dal suo curriculum e lettera di presentazione e motivazione. La assumerei direttamente senza colloquio, perché ha avuto il coraggio di scrivere che si è appena sposata, ed è per questo che si trova a Roma».

«Allora c'è il pericolo che rimanga incinta presto e tu la perda e debba ricominciare daccapo!» osserva Laura pensierosa.

«Sì, il rischio c'è! Ma la ragazza ha talento e non credo che voglia sprecarlo proprio all'inizio della sua carriera a Roma. Ha lavorato a Bologna, con successo, sottopagata. Io le offrirò un bel contratto di lavoro dipendente più incentivi produzione, che ovviamente non riceverà se non produce».

«Anche a me piacerebbe lavorare a condizioni tanto vantaggiose, se non fosse che ancor prima di far carriera ho cominciato a fare figli!»

«Non è detto che sia un male! Tu conosci la mia storia, ed ora come ora non ripeterei mai lo stesso errore, per nessuna ragione al mondo». Il semaforo è diventato giallo e le auto, come è tipico a Roma, cominciano a muoversi disordinatamente per cercare di attraversare il grande incrocio senza riguardo per le precedenze. Gondra si districa con uno slalom e procede fino ad una strada laterale. «Facciamo la scorciatoia!»

«Ah, vedo che è già arrivata!» dice Gondra stringendo la mano alla giovane donna bruna intenta a parlare con Riccardo in sala d'attesa. E mentre stende la mano all'amico, questi si alza dal divanetto e la abbraccia come di consueto, baciandola sulle guance. «Mi scusi ancora solo un attimo, Signora Bulzi, la faccio chiamare appena ho il computer acceso».

Gondra appende il cappotto all'ingresso, mentre Laura prosegue verso la stanza di Stefano. Riccardo la osserva con aria interrogativa e Gondra gli fa cenno di seguirla. «Bello il tuo maglione col cappuccio, Riccardo!» gli dice sorridendo critica, mentre gli indica di accomodarsi di fronte alla sua scrivania.

«Lo sai che quando non sono a lavoro o in ufficio non mi piace indossare giacca e cravatta!»

«Già, ma questo è un ufficio... Belìn che discorsi! Scusa... deve essere la tensione!» Stavolta il sorriso è sincero e ricambiato da Riccardo, che accusa altrettanta tensione.

«Sicuramente!»

«Sì».

«Ci fumiamo una sigaretta sul balcone?» dice Riccardo in un tentativo di conciliazione.

Gondra accende il computer ed estrae una cartella dalla pila di faldoni che si era portata a casa. «Dopo che ho visto la candidata per il posto da ragioniera. È laureata ed ha un ottimo curriculum. Ti avrei pregato di presenziare al colloquio se la situazione con te fosse più chiara. Ma te lo risparmio, e nel caso dovessi subentrare, stai certo che lei o un'altra, saranno all'altezza dello stipendio che le paghiamo».

«Ed io che faccio nel frattempo?» chiede Riccardo mentre si sente improvvisamente un estraneo per Gondra, una sensazione mai avuta prima.

«Puoi andare nell'ufficio di Stefano, guardarti intorno ed aspettarmi lì, bada che c'è mia cognata dentro, oppure puoi tornare in sala d'attesa. Appena finito sarò a tua completa disposizione fino alle 11:00 per qualsiasi domanda o chiarimento di cui tu abbia bisogno».

«D'accordo...» dice Riccardo alzandosi, «vado giù al bar a prendere un caffè e torno».

«Bene!»

Senza perdere, chiama la segretaria per dirle di far entrare la candidata e di non passarle telefonate fino a che questa non avrà lasciato lo studio.

Si sistema i capelli ed indossa un'espressione rilassata mentre accoglie la Bulzi alla porta. Non lo ha fatto per Riccardo... Si è vestita con più cura per far colpo sulla sua nuova impiegata.

Dopo quaranta minuti di colloquio accompagna la donna, che ha solo un anno meno di lei, alla porta principale. «Ho altri candidati oggi da vedere» mente Gondra, «ma Lei ha ottime credenziali e sono molto positiva sul fatto che potremmo rivederci presto». Le stringe la mano con un leggero senso di colpa per la sua innocua bugia, e la segue con lo sguardo mentre scende le scale.

Poi entra di sottecchi in segreteria, spaventando Barbara, per comunicarle con un sorriso da guancia a guancia: «È lei, lo sapevo! Fammi una bozza di lettera… o tirala giù da internet, ce ne sono cinquantamila, scrivendo che *siamo lieti di comunicarLe* ecc. ecc. e fammela vedere. Si deve presentare dopodomani qui con documenti ecc. ecc.»

«Dottoressa, ma non vuole vedere davvero nessun altro?! Ecc. ecc... ma poi dove la piazziamo, in cucina?!» La segretaria ha l'aria preoccupata o leggermente irritata, mentre ripensa agli *ecc. ecc.* Gondra le legge nel pensiero.

«Ti sottovaluti, devi assumerti più responsabilità. E Doria prenderà posto alla scrivania di Stefano, mentre attendiamo sviluppi. Laura andrà via ed essendo la stanza di Stefano quasi il doppio più grande della mia, potrà restare lì per sempre, anche nel caso subentri un nuovo socio. Un problema alla volta, Barbara! E di lettere ne hai scritte in quantità industriale, non dirmi che ti fa paura una semplice lettera di invito *ecc. ecc.?!* E visto che le responsabilità sono da qualche tempo cresciute anche per te, dal prossimo mese avrai un aumento del dieci per cento sullo stipendio» le comunica poggiando entrambe le mani sulla piccola scrivania della segretaria, mentre questa reagisce con aria sorpresa:

«Grazie! Ma proprio ora con tutta questa crisi?!»

«Sì, proprio ora! Abbiamo tutti bisogno di più motivazione per superare meglio tempi difficili, e tu stai accettando di fare straordinari, che sebbene pagati, non sono facili da conciliare con la tua vita familiare. Ti ringrazio per la comprensione e la flessibilità dimostrati, Barbara».

«Ma ci mancherebbe, Dottoressa, grazie a lei!».

«Fammi andare a vedere cosa fa Riccardo, e trattalo benissimo, non bene, perché come sai potrebbe diventare il tuo capo».

«Agli ordini!» Barbara è radiosa e si rimette immediatamente a lavorare al computer con zelo.

Con la andatura flessuosa ma spedita, ora cerca Riccardo che aveva già notato non essere in sala d'attesa. Non lo trova né nella stanza di Stefano, né in bagno, né in cucina.

Barbara alla sua richiesta la informa: «Non è ancora tornato, Dottoressa. È uscito prima che iniziasse il colloquio e non ha più ribussato. Posso passarle le telefonate?»

Lei pensa per un attimo alla possibilità che Riccardo possa essersi irrigidito, dopo la conversazione nel suo studio, e sia tornato a casa. Ma poi le viene in mente di andare a verificare che non sia ancora al Bar, anche se la possibilità le sembra remota, visto che sono passati oltre tre quarti d'ora. «Non ancora. Ti prego, annota fino a contrordine. Quante telefonate sono arrivate finora?»

Il telefono della segreteria squilla, giusto per non tradirsi, e mentre si affretta ad andare a rispondere, urla: «Quindici... è lunedì!»

Gondra non riuscirà a nascondere ancora a lungo ai suoi clienti, specialmente quelli legati a Stefano, che questi non c'è e non ci sarà in futuro. Ma visto il timbro di voce e l'atteggiamento sereno e rassicurante della sua futura assistente, ha già pensato di metterla subito a lavorare e soprattutto nel settore di Stefano. Il suo cuore le dice di non fare affidamento su Riccardo, non fino a che quest'ultimo non le avrà dato una risposta definitiva riguardo alla transazione.

Infila il cappotto nero e si lancia per le scale diretta al bar all'angolo, che è anche il loro fornitore di dolci e rinfreschi per lo studio. Tutti i baristi la salutano e le lanciano sguardi ammiccanti, mentre lei ricambia e cerca con disperazione tra le facce dei clienti quella del suo amico.

«Cosa possiamo servirle, Dottoressa?»

«Nulla, grazie. Avete visto un uomo con barba e occhi verdi?»

Uno dei baristi si gira mentre estrae il filtro dalla macchina del caffè e le fa segno col viso e con la mano verso tre clienti presenti nel bar che rispondono a quella descrizione. Ma non sono Riccardo. Gondra stringe gli occhi.

«Cercavi me?» chiede qualcuno, quasi urlando per farsi sentire, poco distante alle sue spalle.

Un brivido le percorre il corpo, poi paralisi. Ha appena avuto l'ennesima grande delusione della sua vita e quella voce è un come una mano, un balsamo che le accarezza il cuore. Non osa ancora voltarsi. Da qualche tempo non temeva più i suoi sentimenti. Prendeva il sole sull'atollo del vuoto. Ma ora qualcosa di strano succede dentro di lei, come un vulcano che erutta improvvisamente, scuote la terra e la inonda di lava, ricoprendo tutto quanto resta sotto. La forza della natura che risveglia l'anima e il corpo! In un attimo scompaiono il lavoro, le preoccupazioni e la cattiveria del mondo.

«Gondra!»

La voce è ora dietro di lei ed è fuoco in tutta la sua forza. Sente l'abbraccio dell'uomo avvinghiarla ma non ha il coraggio di voltarsi. Si arrende al corpo che le trasmette quel cuore e quel calore, e lacrime d'intensa emozione le rigano il volto. Il suo corpo è avviluppato, ancora immobile in un abbraccio che sembra durare un'eternità, e lei si sente piccola e protetta dall'alta e slanciata figura dell'uomo. Ha bisogno di sognare ancora un istante. Ha bisogno di sentire tutta la stabilità ed il senso di protezione che quel corpo le comunica. Tutto attorno è un bar pieno di gente che li ignora, forse, mentre al centro si sta compiendo un miracolo. I miracoli non hanno bisogno di parole. Accadono e basta! E mentre riceve un bacio caldo, affettuoso e sensuale sul collo, l'uomo la costringe dolcemente a voltarsi verso di lui e le asciuga le lacrime sul volto pallido. Gondra ha gli occhi grandi come un cerbiatto, l'espressione di una giovane ed inerme fanciulla presa da un film muto. E quando lei alza lo sguardo verso di lui, più nulla può fermare l'amore.

Marco la bacia sulla bocca, e lei lo ricambia con ardore. Non si sente così viva da quando si sono visti l'ultima volta.

«Ti amo» dichiara lui ad alta voce con le lacrime agli occhi, «non ce la faccio proprio a vivere senza di te! Devi ascoltarmi!». Alcuni clienti seduti al tavolo a fianco cominciano ad interessarsi alla coppia in atteggiamento assai romantico.

«Ti amo anch'io. Mi sei mancato, ma non sapevo quanto fino a questo momento. E sì ti ascolterò, tesoro mio, perché solo ora ho realizzato che mi ami davvero, perché lo sento, lo percepisco attraverso il tuo corpo. E qualsiasi cosa sia accaduta, so che ci dev'essere dietro una ragionevole spiegazione. Scusami se non ti ho dato modo di chiarire!». Gondra lo guarda negli occhi con una intensità che Marco non riesce a reggere, se non piangendo ed asciugando le sue lacrime e baciandola ed abbracciandola come se non volesse più lasciarla andare. «Non scapperò mai più» continua lei. «Ma ora andiamo via da qui». Gli prende la mano e lo trascina fuori dal bar. Alcuni clienti battono le mani e loro si voltano indietro sorridendo, ancora con gli occhi lucidi.

«Questo è vero amore!» grida loro la ragazza del servizio ai tavoli, mentre li segue allontanarsi con lo sguardo.

I due raggiungono un'aiuola, poco distante, che ospita una vecchia panchina in legno. La giornata è grigia e piovosa ma loro prendono posto uno accanto all'altra, noncuranti del sedile bagnato.

«Come mai stavi al Bar?» chiede Gondra chiudendo le mani di Marco tra le sue.

«Ci vengo di frequente, da quando ti sei dileguata. Sono passato spesso sotto il tuo ufficio, sotto casa tua, sperando di vederti, visto che hai rifiutato ogni mio tentativo di avvicinarti. Che capisco, ma…»

«Hai ragione, ma ho molto da raccontarti e spero che mi perdonerai». Il viso di Gondra si rabbuia di colpo pensando alle intense settimane, ai drammi, al suo incontro con Romualdo.

«Ti ho già perdonato!» Marco tenta di baciarla, ma lei stavolta lo respinge con gentilezza. «Sono successe tante di quelle cose nel frattempo!»

«Chi stavi cercando al bar?» le chiede lui leggermente sospettoso.

«Riccardo, che si è letteralmente volatilizzato. Un comportamento *non classificabile!*»

Marco stacca lo sguardo da lei e lo rivolge all'infinito. La sua giacca sembra aver improvvisamente perso le spalle.

«No-no-no... non è come pensi tu! È una lunga storia. Ascolta…» Gondra lo fa voltare verso di lei attirandone il volto con un delicato gesto della mano, «non c'è stato nulla tra noi. Devo spiegarti ogni cosa con calma e lo farò non appena tu mi avrai raccontato quello che da tempo cerchi di dirmi.

Marco sembra rassicurato dalle sue parole e stavolta è lui a prendere le mani di Gondra tra le sue. «Quando hai scoperto del mio legame con Davide sono stato preso alla sprovvista. Da tempo, cercavo il momento ed il modo di dirti in che circostanze l'ho conosciuto, ma non l'ho fatto perché non volevo rovinare il ricordo bellissimo che hai di lui. E non posso raccontare questa storia a metà, o modificarla perché appaia meno scabrosa di quella che è!»

«Uhm. Non vedo l'ora di sentirla questa storia ora, Marco» commenta Gondra preoccupata ed in leggera allerta.

«Hai tempo adesso? Niente appuntamenti? Sarò breve, comunque. Ho ripetuto la storia fino alla nausea per renderla breve ed il più chiara possibile».

«Dai, che aspetti?!»

«Mio nonno paterno era un capitano di navi commerciali che collegavano rotte del medio ed estremo oriente al porto di Amsterdam. Questo è il motivo per cui so parlare l'olandese da prima di conoscere la mia ex, mia nonna era olandese e ci ho passato quasi tutte le mie estati da lei da bambino, nonostante la mia famiglia sia italiana. La mattina dopo aver scoperto il tradimento di mia moglie, ed ancora in stato confusionale, bussa alla porta un cadetto della Marina e mi consegna una medaglia al valore, che mio nonno aveva meritato per il salvataggio di una nave della marina italiana ed il suo equipaggio. Gli è stata conferita post mortem. Quel cadetto era Davide». Si interrompe cercando di allontanare un barboncino bianco che vuole salirgli sulle gambe. La padrona lo tira via per il guinzaglio e Marco può continuare: «Lui, Davide, era stato incaricato di aprire il cofanetto contenente la medaglia e di leggerne la dedica al valore e merito. Io mi sono commosso pensando a quanto gli avrebbe fatto piacere riceverla di persona. Mio padre, come sai, non è in condizioni di intendere e di volere ed anche il suo ricovero nella prima clinica risaliva a quel periodo. Non so davvero perché, ma sono crollato! E Davide si è preso cura di me, nel senso che si è seduto accanto a me ed io ho cominciato a raccontargli delle mie ultime pene d'amore e familiari».

«Tipico di Davide... Non per niente era il mio miglior amico! Ma continua!»

Marco fa una smorfia, e con molta difficoltà riprende il racconto. «Ci siamo visti svariate volte, da amici. Ha conosciuto anche mia sorella e mio fratello, che erano molto giovani. Ha fatto a tutti dei regali al rientro dalle sue crociere di studio. Mia sorella ha ricevuto il doppione del tuo costume. Era un amico sincero con una disponibilità fuori dal comune. Un pomeriggio l'ho chiamato per andare a bere una birra insieme, una delle pochissime volte in cui ero stato io ad invitarlo. Quando lui è arrivato, in serata, io ne avevo già bevute parecchie e mi ero scordato che sarebbe venuto. Ero ancora deluso e disorientato. Dopo tanti mesi avevo ancora davanti l'immagine della mia ex moglie che scopava con un altro. Quando ha bussato non avevo voglia di vedere nessuno, proprio nessuno, ero davvero di cattivissimo umore, ma per non essere maleducato gli ho aperto la porta. Lui comprensivo come sempre. Abbiamo fumato uno spinello insieme e...»

«Credevo di conoscere tutti i suoi amici, almeno per nome e di te non mi ha mai parlato! E poi uno spinello?! Davide era un santo!» esclama molto sorpresa Gondra.

«Non proprio, purtroppo! Ad ogni modo l'effetto è stato che ci è venuta fame e lui mi ha preparato da mangiare. Io non ero in grado di alzarmi dal divano, o meglio dal letto. Tra birra, cibo e spinello sono passato dalla conversazione al sonno profondo. Mi ricordo solo che Davide mi stava molto vicino prima e mi teneva la mano. Il che non mi sembrava strano, almeno non in quello stato. Ti assicuro che non ho mai fatto nulla prima o quella sera che potesse fargli capire di essere interessato a lui personalmente, come uomo intendo!» Gondra si accende una sigaretta, mentre lui continua, «La mattina dopo, erano circa le cinque, mi sono svegliato con i pantaloni ed i boxer abbassati, ovvero nudo dalla cintola in giù. Lui dormiva dietro di me e le lenzuola erano inzuppate di..., parecchio anche».

«Belìn, non ho parole! Ha abusato di te nel sonno?» Gondra si alza di scatto dalla panchina e più che mostrare dolore, il suo viso tradisce rabbia.

«Tu non puoi capire cosa significhi svegliarsi e realizzare di essere stati vittime di un abuso, sicuramente senza penetrazione, ma comunque qualcosa per me al di fuori di ogni possibile giustificazione. Nemmeno il fatto che lui mi abbia rivelato di amarmi, mentre lo svegliavo e lo cacciavo fuori, completamente nudo, lanciandogli dietro i suoi vestiti, ha potuto alleviare il senso di disgusto provato per lui ed anche per me».

«Oh se lo so cosa si prova, Marco! E sono costernata che anche tu, coincidenza assurda, abbia vissuto una tale esperienza!»

«Che vuoi dire?»

«Abbracciami amore! Ti amo come e più di prima e non so se sarò mai in grado di farmi perdonare!» Lo guarda negli occhi in cerca di una reazione che non tarda ad arrivare.

«Ma per cosa?» le chiede sorpreso. «Mi hai detto che ne riparleremo, e stai tranquilla che non mi scosto di un millimetro da dove sono... al settimo cielo!» Sorride sincero riuscendo ad illuminare ed a far schiudere il viso della donna come fa il sole del mattino con un tulipano.

«Non posso perdonarmi di non averti voluto ascoltare! Molte cose sicuramente non sarebbero accadute se io non fossi scappata via. Se noi fossimo stati insieme, tu mi avresti protetta! Ed ora penso alla tua angoscia, al pensiero di ferire me ed il ricordo del mio amico! Ma sai una cosa? Non riesco a proprio a perdonarlo! Lui è svanito. Capisco che deve averti amato per farlo, ma io mi sento anche tradita, perché non mi ha mai raccontato delle sue tendenze sessuali e di te, quando avrebbe potuto rivelarmelo cento volte, anche mentre costruiva il tuo veliero. Come mai non te ne sei liberato?»

«Abbiamo davvero molto da raccontarci ed io non credevo che avresti reagito in questo modo, altrimenti non avrei sacrificato tutto il tempo che ho passato a tenermi distante, combattendo contro la voglia di toccarti e baciarti». Marco infila le mani sotto il cappotto nero di Gondra per sentire il suo calore ed attirare il suo corpo al suo. Non cercano posti proibiti, ma la dolcezza del corpo di lei, come a voler realizzare che quella tra le sue braccia e le labbra morbide che gli si offrono non siano un'allucinazione. «Ho un sacco di domande da farti» prosegue, «eppure non riesco a formularne nemmeno una in questo momento!»

Gondra si stringe ancora più stretta a lui. Marco è la terra che l'accoglie, la sua casa. Si baciano sotto una lieve pioggia, mentre i passanti lanciano loro tenere occhiate. Un'aura rosa confetto racchiude loro e la panchina fuori dal grigio e dal rumore del traffico.

Marco si stacca da Gondra e la guarda dritto negli occhi. Lei gli leva i capelli bagnati dalla fronte. «Cosa c'è?»

«Voglio sapere cosa ti è successo».

«Aspetta ancora un poco. Mi piacerebbe poter prolungare questo momento tutto nostro all'infinito. Ce lo siamo meritati!». Gli afferra la mano. «Ti va di prenderti una giornata libera?»

Lui la guarda leggermente attonito, ma ha troppo rispetto per lei per costringerla a parlare se non intende farlo in questo momento. La segue senza rispondere mentre estrae il cellulare dalla tasca della giacca blu. «Egidio, cancella gli appuntamenti di oggi e manda un bigliettino di scuse con delle rose alla Signora Verzi, dovevo incontrarla a pranzo ma ho questioni urgenti da vedere. Ci vediamo domani mattina, magari dieci minuti prima della riunione con i web designer». Marco chiude prima ancora di sentire se Egidio ha ricevuto interamente il messaggio, mentre Gondra lo guarda incuriosita. «La Signora Verzi è la madre del direttore vendite della Galleria Quinonci, e siccome ne è proprietaria al settanta percento, avevamo un appuntamento come di solito ce l'hanno i rappresentanti. In macchina ho un tal campionario che se me lo rubano devo vendermi la casa». Sorride pensieroso.

«Forse conviene che lo mettiamo al sicuro, magari a casa mia». Gondra si ferma davanti al portone esterno del suo studio. «Devo salire solo un attimo a prendere la borsa ed a posticipare un appuntamento che anch'io ho fra poco, alle 11:00, con un cliente. Vieni anche tu?» Preme il pulsante del citofono.

«Volentieri! Conosco perfettamente il portone ed anche i graffiti sui mattoni attorno al portone. È ora che visiti il posto dove trascorri la maggior parte del tuo tempo». Marco segue lei e la scia di muschio bianco che lascia per le scale.

Lei si volta indietro e lo guarda ammiccante. «Comunque, ci sono tanti posti di me che ancora non hai visitato!»

«Quando comincia il giro turistico?» Marco la blocca per baciarla sull'ultimo scalino. Non sanno che Barbara li osserva da dietro la porta e sorride con approvazione.

«Ho i brividi» confida Gondra.

«Sei tutta bagnata di pioggia. Devi asciugarti!»

Superano l'ultimo gradino ed aprono l'uscio solo accostato, mentre Barbara e Laura fanno finta di parlare fitto nell'atrio.

«Ciao Laura! Manca poco eh?» Marco la bacia sulle guance mentre la giovane donna mette in mostra il pancione.

«Due mesetti o poco più! Ma anche a te è cresciuta un po' di pancia vedo! Quanti mesi?» chiede Laura a Marco ridendo.

«Solo tre settimane. La chiameremo *Sublimazione*». Lui guarda Gondra che ha un'espressione sorpresa.

«Non mi ero accorta che avessi messo su un po' di pancetta. Stai bene *Sublimazione*?» scherza lei rivolgendosi al piccolo accenno di pancia dell'uomo che aveva lasciato magro come un'asse da stiro.

«Del dolore e dell'amore che trovano sfogo nel cibo. Ma basta così, non sono abituato a vedermi *in carne*!»

Barbara li osserva parlare e si presenta a Marco da sola, visto che nessuno lo fa per lei: «Sono Barbara, la segretaria della dottoressa». Gli stringe la mano.

Gondra intanto si allontana senza scusarsi dirigendosi in fretta verso il suo studio mentre Marco regala a Barbara uno splendido sorriso.

«Piacere, Marco Arditi. Se non lo sapesse già, Gondra la adora».

«Sì, lo so, ed io adoro lei!» Vengono subito interrotti dallo squillo del telefono in segreteria. Barbara si precipita con passo non del tutto leggero che incrocia Gondra in corridoio.

«Io sto per darmi ed ho bisogno che tu faccia del tuo meglio per parare la mia assenza fino a domani, cominciando da Giorgetti, che dovrebbe arrivare fra poco. Bloccalo subito e fissa un appuntamento per la settimana prossima, non voglio trovarmelo per le scale».

Il telefono continua a squillare e la segretaria è in fibrillazione. «Noooh!» esclama la donna con aria terribilmente avvilita. «Qui siamo in stato d'emergenza continua! Andrà tutto a rotoli senza titolari a studio!»

«Passerà fra qualche giorno... Promesso! Sii carina e vai a rispondere, per favore!». Gondra segue la segretaria con gli occhi e poi cerca con lo sguardo Marco. Laura è già tornata nel suo ufficio e lui la attende da solo, in piedi, all'ingresso.

«Vuoi dare un'occhiata in giro?» gli chiede Gondra avvicinandosi.

«Perché no? Sembra carino qui!».

Lei lo prende a braccetto e lo guarda dritto negli occhi con aria intrigante e interrogativa. «Hai una laurea in Economia tu?»

«Sì, lo sai».

«Se ti piace, puoi restare!»

FINE

www.ingramcontent.com/pod-product-compliance
Ingram Content Group UK Ltd.
Pitfield, Milton Keynes, MK11 3LW, UK
UKHW041631190726
13854UKWH00006B/2426